施叔青集

台灣作家全集

短篇小說卷

召 集 人／鍾肇政
編輯委員／張恆豪（負責日據時代作家作品編選）
彭瑞金（負責戰後第一代作家作品編選）
林瑞明（負責戰後第二代作家作品編選）
陳萬益（負責戰後第二代作家作品編選）
施　淑（負責戰後第三代作家作品編選）
高天生（負責戰後第三代作家作品編選）
資料蒐訂／許素蘭、方美芬
編輯顧問／
（臺灣地區）：張錦郎、葉石濤、鄭清文、秦賢次
宋澤萊
（美國地區）：林衡哲、陳芳明、胡敏雄、張富美
（日本地區）：張良澤、松永正義、若林正丈、
岡崎郁子、塚本照和、下村作次郎
（大陸地區）：潘亞暾、張超
（加拿大地區）：東方白
（歐洲地區）：馬漢茂
美術策劃／曾堯生

台灣作家全集

短篇小說卷

一九八五年于紐約

一九七三年于台灣屏東排灣族

一九六八年于台北

一九七四年于台灣

一九八四年全家福于香港

一九八九年與女兒于台灣

一九八五年與丁玲于香港

一九八七年與巴金于上海巴金家

一九八六年與蕭軍于香港

一九八五年于香港

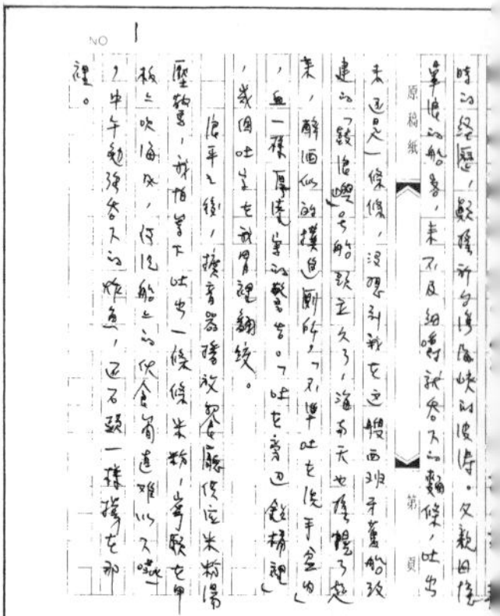

時的經歷，輕撫所台灣海峽的波濤。又想起伍[illegible]
筆錄的船長，未及細嚼就吞下的麵條，吐出
來還是一條條，沒想到我在這艘西班牙舊船改
建的「發現號」船頭立久了，海面天也[illegible]了起
來，醉酒似的搖晃著，所以「不單吐在洗手盆內
，無一種厚重空的聲音。」吐在[illegible]過了錢桶裡
，我同吐出在我胃裡翻攪。
從平衡後，擴音器播放餐廳供應米粉湯
壓驚，我怕等下吐出一條條米粉，寧願在甲
板上吹海風，任憑船上的伙食看道難以下嚥
了中午勉強吞下的炸魚，還有那一條條在那
裡。

施叔青手跡

出版説明

《臺灣作家全集》是臺灣新文學運動以來最有意義的選輯，也是臺灣文學出版上最具示範的創舉。全集係以短篇小説爲主體，以作家個人爲單位，涵蓋一九二〇年至九〇年代的重要作家，縫合戰前與戰後的歷史斷層，有系統地呈現了現代文學史上臺灣作家的精神面貌。

在內容上，包括日據時代，由張恆豪編輯；戰後第一代，由彭瑞金編選；戰後第二代，由林瑞明、陳萬益編選；戰後第三代，由施淑、高天生編選。全集計劃出版五十册，後每隔三年或五年，續有增編，一人以一册爲原則，戰前部分則因篇幅不足，有二人或三人合爲一集。

在體例上，每册前由召集人鍾肇政撰述總序（文長兩萬字，首册爲全文，其它則爲濃縮），精扼鈎畫出臺灣新文學發展的歷程、脈絡與精神；並由各集編選人執筆序言，簡要介紹作家生平及作品特色；正文之後，則附有研析性質的作家論，及作家生平寫作年表、小説評論引得，期能提供讀者參考。臺灣面臨歷史的轉捩點，瞻前顧往之際，本社誠摯希望能對臺灣文學的出版、推廣、教育及研究上有所貢獻。

台灣作家全集

短篇小説卷

緒言

鍾肇政

時代的巨輪轟然輾過了八十年代，迎來了嶄新的另一個年代——九十年代。

發軔於二十年代的台灣文學，至此也在時代潮流的沖激下，進入了一個極可能不同於以往的文學年代。

然則這九十年代的台灣文學，究竟會是怎樣的一種文學？

在試圖回答這個問題之前，我們似乎更應該先問問：台灣文學又是怎樣一種文學？

曰：台灣文學是台灣本土的文學、台灣人的文學。

曰：台灣文學是世界文學的一支。

倘就歷史層面予以考察，則台灣文學是「後進」的文學：比諸先進國的文學，即使是近鄰如日本，她的萌芽時期亦屬瞠乎其後，比諸中國五四後之有新文學，亦略遲數年。

只因是後進的，故而自然而然承襲了先進的餘緒，歐美諸國文學的影響固毋論矣，

即日本文學、中國文學等也給她帶來了諸多影響。易言之，先天上她就具備了多種特色集於一身，因而可能成爲人類文學裏新穎而富特色的一支——當然這種說法恐難免落入過分單純化機械化的發展論，未必完全接近實際情形。事實上，一種藝術的發芽與成長，土地本身的人文條件與夫時代社經政治等的變易更動，在在可能促進或阻礙她的發展。證諸七十年來台灣文學的成長過程，堪稱充滿血淚，一路在荊棘與險阻的路途上踽踽而行，備嘗艱辛。

職是之故，若就其內涵以言，台灣文學是血淚的文學，是民族掙扎的文學。四百年台灣史，是台灣居民被迫虐的歷史。隨著不同的統治者不同的統治，歷史上每一個不同階段雖然也都有過不同的社會樣相與居民的不同生活情形，而統治者之剝削欺凌則始終如一。七十年台灣文學發展軌跡，時間上雖然不算多麼長，展現出來的自然也不外是被迫虐被欺凌者的心靈呼喊之連續。

台灣文學創建伊始之際，我們看到台灣文學之父賴和以文學做爲抗爭手段之一的筆跡。他反抗日閥強權，他也向台灣人民的落伍、封建、愚昧宣戰。他身體力行，諸凡當時的抗日社團如文化協會、民衆黨和其後的新文協等，以及它們的種種活動，他幾乎是每役必與，並驅其如椽之筆發而爲〈一桿稱子〉、〈不如意的過年〉、〈善訟的人的故事〉等小說與〈覺悟下的犧牲〉、〈南國哀歌〉等詩篇，爲台灣文學開創了一片天空，樹立了

不朽典範。

中期，我們又有幸目睹了台灣文學巨人吳濁流之出現。第二次世界大戰進入最慘烈階段之際，在日本憲警虎視眈眈下，吳氏冒死寫下《亞細亞的孤兒》，戰後更在外來政權戒嚴體制的獨裁統治下，他復以《無花果》、《台灣連翹》等長篇突破了統治者最大的禁忌。他不但爲台灣文學建構了巍峨高峰，還創辦《台灣文藝》雜誌，創設台灣第一個文學獎「吳濁流文學獎」，培養、獎掖後進，傾注了其後半生心血，成爲台灣文學的中流砥柱。

七十星霜的台灣文學史上，傑出作家爲數不少，尤其在時代的轉折點上，每見引領風騷的人物出現，各各留下可觀作品。此處暫不擬再列舉大名，但我們都知道，在統治者鐵蹄下，其中尙不乏以筆賈禍而身繫囹圄，備嘗鐵窗之苦者，甚或在二二八悲劇裏飲恨以終者。以所驅用的文學工具言，有台灣話文、白話文、日文、中文等等不一而足，蔚爲世界文壇上罕見奇觀，此殆亦爲台灣文學之一特色。日據時，曾有「外地文學」之稱，輓近亦有人以「邊疆文學」視之，唯她既立足本土，不論使用工具爲何，其爲台灣文學則無庸否定，且始終如一。

不錯，七十年來她的轉折多矣。其中還甚至有兩度陷入完全斷絕的眞空期，其一爲戰爭末期所謂「決戰下的台灣文學」乃至「皇民文學」的年代，以及戰後二二八之後迄

國府遷台實施恐怖統治、必需俟「戰後第一代」作家掙扎著試圖以「中文」驅筆創作、接續斷層爲止的年代。一言以蔽之，台灣文學本身的步履一直都是顚躓的、蹣跚的。到了七十年代，鄉土之呼聲漸起，雖有鄉土文學論戰的壓抑，反倒造成台灣文學的欣欣向榮，入了八十年代，鄉土文學不僅成爲文壇主流，益以美麗島軍法大審之激盪，衝破文學禁忌成了不可遏止之勢，於是有覺醒後之政治文學大批出籠，使台灣文學的風貌又有了一變。

八十年代已矣。在年代與年代接續更替之際，正如若干年來每屆歲尾年始，報章上總會出現不少檢討與前瞻的論評文學，也一如往例悲觀與樂觀並陳，絕望與期許互見。有一明顯的跡象是嚴肅的台灣文學，讀者一直都極少極少，在八十年代末期的消費社會、資訊多元化社會以及功利主義社會裏，文學的商品化及大衆化傾向已是莫之能禦的趨勢，於是當市場裏正如某些論者所指摘，充斥著通俗文學、輕薄文學一類作品，純正的文學乃又一次陷入危殆裏。

然而我們也欣幸地看到，八十年代末尾的一九八九年裏民主潮流驟起，舉世爲之震動。繼六四天安門事件被血腥彈壓之後，卻有東歐的改革之風席捲諸多社會主義共產國家，連蘇聯竟也大地撼動，專制統治漸見趨於鬆動的跡象。（草此文之際，世人均看到蘇俄首任總統終告產生。）這該也是樂觀論者之所以樂觀之憑藉吧。

不錯，新的人類世界確已隨九十年代以俱來。即令不是樂觀者，不免也會睜大眼睛看著世局之演變並對它有所期待才是。而九十年代台灣文學，自然也已是呼之欲出！君不見繼八九年年尾大選、國民黨挫敗之後，台灣的民主又向前跨了一步，即令有第八任總統選舉的權力鬥爭以及國大代表之挾選票以自重、肆意敲詐勒索等醜劇相繼上演於國人眼睜睜的視野裏，但其爲獨大而專權了數十年之久的國民黨眞正改革前的垂死掙扎，彰彰在吾人耳目。

在九十年代台灣文學即將展現於二千萬國人眼前之際，《台灣作家全集》（以下稱「本全集」）的問世是有其重大意義的。過去我們已看到幾種類似的集體展示，計有《日據下台灣新文學》（明集，共五卷，明潭出版社，一九七九年三月）、《光復前台灣文學全集》（八卷，後再追加四卷，遠景出版社，一九七九年七月）、《本省籍作家作品選集》（十卷，文壇社，一九六五年十月）、《台灣省青年文學叢書》（十卷，幼獅書店，一九六五年十月）等四種。無獨有偶，前兩者均爲戰前台灣文學，後兩者則爲清一色戰後台灣作家作品。而其中，除最後一種爲個人結集之外，餘皆爲多人合集。値得一提的是後兩者出版時，白色恐怖仍在餘燼未熄之際，前兩者則是鄉土文學論戰戰火甫戢、鄉土文學普遍受到肯定之後，因此可以說各各盡了其時代使命。

本全集可以說是集以上四種叢書之大成者。其一，是時間上貫穿台灣新文學發軔到

晚近的全局；其二，是選有代表性作家，每家一卷，因而總數達數十卷之鉅，堪稱自有台灣新文學以來之創舉。是對血漬斑斑的台灣文學之路途上，披荊斬棘，蹣跚走過的前輩們，以及現今仍在孜孜矻矻舉其沉重步伐奮勇前進的當代作家們之獻禮，也是對關心本土文學發展的廣大海內外讀者們的最大禮物。

（註：本文爲《台灣作家全集》〈總序〉的緒言，全文請看《賴和集》和《別冊》。）

目錄

是顛覆？還是追逐？
——施叔青集序

施叔青崛起於台灣文學有明顯西化傾向的六〇年代，還是大學生的時候，便在《現代文學》、《文學季刊》等刊物上發表作品，早期發表的〈壁虎〉、〈瓷觀音〉、〈約伯的末裔〉等作品，以及被認定「具有存在主義色彩」的〈倒放的天梯〉，顯示她是扛著現代主義的旗子走進文學的。

不過，隨著她不斷向外延伸的生活經驗，由台灣而紐約，再從紐約回台北，又由台北到香港，漫長而飄動的現實經驗和生活體認，使得她的作品出現過好幾種不算太小的變貌，譬如企圖擺脫現代主義影響的〈安崎坑〉、〈擺盪的人〉和〈牛鈴聲響〉等，被認爲來自台灣早期市鎮生活、鄉土經驗世界的作品；這些發表於七〇年代前後的作品，顯示她有意退回到人生經驗的起點，紮穩一些現實體驗的根基，但如果因此認定施叔青顛覆了自己最初的現代主義的寫作主張，以這些外在經驗的變化，已然建立了她新的創作

主體結構，那就要忽略了她作品中的追索——不停地追索的本質了，否則，也就無法解釋她後來寫《琉璃瓦》，或到了香港之後，追逐香港人的故事，到底是出自怎樣的經驗起點了。

早期，施叔青的現代主義作品，被認定是在「死亡、性和瘋癲」的主題上循環不息，在她那隱含著神秘力量，並不容易完全被解釋的，帶有黑暗色調的精神荒原世界，有著相當明確的顚覆、反叛的意向，卻可以肯定和台灣文學史所要解釋的「現代詩」、「現代派」因抵抗官定文學所擎舉的文學旗幟無關。倒是施淑的說法比較可靠；她認爲構成早期施叔青經驗世界的、肉體上、心靈上，或精神上受過斲傷的畸人，是出自女性作家反父權的寫作策略，是對男性沙文主義的顚覆，是對傳統父權文化的出擊。這樣的解說，有助於將施叔青早期的和晚近的作品創作精神的連貫。基本上是，施叔青始終沒有脫離小布爾喬亞的社會關懷範疇和思考模式，而決定了她的小說體質，這恐怕也是她從來沒有想過需要顚覆的一點。

白先勇看了施叔青最早的幾篇作品後，曾經鐵口直斷：「施叔青是台灣鹿港人，她是鹿港長大的——這點非常重要，鹿港是她的根，也是她小說作品的根。」又說：「施叔青的小說，背景不一定都在鹿港，但必是與鹿港相似的一些『荒原』，……施叔青的小說人物都是完全孤絕的畸人，他們不可能與任何人溝通，他們只有一個一個的立在黑暗

的荒原上，對著死神，喃喃自語。」」、「施叔青的小說世界，是透過她自己特有的折射鏡所投射出來的一個扭曲、怪異、夢魇似的世界。」

誠然，「鹿港」之於施叔青的作品，有著「可怕的眞實性」，其實，施叔青的小說世界裏，鹿港並不曾眞實存在過。那麼她的小說有取於鹿港的是什麼，便十分明確了，鹿港既不是她所熱烈擁抱的根土，更缺乏的是她對鹿港的負擔。在施叔青早期的奇幻作品世界裏，鹿港充其量不過是她作品裏，虛擬演出舞台時的參考背景。感覺上，她好像背著鹿港走到台北、走到紐約，又背著回到台灣，再渡海到香港，其實，這好比是別在她作品外衣的商標一樣，只有出品處標示的意義而已，鹿港在施叔青肩上並沒有重量，把它當做根的說法，很可能錯過了驅動施叔青創作的動力，只是在觀念世界實有，而欠缺現實經驗實有的特質。

不錯，在過去的二十多年間，施叔青的作品風格一直在變，但把這些不斷翻動的面貌，以一種鹿港爲軸心的根土解說，顯然低估了現代主義在施叔青小說裏，根深蒂固的影響力。這些年來，施叔青透過許多不同的題材，一如她在現實經驗的不斷延伸，她有許多新的作品面貌出現，但她的作品世界似乎又始終脫離不了白先勇當年所下的「咒語」——在追索「夢魘似患了分裂症的世界」。離開鹿港之後，到了繁華、喧囂的台北，如是，去過紐約，到了所謂沒有自己的傳統，沒有自己的歷史，只有物欲、情慾、絢麗多彩的

香港之後，依然如是。可見，這也無關童年世界或年輕時候的夢魘了，而只有追索、徵逐是一致而連貫的。

或許可以說，施叔青始終保持的不安定和不確定感，來自她對現實世界，一個業已腐蝕的，佈滿死亡、瘋癲、殘疾、破落、貧困世界的質疑，以及顛覆的意圖——那是否象徵男性沙文主義的父權中心社會，是另外的議題，但她對揭去紛擾、繁雜事象表層，被肢離後的世界，所謂「荒原」的探索，則是持續而不曾休止的。當然，從施叔青的作品年表很清楚的便看出的現實經驗伸展過程而言，她並不純然是將自己封閉在現代主義的觀念世界裏，放縱意識無約制地泛濫，所以她還是有些作品很台北的，有些則很紐約，到了香港之後，她的故事又顯得很香港，這和她早期的作品給人很鹿港的感覺，並無差別，當然也一樣沒有負擔。做爲她小說場景的選擇意義，不過是隨機取樣，自然遠遠不及她那一直不放棄的連她自己也弄不太清楚的生活疑惑的追索顯得重要。

《施叔青集》，湊集了一九六九年到一九八四年，頭尾十五年間的七篇作品，當然不是全部，只是取樣，而且以多變的施叔青作品外貌來說，由是，是找不到絲毫可以嘗試爲她定位的依據的；不過，〈倒放的天梯〉、〈常滿姨的一日〉、〈台灣玉〉和香港的故事，隱然正好代表了她四個階段的寫作故事取樣。〈倒放的天梯〉代表她受益於台灣現代主義風潮，刻意馳騁她的幻想和夢魘時的產品；油漆匠經歷孤單的、長久的、懸離地面的吊

橋油漆工作——在極端孤絕的恐懼後，精神崩潰了；小說以回溯的方式，嘗試解開意志的謎題。〈常滿姨的一日〉到〈台灣玉〉而香港的故事，則似乎統一在浮世繪的現實追逐裏。常滿姨是從台灣處心積慮放洋到紐約的女傭，台灣玉寫退休外交官太太的藝品外銷發財夢碎，香港人的故事樣式品種是多了些，但似乎都不外是金錢、物欲、情慾的傾軋和爭逐。

雖然，這些故事和台灣都有一根似有若無的地緣、事緣的細線牽引著，但肯定與台灣無涉，更不與鹿港夢土相牽連，它全然只是浮著的現實現象，人間不斷翻演的，近乎愚蠢的故事。做為本集大宗的香港故事，可以說是施叔青適時而準確地掌握了九七陰影下的香港精神和現實，無關愛憎憂歡，作者只要有耐心爭逐，這樣的故事可以一直寫下去，寫到香港不再是香港，仍然不動心、不傷情。這裏全無針砭的意思，只是藉此說明，施叔青早先自承以堆積木的方式經營小說，而現在正以雕鏤藝品的熟練和精巧打造香港故事，在本質上可謂苦心保存了小說創作這門工藝，此外，施叔青還是很誇張的現代主義信徒。

倒放的天梯

醫學討論會

做一個精神科的實習醫師，對於所屬的實習醫院每個月定期舉行的醫學討論會，除了被迫必得列席之外，還須將席間研討的內容一一筆錄。

這種討論會，按照慣例，由院長親自主持。每次在進入討論的伊始，他先提出一項外國醫學界最新報導的病例，以供在座的精神科主治醫師，以及從事該項治療的助手們，針對這病例潛心思索，從而獲致各人的見解。

那些仍然在學的實習醫師，對於這種方式的會議，總有類似上課的感覺。他們一致認爲：在特定的一段時間內，就一個來自國外醫學界的實例，醫師們聚在一起誠心切磋，在增長知識與解決問題上，常是成績斐然的。

院長結束了醫學雜誌上臨床試驗的報告，討論會已至尾聲了，往往他會像是突然被觸動一般，低下頭，虔誠地做著結論。本著院長悲天憫人的氣質，他證言人類精神將達到廣泛的和平境界將是可拭目以待的了。如許悲壯感人的期許，被實習醫師一一記錄下來，使他們的會議報告幾乎圓滿無缺。就像一首交響樂，恰如其份地圈上一個休止符；一個最完美的終結。

討論會的地點設在醫院大廈的頂樓，一間綠色緯幔深垂的密室。現在，距離開會時間約莫還剩下幾分鐘，只見密室的門忙碌的一啓一閉，它把剛下班的，還身著白衣的醫師們一個個陸續吸進去。

密室內，分置會議桌兩旁的那些空椅，漸漸被魚貫入室的醫師們一一坐滿了。

下一瞬間，門將納入院長寬坦的身軀，他莊嚴地站上主席的位置，然後自腋間抽出那本印刷精美的醫學雜誌……就這樣，一樁藏於字裏行間的隱秘將被宣讀出來。隨著院長複述病情的低音，這項精神病例成爲一種新鮮的恐怖，在密室的角落徐徐不斷滋長著……

院長進來了，異於往日的，他底腋下卻是空空的，僅在指縫間捏了一捲紙。

「咳！各位——」他招呼大家。

等待中的醫師們，立刻調整了各人坐在椅子內的鬆弛姿態。

「這次的醫學討論會，我們要研究一個患者——國內的患者。」

站立於會議桌這一端主席位置上的院長，完全扣住了每一個人的視線。

「一個星期以後，患者將轉來我們醫院接受治療，他的家屬正在趕著辦退院手續——S精神病院的退院手續。」

聽了這話，在座的醫師們彼此交換著目光，他們足足猶疑了好一會。

「雖然人還沒有住到醫院來，」院長適時補充著：「不過，我有患者的詳細資料。」他揚了揚手指間的那捲紙，又問：「最近一段時候，我經常接觸到患者。對於病情的來龍去脈，我個人有了大致上的了解。」

說著，院長搔搔腦後勺殘存的幾根灰髮，他坐了下來。

「嘩」一聲，像撕裂什麼似的，那捲彎曲的紙被扯開了，院長望入裏面：「這是一疊油印的資料，來自S精神病院的資料室，我唸出來供諸位參考、參考。」

「據患者之妻稱述，」聲音平板無調，密室的空氣因之漸漸沉重下來。

「據患者之妻稱述：患者潘地霖，三十七歲。本業爲打零工之油漆匠。世居楓村祖屋。一家六口生活清苦。患者潘地霖，突然於民國五十四年年底，棄家出走，此後音訊杳然。」

「直至民國五十六年夏末，患者潘地霖始由他人護送返回家中。其時已經神智不淸。

患者之妻未受教育，伊本著鄉間愚婦之見，認為丈夫嘴巴張大、眼珠外凸、舌根無法轉動、癡傻不能言語，雖是在暴熱七月天，猶全身打抖不已……種種跡象乃係在外遭鬼魔附身之故，乃延請當地乩童代之驅鬼，前後幾次，終至徒勞。」

院長從資料中抬起眼睛：「這是患者入S精神病院前的經過。」席的末端，那個年輕的實習醫師，正把記在筆記本上「棄家出走」加上了「不知何故」這幾個字。

「依據這樣簡單的資料，」院長沉吟道：「使這個病情一度陷入膠著的狀態。」席間所有的人一心等待他說下去。

「後來，S精神病院負責治療該患者的心理醫師，幾經輾轉調查，終於獲知近三年來，患者曾受雇於東部一家油漆店。

今年春天，S精神病院與該油漆店店主取得初步聯繫。如是，患者潘地霖自五十四年棄家出走，以至發生精神分裂這一段時間的空白，就因此而得以銜接。」

懸於天花板上的六支日光燈，不時發出嘶嘶的輕響，彷彿交頭接耳地談著這件事，還相互嘖嘖稱奇。

「據油漆店的店主稱：民國五十五年初，潘地霖以一落魄的浪人模樣，向他要求工作。此時，正值東部開發之熱潮時期，該油漆店店主包攬了新開的公路途中，全部橋樑

的油漆工作。潘地霖接受雇用，加入由工頭呂昌率領的這一隊伍，成爲沿途漆橋之一名漆匠。

又據患者的工作同僚回憶：約莫半年的相處，潘地霖給他們的印象是：除了過分沉默寡言、隱瞞自己身世、經歷之外，平時並無任何顯著異樣。」

隨著對這個精神病患者的記載資料，院長交代完這段落之後，接著又來到另一個推論階段：

「按照上述經過情形，潘地霖精神致病的原因無以尋出，是以S精神病院做了如下種種推斷：

首先，懷疑患者有先天性遺傳瘋癲症，恰巧在東部漆橋時，遇上潛伏之末期就此病發。

第二種推斷則是設想患者當時做漆橋工作過程中，曾經不愼腦部受到撞擊，以致震盪小腦神經，造成四肢失去控制的發抖現象。

對於第一種推斷因無根據，故不足成立。第二種推斷，則經過S精神病院詳細透視，發現患者腦神經系統方面，並無絲毫損傷，腦殼十分完整。

如是觀之，這並非屬於器官病，而是一種固結的心理疾病。」

末了一句話，院長格外揚高聲音強調道。他有著極新鋭的醫學觀點。對於唯物主義

籠罩下，那種致力於神經纖維及腦筋構造的研究，他一逕極力排斥。院長覺得在顯微鏡下試驗人類神智的方法，簡直落伍到不可救藥的地步。

「心能制身」，他深深置信著，滿意的翻過一頁資料，又埋下頭讀起來：

「S精神病院負責治療患者之心理醫師，曾耗費許多工夫輪流與患者共事之同僚一一談話，最後得到可靠之結果，使該病案漸趨明朗化。

按：患者潘地霖於去年九月間精神失去常態。病發之前，潘地霖承應油漆一座吊在深谿之上的鐵索吊橋。由於該吊橋無柱可攀，漆橋者遂領以皮帶自腰間將自己憑空掛在吊橋底下。」

「喏，各位！請看看這個，」院長隻手把一頁資料高高舉起，對向大家：「這張圖是一般漆吊橋的姿態。皮帶繫住腰間，越過肩膀，然後在皮帶盡頭各有一個鐵勾，勾住橋板。一共四條皮帶，好讓身體平衡，照常漆橋做工。鐵勾也可以隨著工作進度而向前移動。各位，看清楚了嗎？」

席上的末端，那個年輕的實習醫師，飛快地把這幅簡圖做了個速寫，抄到他的筆記簿上。

「就像這個姿態，潘地霖虛懸有三日之久，」垂放下手時，院長繼續唸著資料：「一座長達百餘公尺的鐵索吊橋，終於被患者漆成桔紅色——（附註：此吊橋稱之為峰頂吊

橋」)

潘地霖於漆橋之第三日午後完成工作。一俟他回到地面後，卻擁抱同僚痛哭流涕，接著周身猛烈顫抖，竟日不已。

此後，潘地霖失去謀生能力，工頭呂昌乃派一名漆橋工匠，將患者遣回其故鄉楓村。交給患者家屬照顧。」

默想了好一會，席的末端，那個年輕的實習醫師，蹙著眉記下諸如：深谿、鐵索吊橋……憑空吊起……虛懸三日之久……桔紅色……痛哭流涕，周身顫抖……等等的字眼。他的眼睛轉爲悲哀。

「S精神病院診斷的症狀如下：患者迷狂倒錯，間歇性痙攣抽搐、記憶衰退、視覺障礙、有怪癖、聲帶喑啞、張嘴失聲、病勢還在穨損惡化下去。」

密室內的光線驀地轉暗了，四周深垂的綠顏色緯幔顯出淒慘的氣氛，每個人爲患者的不幸而噤默住了，同時也逐漸感覺出心靈的疲倦。

院長改換了一下坐姿，「我們來看看S精神病院的治療經過。」他說。

「治療初期：心理醫師實行催眠方法，患者能完全服從催眠者的暗示。一到深催眠狀態，他的肢體甚至變成臘一般聽命。

但催眠一經解除，患者卻又恢復原有症狀，全身依然發抖不停。可見催眠失敗，患

者仍以病癥出現。

第二個階段的治療：就腦波檢示佐以催眠，聽取患者的回憶。結果自腦波的示波器呈現出波的曲度，其鋸齒狀的波紋忽高忽低，差率極大，患者情緒極不平穩自是不待言。

心理醫師從旁驅策患者自由聯想，經說爲時甚久的掙扎，患者始終反覆幾個零碎不連貫的單字：比如天空、深淵、黑色大鳥、日影、水波……

天空、深淵、黑色大鳥、日影……水波……席的末端，那個實習醫師底年輕的額頭，爲之敷滿了遐思。

闔上病歷，院長環視他底下屬：「以上就是S精神病院供給的全部資料——是書面的。我再把我個人和患者接觸的感想告訴你們。」院長回憶著見到患者的光景：

「他像是驚恐過度，情感受到很大的撼動。在病房裏，老是把自己縮蜷在一角，對著牆壁不停的發抖。看起來他很頹喪，也十分瘦弱，一點點的聲音都會嚇壞他。

「我上前輕輕招呼他，他受驚似的轉過頭來，雙手緊緊捧住胸口，眼神渙散的看入我的方向，跟著表情一下變得十分悽惶，好像——」

席的末端，那個一直沉默的年輕實習醫師，突然接下說：「好像有什麼東西在他的胸腔碎裂。」

「唉！看他這樣抖啊抖著不停，眞是無可奈何呢！」像被一下觸動了，院長做結論

的語調踴躍著激情。擱在桌上的雙手彼此相互揑著，唇邊那幾道皺紋，映著日光燈慘白的光，把他的悲苦格外誇張出來：

「潘地霖，這個不幸的病人，一星期之後，就要住進我們的醫院了。他需要我們去幫助他，減少他的痛苦。可憐他已經心力疲竭了，還要不得不重複顫抖的動作。他好比撲燈的蛾子，向著火花亂撲……而我們——精神病的醫療者——我們能解決的問題是多麼的有限呵……」

……

那個實習醫師的狂想之一——一則神話

攤開東部開發時期的地圖，依丁山尖尖的峰頂，被圈畫了一個惹眼的紅色危險記號，把它列為開發過程當中，最為險阻的一站。

突然某一天，一座鐵索吊橋，幾乎像是雲層之上的一道虹彩，悠悠地懸掛於依丁山的兩個山崖之間。瞧瞧吊橋騰空於深淵之上恬然的姿態，眞叫世間人懷疑神蹟曾在這荒山顯過祂的榮光。

這邊，北峰山麓曳下的一片平坡，從被鏟去羊齒草的光禿了的土地，隱約可見出一段公路的雛型。左近各處還留下不少剛開過路的痕跡；曾發揮威力輾碎不馴的石塊的壓

路機，此刻被擱棄於不爲人注意的一旁。狀似螳螂的鏟土機和它併排，朝天張著空虛的大嘴，邊緣部分正逐漸爲露水所銹蝕著。

山脚下，風吹不到的角落，錯錯落落地橫著幾個歪斜頹倒的蘆葦棚。棚屋前，燃燒過的栂木灰燼墳堆似的聳起，著實令人感到異樣的心驚。曾經在這兒營火的開路工人已不知去向了。

觸目所及，盡是四季鮮有變化的枯索景致，以及不帶一絲活氣的荒廢。新開的公路一直盤繞過那邊的山脚下，像一條灰白的臍帶，寂寂延伸向未知的彼端。是秋季枯萎的某天黃昏，潘地霖偕同他底衣服斑駁的漆工夥伴，由工頭呂昌領先，出現在路的那一端。

暮色逐次加深，鏟去羊齒草的土路突然變得閃紅，呈現出奇幻的紅色。呂昌率領這羣油漆的工人，向著吊橋的方向踽踽前來。彷彿回溯到歷史的開端，盤庚帶著他的子民遷徙。在落日的荒野，他們像蟻羣似的挪移，尋覓落居的所在。那時候，盤庚和他的子民，想必也是迎著這樣大幅的、悲壯的天空吧？

這羣人是來漆橋的。可是沒有人去看那吊橋一眼。過重的漆橋工具扛在肩胛上，像負荷一具套入脖子的刑架，使他們不得不俯垂著頭，默默趕路。開發公路的這幾個月以來，他們繼建築橋樑的土木工人之後，扛著漆桶，沿途油漆一座座橋。

潘地霖，這個襤褸長身的漢子，離開他南方的小村，雙手揷在褲袋裏，跨著行列一

站又一站遊盪著、旋轉著。

他們來到山脚下，風吹不到的角落。

「又來到了一站了。」一個沒精打彩的低音嘟囔著，其餘的人緩緩卸下肩頭的負擔，挺了挺壓彎的脊骨。

「這荒山，鬼影子也沒有一個……」

年老的漆匠自褲腰間摘下酒壺，仰起脖子灌了一大口酒，然後他慢呑呑的回頭，四處望了一眼。

「附近沒有住家，人全死光了吧？」他詛咒道：「是傳染病嗎？」說著，疲倦的蹲下來。

沒有人再作聲，酒壺被一個個輪流傳過去，每人喝了一口，隨後也都慢慢的蹲到地上來，聚成一堆。

工頭呂昌休息一般的靠壓在離漆匠不遠的一顆岩石上。荒山單調的景色，虛漲著一股迫人的濃沉，他把眼睛睜得很大，倚靠著岩石，閒散中感到煩悶的痛苦。

於是，他抬起他底短腿，去撩撥地上墳堆似聳起的栂木灰燼，經過這一踢動，一團灰白色濃死的煙塵便使勁揚了起來，風把它帶過去，蒙住漆匠們的頭臉，使他們看來，像荒寒的沙漠裏，一羣包白頭巾，蹲聚一起的，陰鬱的遊牧民族。

那鐵索吊橋，以永恆的靜止姿態，悠悠地，幾乎是躺在雲層之上。

誰敢上去漆這座吊橋？

工頭呂昌仰臉凝視它。「誰敢漆這座吊橋？」他叫道，聲音充滿懊惱。

漆匠們徐徐抬起眼皮，盯住那高不可攀的吊橋，不由得沮喪起來。「太高了。」他們曾經曾合力沿途漆了四十幾座橋，眼前這分超出想像之外的光景把漆匠們擊垮了。

原本朝向深谿自語的呂昌，猛地迴轉過來，他狺狺然對住漆匠們的臉。

「你們——你們這一大羣，有誰敢，誰敢上去漆這座吊橋？」

他瀕立於深谿的邊緣，風帽蓋住他的雙耳垂至肩上，防雨的黑色斗篷鼓滿了風，使他晃擺不定。他像一隻振翼欲飛的黑色大鳥。

「誰敢漆這座吊橋？」

漆匠們全無奈地默默不語，但似乎每個人都爲自己的沉默感到無限憤怒。

工頭呂昌像洩了氣一般，張嘴木立在那兒。

山風追趕著沉重的晚雲，不知藏在林叢何處的瀑布，嘶聲地流瀉不止。

「流浪漢，你敢嗎？」突然間，呂昌的手指向潘地霖。他發現潘地霖是唯一站著的工人。在灰暗的天籟底下，顯得很高，也很刺眼。

「你敢嗎？敢上去漆這座吊橋嗎？」他逼近潘地霖，帶著一對盛氣十足的眼神。

潘地霖一下感到喉嚨燥渴了。「吊橋懸得眞險」他向自己微語。

「害怕吧?流浪漢。」呂昌繞著潘地霖疾走，風撲拍他鳥翅一般的黑色斗篷。輕蔑地冷笑一聲，「太高了，你沒膽量上去的。」他說。口氣極爲決絕。

吊橋四周的黑色鐵索，全綳得緊緊的，一如這時潘地霖一條條緊張得很的神經。

「吊橋一共有一百二十公尺長，」呂昌自一個圓盤裏扯出長長一截測量尺，「聽著：一百二十公尺。」他反覆道。拉扯那截有伸縮性的測量尺，如同把玩毒蛇的黑衣魔術師。「知道嗎?吊橋跨在兩個山腰間，海拔二千公尺。」說著狠狠把手一揚，測量尺從測盤閃飛出去，像吐信的毒蛇，猛向潘地霖的右臉頰撲去。

潘地霖把頭往側裏很快一偏，躲過這突擊。他捏緊了藏在褲袋裏的手。

工頭呂昌望著他，先是一怔，隨即縱聲狂笑起來：「流浪漢!你膽子也眞小啊!呵呵!」

蹲在地上的漆匠們，也附和的笑著。由於厭悶，他們爭相發出很響的笑的聲音。

「不要光火，老兄，」一個跛脚的漆匠，懶懶地走近潘地霖，他顚起殘廢的左脚，拍拍潘地霖的肩膀，像攀著一棵過高的樹。「不要光火，老兄。」跛子懶懶的說。帶著疲乏的喘息，晃回原來的位置，重又和夥伴們蹲擠一堆。

「流浪漢?——媽的，你還配像個流浪漢?」呂昌不屑的朝地上吐了一口唾沫，嘴

角因鄙夷而往下搭落。「喂！孫子，去向老天借膽子，說不定眞敢上去漆橋呢！哈哈！」

「去！去向老天借膽子，快去！」他發狂似的猛推潘地霖。

踉蹌的撲前幾步，好容易才站穩。「別逼我。」潘地霖乾燥的聲音說。

「工頭，別爲難他了，放過潘地霖，就算他膽小。」

解圍的是一個中年的褚衣漆匠。

「他不會上去的。」一個快調接上來。那是年紀最輕的小漆匠。「我打賭他不敢爬那麼高。」

蹲在年輕漆匠旁邊的那個人，咧了咧灰樸樸的一張大臉，惡毒的撇嘴說：

「他不是什麼流浪漢，他老婆不要他，被趕出來的。」

「哇！被老婆趕出來的？有這回事？」不知是誰故作吃驚的嚷道。

「怎麼，眞是這樣嗎？這就是潘地霖？」

灰樸樸大臉的那個人無情的肯定：「眞的，這就是潘地霖。」

「娘兒們，媽的。」

抽旱煙的老漆匠，噴出一口煙，撫摩著膝踝，淫邪的放低聲音：

「娘兒們，媽的。」

像被觸動什麼似的，這羣在荒山中蹲著彼此取暖的漢子，怎麼也安定不下來了。

他們彼此推來擠去，甚至做出種種醜態。「潘地霖，老婆不要你，你眞不幸呢！嘻嘻！」

「潘地霖就是這樣的。」

灰樸樸的那張大臉撕扯著潘地霖的忍耐，他痙攣的跳了起來。

「不要光火，老兄，」跛脚的漆匠懶懶走向他。把酒壺勉強塞入潘地霖的嘴裏。「不要光火，老兄。」他喃喃。

隔了半晌，潘地霖困難的吸了口長氣，他以左脚和右脚輪流站著。

「你果眞沒有勇氣，想上去吧，可是又不敢。」工頭呂昌仍不輟的轟擊他。

剛剛嚥下的酒，開始在周身遊盪起來，潘地霖的眼睛突然閃著光，他躊躇向前走了幾步，之後就一直走去，和呂昌面對面。

兩人對立凝視了半晌。

「難道你眞想上去？你想充英雄嗎？」從夥伴們那兒傳來忍不住的、緊張的大叫。

對立著的兩個人繼續僵持。

夥伴們的叫聲緊接著轉爲焦急：「潘地霖，你眞要當英雄？」

一剎那間的感應，喚起了潘地霖。

「這吊橋——我來漆這吊橋。」

聲音從潘地霖挨得緊緊的牙齒縫間溢出來。太陽穴的兩根血管充滿了血，他感到他的這一生彷彿就是爲這一刻而活。

轉黯的天空呈現一片莊嚴。

那個實習醫師的狂想之二——潘地霖的獨白

第一日

下過了黎明時分的那場晨雨，一反深山晚秋所習見的陰溼，天空現出一片透亮。一切似乎在看不見的太陽底光彩裏融化了。這等暴晴的天氣，陽光使依丁山的羣峰浸漬於反常的亮麗之中，景致是罕有的美，卻美得不很眞實。

我——潘地霖，裹了一片光華的氛圍，開始了漆橋的第一日。能夠這樣地握住濡溼油漆的刷子，對住橋底大筆大畫的，任由我使勁揮刷，眞是感到痛快淋漓。

一個漆橋工人如我，就憑一雙手，一把刷子，僅需要幾天工夫，就能把暗無顏色的一座橋來裝扮起來，讓它以另種嶄新的丰姿出現，這可眞奇妙著呢！

吊橋像昨天一樣——或許一直即是如此——它帶著異樣的安靜，恬然跨躺於兩個山

窪之間。剛剛我緣著鐵索與壁攀爬上來時，甚至也沒有驚動它一點點。這種異樣安靜的姿態，彷彿具有某種意義似的，致使我沾著桔紅色的漆刷它的身體時，也禁不住想從它尋出一絲道理出來。

然而我是那麼不善於思索。耗了幾近半個早晨，我一無所獲。風從山谷鼓捲然後竄上，迎面狠撲向我，我整個人因之不得不隨風勢而往後仰。每當這時，瞇眼看去，吊橋在我後傾的角度中，蹬上板橋，一階階可通往天堂。變成一座倒放的天梯。

或許是酒醉產生的幻象吧。吊橋怎能成爲天梯？哦，我確實喝多了酒。

早晨臨上來漆橋之前，跛脚漆匠看我對吊橋出神望了好久，他遞給我酒壺。

「唉，喝點酒定定心吧，太高了，老兄。」依然是懶懶的，漫不經心的。

我接過酒壺吸乾了最後一滴酒，隨手空了的酒壺往下一抛，它滾落懸崖，碰響崖壁的回音縷縷不絕。

像是永遠觸不了底呵！我想起我的一個夢：夢見無邊的闐暗中，自己墜下閉幽的深谷，無止境地一直往下墜……下墜……

我全身一凜。分辨不出是發酒寒，抑或是恐懼。

「罷了，潘地霖，別上去漆橋了，看你兩腿直打抖呢！」

工頭呂昌也說：「流浪漢，我放過你，只要你承認你膽小。」

我不大肯定地搖頭，撇下他們，向吊橋的方向奔去。酒徐徐使了力，微醺令我的足步顛盪如獸……

直到用皮帶繫著鐵鉤，把自己懸掛於深淵之上，薄醉的醺然還使我類似騰空的感覺。可是，我愈來愈熱愛起我的漆橋工作了。桔紅色的漆流緣著我手裏握的刷子，一寸寸飛快淹沒著橋板，猶如日之光輪緩緩輾過一般。一陣虛榮的快感漲滿了我的胸口。

「給你三天時間，」工頭呂昌昨晚說。

「不，我需要七天。」

「只能給你三天。我們越過吊橋，到那邊等你。」

從日出以來，一股奇異的活力在我的血液奔突不已。只要這股亢奮的熱情支撐我，讓我持續不輟地工作下去，三天的期限想必是太夠了。

日之波流搖晃著，發出如音樂流瀉的輕響，色彩繽紛的山谷鍍上白光，造成了谷裏陣陣美麗的騷動。太陽，它有脚呵！這一瞬間，偷偷駐足於我正油漆著的這截橋板，一眨眼工夫，便又跳躍著，跨上前面一截去了，不知不覺中，這道迤邐的白光竟在蠱惑著我向前。我把工作的速度加到最快，去追逐橋板上的日影，我狂妄到想和太陽賽跑……

孩提時候，盲瞎的老祖母，睜大兩個窟窿樣的眼洞，總愛反覆她唯一記得的故事：

「……夸父族的人住在北方的大荒中，他們每個人耳朵上掛兩條黃蛇，手裏也握兩

條黃蛇……有一天，一個夸父族的族人，突然做了一件傻氣得很的事，你想得到嗎？他居然要去追趕太陽，和太陽賽跑……結果，在大大的原野上，他提起長長的腿，風一樣快的急馳，向西邊太陽追去……」

第二日

整整等了一個上午，我等待日出。

這樣陰悒的天氣，時間靜止，周圍是一片空虛的緘默。山谷充塞著不安，深淵底下——大地的盡處——除了灰濛濛的樹葉叢，再也區分不出別的顏色了。岩石滿含著霧氣，因之腫了起來。沉重的低氣壓，濃郁的草腥味壓迫著我，我胸中濡溼著脹疼。

陰霾要到什麼時候，停止了它的膨脹，才使陽光得以突破穿出？

我等待日出。沒有陽光，吊橋的橋板無日影，我失去了工作的情緒。

昨天，我眞是奇蹟的創造者。二分之一的吊橋被我染成桔紅色。淸晨從睡夢中醒轉，天還濛濛亮，走出帳篷，看見迷失於朝霧裏的吊橋，有一半隱約泛出桔紅的色光。我好想找人大聲說話。

「不需要三天，看吧，今天我就把它完工了。」熱切地凝視著我的雙手：「就用這

個——這兩隻手。」

那時刻，我感到誇耀的迫切需要。可是夥伴們全走光了。

「我們過橋，到那邊等你。」呂昌亮出三個指頭，在我的鼻前晃了晃：「只有三天，記住！」

不要三天，這期限太長了。我扯開喉嚨高聲喊。四周靜得像死，陰翳在山谷裏醞釀不息。我向空氣發話，這畢竟是可笑的。

如是呵呵笑著，爬上崖壁，一路笑啊笑著來到吊橋中央。想到昨天日午時分，呂昌帶領夥伴們，一邊過橋另一邊草率的漆著橋面，那時橋上步履雜沓，震得四處轟響，好不熱鬧，而現在，僅剩我一個人，懸在視線寬廣的，不著邊際的吊橋中央。這偌大的空間給我陡然空曠的感覺，卻使我笑得怪寂寞的。

天空一片鉛灰色，蕈狀雲壓住山頂，風不帶勁地吹拂。我的第二日的漆橋工作爲守候陽光出現而進展得十分緩慢。我已爲守候的終結必然落空而不耐起來了。

有風、有雲，蒼鷹沉穩地自谷底騰起，它俯臨山窪，盤旋了幾圈，便冷漠而又尊嚴地飛走了。

緊接著我看見一隻黃色的漂鳥，幾乎要被風吹倒似的，像一片沉重的羽毛，跌落吊橋的方向，在交錯的鐵索之間陀螺一般飛轉，做著突破重圍的努力。

一如漂鳥受困囿，我發現現在的處境更是不堪。一仰臉，無數黑色綳緊的鐵索包圍我，像陡然撒開的一幅蜘蛛網，自四面八方團團將我罩住，而我置身吊橋的中央，人整個懸空，前、後、上、下全然一無憑靠的擺盪不定。

我渴望逃離，自牢牢盤纏我的蜘蛛迷陣中掙脫出去。山谷開始傳來不安的低語，細小的蟲類喧嘩著，一陣風來顫動著吊橋鐵索，像一根根有生命的觸鬚，猛向內一縮捲，然後緩緩向我盤繞過來，伸出千百隻爪掌，欲攫獲我，以至吞食我……

我燥渴得厲害，汗水濡溼了我的頭髮，膩溼的感覺格外令我的腦子昏暈。團轉折騰於千重束縛，無奈的置身如許錯綜繁複的鐵索圖陣，我懷疑自己僅是一小點，且頃刻之間就消失得無影無蹤。

讓我下去吧！我要踩到地面上，我要放棄漆橋的工作。

「呵呵！潘地霖，早知道你會下來的。」

呂昌將站在谿岸等我，像一隻黑色的大鳥。

倏然間，猛抬起被陰天所痲痺了的手臂，我對著吊橋不顧一切的揮刷起來。

一滴油漆落到臉頰，我用袖子抹掉它，再一滴，沒等我拭去，又是一滴……油漆很快流了我一臉，像來不及拭去的氾濫的淚水——桔紅色的淚水。

我自心坎打了一個森冷的寒噤，顫抖於再也難以辨識自己的恐怖。

我想臨流，俯看自己變形的映影，哪兒有水面呢？

第三日

我覺得厭倦了，一切都只爲了表演。

「誰敢上去漆這座吊橋？」

我足步顚盪地向呂昌走去。

夥伴們嘩然。「你要當英雄嗎？潘地霖。」

酒的力量成全了我，我果眞上了吊橋。

當時，我好受不住夥伴們那種古怪而凝聚的眼神，他們的盯迫使我心慌。一股逃避的衝動，我舉步向前，將他們抛在後面，自己躲到吊橋的底下。

而在第三天的日午，即將終結我漆橋工作的這一刻，我深深後悔了。想像自己終究不過是個被別人用線牽動的傀儡罷了。我已經累得不能再表演了。

然而我還是得抬著一副塗漆的面具，乾燥的風撕扯我面具後的皮膚，那一陣縮緊一陣的感覺使我猶如受著凌遲之苦。這是顫抖於無法辨識自己以外的另一種大懼怖。

依丁山的日午是籠籠統統的白，許是我心神恍惚的緣故吧！視線以內的風景在煙白

中失去輪廓，一切變得空洞而且茫然無邊。我開始失去重量的感覺了，彷若在大氣層漫步的太空人，整個的我是逐漸虛浮起來……我想抓住點什麼，甚至是一絲風力。

似乎是懸在天空當中的太陽在加速迴轉，水波在咧嘴笑著，笑紋無窮地放大著，我身體失去重心，眩暈了起來了……

遙遠的那段日子搖過來，搖過來，記得我曾是個埋水管的掘路工人。在大都市喧鬧的中心要道，車子呼嘯而來，人羣呼嘯而過，我拚命向下挖深，把自己容納於窄窄的土溝，眞是安全呢！

恍恍惚惚，我意識到現在是吊在荒山的半空中，俯臨地球的表面，遠離人羣，大地在我望不見的底下，我無法企及……

喔，對了，吊橋既是一具倒放的天梯，我可以緣著它一步步走下來呵！我不敢奢望一階階上去而至天堂了。

我稍一移動，周身立時晃搖如船。剎那間，感覺到自己不斷地在膨脹、腫大，同時又覺得自己是不斷的在縮小、縮小……我閉起眼睛，雙手緊緊捧住胸口，屈曲著雙腿，任由膨脹或縮小的感覺淹沒我，我已是身不由主了。

哦，既然吊橋是一具倒放的天梯，我要緣著它一步步走下來，我渴望重新登上地面，我已倦於這種無休止的騰空晃搖了。於是，奮力的舉起雙臂撲向前，我掙扎著，想費盡

殘剩的全部力量攀過另一截橋板，我不懈的努力著……可是，儘管我像鯨一般在大海中拚命游動，卻始終無法向前挪動一寸，腰間的皮帶牢牢拖住我，令我動彈不得，我只不過是徒勞地做著掙扎的動作……

終究，我是個被人用線牽的傀儡，擺盪於深淵之上，一無依歸，既然這就是我，那麼讓我把自己扮演成一個更逼眞、更稱職的傀儡吧！我放鬆了屈曲的雙腿，四肢僵直的垂下，然後開始打起秋千，前前後後甩盪起來……

——原載一九六九年《現代文學》三十九期

常滿姨的一日

一

紐約的四十二街永遠是那麼髒，凹凹凸凸的地上，鋪滿了油污的破報紙、果皮，看了令人噁心的垃圾袋，更是沿街堆了一地。常滿姨小心翼翼的挑著乾淨的地方走，生怕她第二次穿的新鞋子，不小心踩到了狗屎。

「人跟狗一樣會作賤，」常滿姨心裏罵著：「把好好一條街，糟蹋成這個鬼樣子！」對著滿街閒蕩的黑人，常滿姨恨恨的盯了人家幾眼，就是你們這些傢伙搞的。在她做事的公園大道，黑人根本很少見，只有守門的警察，或者大廈開電梯的門房僕役，而且那些黑人全身制服筆挺，黑是黑，多少還有點人樣，哪像四十二街，這羣遊手好閒、沒事幹的流浪漢，身上不是髒得出油，就是奇裝異服，腰間掛了一塊、肩上吊了一塊的。

同是黑人，在公園大道的高級住宅區出入的，也比較守本分，就拿送貨的工人來說，人家就知道走後邊工人的電梯，按厨房的門鈴，如果哪個黑小子弄錯了，按前門通往客廳的門鈴，常滿姨門一開，準是雙手插腰，做潑婦狀，劈頭一頓好罵的，把個送貨的黑小子，罵得他黑白分明的銅鈴眼，一眨一眨的。

公園大道上，來來往往的，盡是些體面的紳士淑女，像常滿姨幫傭的密西，帽子、手套一定是出門所少不了的。男主人呢，深色西裝，滿頭銀髮，斯斯文文的，進門來，把手中的公事包交給常滿姨，還會說聲：

「謝謝妳，瑪麗。」

瑪麗是常滿姨的洋名。接過公事包，把臂一挺，回聲：

「不謝，主人。」

高級的洋人，就是這麼正正式式、禮禮貌貌的。常滿姨在路上不覺也把背脊一挺，頸脖一昂。突然，斜裏飛過來一張破報紙，「蓬」一聲，蒙了常滿姨一臉，踉蹌的顛前幾步，把油污斑斑的破報紙，從臉上抓開，發覺自己已經站在一六四九號的門口了。

常滿姨忿忿的把破報紙揉成一團，摜到地下，不甘心，還伸出脚去死勁踩著，恨不得把它踩成碎片。

「嗨，寶貝，妳在等我嗎？」

就在常滿姨推門要進屋時，一個穿了條深紫色的長褲，高得像座塔的黑人，脚下一晃一顛，直向常滿姨斜闖過來，兩條猿猴一樣的長手臂，就要抓過來。「哼，酒鬼，假仙。」瞪了那醉漢一眼，又怕他伸手過來抓自己，常滿姨連忙一躲，閃進屋去。

隔著汚漬斑斑的玻璃，常滿姨看到那醉漢追了過來，兩手扶住門框，垂下頭，常滿姨抬起眼睛，正好對住醉漢兩片厚腫的嘴唇。然後她聽到下面一陣嘩啦嘩啦聲，視線跟著往下一溜，把個常滿姨羞得老臉通紅，臊得不知躲到哪裏去。

鄉下人的迷信，撞到一男一女「妖精打架」會倒楣，沒想到大白天，這個黑鬼當街撒尿，而巧不巧被常滿姨撞上了，這才眞的晦氣，尤其是在她轉過身的刹那，黑鬼還伸手敲敲玻璃，往自己的私處指指，似乎在示威，常滿姨連連吐了好幾口的口水，鄉下人說，吐口水可以破除霉運，心裏可是一下被擾得亂騰騰的。

常滿姨背貼著玻璃，儍了似的站住。這是一條又窄又長的走廊，磨石子地，冷冰冰的，牆塗的是灰色的塑膠漆，有一個樓梯通往二樓，樓梯是鐵銹的，人走上去，抖顫顫的搖晃著。像紐約這一代的老建築，屋頂很高，寒氣不知從什麼地方鑽來。每一次一走進這個地方，常滿姨就禁不住要罵自己，好不容易一個禮拜才放這麼一天假，什麼地方不好去，偏偏要到這兒來。以前，阿輝還沒到紐約來，那個死鬼跟著船走，不知飄哪兒

去了，常滿姨還不是自己一個人，學那些美國老太太，把一個購物袋掛在臂彎，坐地下車到唐人街下城一帶去逛。那裏沿著路邊，臨時的攤子擺了一長條，常滿姨拿著購物袋，一路過去，挑撿便宜的東西買，往往一天下來，袋子裏充滿了各式各樣的雜貨，可是沒有一樣是她眞正用得著的。不過，這樣子消磨時間，而且花錢的大娘，可以對賣東西的神氣，挑這個不好，嫌那個難看，過過頤指氣使的癮，做洋人的女傭，一天到晚「也斯，也斯」直點頭，也夠委屈了的。

撫著卜通卜通跳的心，上了二樓，前面有兩個門，都是關得緊緊的。左邊這道門，裏頭住的是從香港來的。阿輝稱呼他老李，常滿姨每次見了他，先白了他一眼，心裏叫聲：

「不先照照鏡子，瘦得前胸貼後背，分明是餓瘦的。」常滿姨爲自己想出這個名字而沾沾自喜：「對，餓瘦的。」

只有在阿輝的房裏，偶爾見過幾次餓瘦的，知道他就住在對面，至於他裏頭是什麼樣子的，常滿姨可是沒見過，上星期天她上樓來，巧不巧，餓瘦的開門從裏頭出來，常滿姨偷眼瞧進去，這下可把她給嚇了一跳，趕忙後退，下了樓梯，站在那裏直臉紅。

「這個餓瘦的，可眞低級，怎麼可以掛那種東西？」常滿姨心裏暗罵，剛才偷眼去看，裏頭什麼沒看見，只見一個女人大大的光屁股，佔了整面牆，匆忙一瞥，似乎那女

人是朝裏躺著的，看不到臉，那個又肥又大的屁股，誇張的佔了整幅畫的二分之一。常滿姨心跳緩了些時，卻又禁不住好奇的想到，那個光屁股，究竟是他們洋妞的？還是我們中國女人的？

「準是洋妞，才那麼不知羞恥。」

常滿姨十分有把握的點了兩下頭，自己和坤生才不敢來這一套。那死鬼是個海員，走船的，一年到頭在海上飄，偶爾回紐約，住個三、兩個晚上，常滿姨告訴他，洋人最不喜歡他們的女傭不規矩，要坤生偷偷摸摸的，等麥克白夫婦熄燈睡覺了，自己才開廚房的門，放坤生進來。

在酒吧喝了一個晚上酒的坤生，手抓著門把，一個踉蹌，搶進廚房，如果不是常滿姨扶得快，坤生那死鬼準是膝蓋一軟，跌個狗爬式的。挨了一個晚上，好不容易把這死鬼給盼來了的常滿姨，一見他滿身酒臭，胡言亂語，心裏就有氣，按照她以前在鄉下的脾氣，一定是雙手插腰，跳腳罵了起來，不過現在寄人籬下的，還得這樣偷偷摸摸，說話還得壓低聲音，不能大聲，常滿姨的氣也只好憋著，勉勉強強忍住了。心裏還寄望把死鬼弄到床上再說，坤生這死鬼的脾氣也不好惹，招了他，很可能一火，不管三七二十一，跌跌撞撞就要往外奔，一邊還口齒不清的罵她：

「妳神氣，這破黑洞有什麼了不起，老子不愛留下了。回酒吧去和弟兄們喝個他媽

的痛快！」

「醉成這個鬼樣子，你黃湯還往哪裏灌？」常滿姨想罵幾句粗的，眼淚卻不爭氣的往外流。委委屈屈的，只有歎息哭泣的份兒。不知勸過幾千回了，那麼久，才見上一次面，常滿姨可是數日子，苦挨著過的，兩人聚在一起兩、三天，理該好好敍一敍，溫存溫存，怎麼每次非先灌了一肚子酒不行。一邊數落，一邊手裏可沒閒著，侍候他上床，寬了衣，冰水裏絞的溼毛巾，一把把往死鬼額上敷，只巴望把他弄得清醒些，好跟他溫存一回，自己眼巴巴的，還不就是巴望有這麼一刻。結果呢？唉，不提了……

二

怎麼今天竟老想這些，常滿姨甩了甩頭，想把這一切甩出腦子外，自備的鑰匙伸進匙孔，門開了，一進去就是廚房，她等於是從後門進來的。這一棟房子的建構很特別，窄窄長長一條，廚房到客廳，當中夾了個臥房，長長一條，像人家的走廊。如要從前門進入，非得走外邊路旁的防火梯，平常出入都從後邊進來，前門就被堵死了。客廳用來做阿輝的工作室，他還把大幅大幅的畫掛滿了前門的窗口，沒有來過的，一腳跨進客廳，還以爲前邊沒門呢！

常滿姨把一直揑得緊緊的皮包放下，脫下新皮鞋，換上一雙她自備的地板拖鞋，捲

起袖子，走向碗槽，洗起碗來。這個廚房讓她有回家的感覺。碗筷、鍋盤一切都是中國式的，也是十幾年前，常滿姨在鄉下的家所習慣的，她用抹布沾了一些肥皂粉，抓起一隻燒焦了的鍋子，用力刷了起來。

麥克白家的廚房可就不一樣了。雖說在台灣的時候，常滿姨就開始替住在台北的洋人做家事，七、八年過去了，直到今天，外國人廚房裏的好些器具，她還是不知道怎麼使用，更別說那些大大小小、各式各樣的機器了。常滿姨從前在鄉下，不懂電會燙人，伸手去抓熨斗，手心燒了一個疤，至今還看得見，她此後對電器很害怕，說什麼也不敢去碰。在台灣，那些她所做過的美國人，因爲住在國外，東西用得將就些，很多還是常滿姨熟悉的土產。來紐約，可就不一樣了，除了最普遍的烤麵包機之外，還有開罐頭的、打蛋的、切肉的、熱食物的，名堂一大堆。常滿姨對它們又怕又恨，沒辦法，還得咬緊牙，一樣一樣學，一頓飯做下來，好像打了一仗一樣，全身痠痛，緊張得冬天也出汗。

阿輝這個單身漢的廚房，常滿姨理起來，可眞得心應手，兩、三下，把碗筷鍋盤洗乾淨了。轉過身，正要去拿掃把，卻發現阿輝不知什麼時候站在臥房門口，連連打呵欠。

「阿姨，幾時來的？」

「剛到，你起來了？」剛才門口黑人撒尿那一景，突然浮上心來，眼前這個比那死鬼要年輕要俊的男人，傻呼呼的站在那裏，帶著剛睡醒的懶慵，常滿姨不敢再去看他，

臉卻莫名其妙的紅了起來，她怕自己洩露了心底的秘密。

「幾點了？阿姨。」

「幾點了？」還是不敢看他，假裝低頭掃地。「太陽都照滿屁股了。」一說到太陽，常滿姨心頭一溫暖，全身快活了起來。

鍾星輝熬夜的紅眼睛，左右轉了一下，似乎在找陽光，屋子裏陰陰暗暗的，只在右邊勉強有一個小窗，玻璃窗蒙了太厚的灰塵，灰樸樸的，隔壁一堵高牆，把一點可憐的光給堵住了。

「在我們鄉下，催不肯起床的小孩，常說日頭曬到屁股了呢！」常滿姨愉悅地哼著。不懂她何以如此雀躍。「喔喔。」

「有衣服要洗？」說著，動手去搶鍾星輝抓住手中的髒衣服。

「我自己來，阿姨，我自己洗。」很尷尬地推辭著，手中的東西更抓住不放。

「還跟阿姨客氣啊？」畫了眼線的眼睛那麼一瞟，好像在向人調情。「自己的阿姨，還來這一套？快給我。」

鍾星輝抵抗著。「幾件內衣，我自己洗。」

常滿姨像逗著一個孩子似的，假裝生氣。「喏，你給不給我？三、兩件衣服，還跟阿姨爭？」

說著，伸手又去搶。

鍾星輝閃著，盡量不使自己碰到常滿姨，手裏抓的東西結果卻掉到地上，攤開來，是男人的兩件內褲，常滿姨怔住了，尷尬地望著它，鍾星輝更是手足無措的站在那裏。

「已經結婚的大男人了，還像小孩。」

常滿姨心裏說著，蹲下去把地上的內褲撿了起來。鍾星輝又過來要搶回去，被常滿姨擋掉了。

「去看看還有沒有，一起洗。」抱著衣服，往臥房就要進去。

「阿姨，沒有了。別進去。」鍾星輝試著阻止她。「前天我都洗乾淨了。」

常滿姨不理他，自顧自進了去，鍾星輝只好放棄的站在一旁。

用不著拿眼睛看他，常滿姨知道這個年輕人的表情。她來這裏是不受歡迎的。好幾次，阿輝一再暗示，以後常滿姨放假，最好還是和以前一樣，出去玩玩，他不好意思明說，不要自己來，因爲常滿姨和阿輝妻子的娘家，有著遠得十丈麵線都拉不到的遠親關係。妻子的娘家，在搬到城市發跡之前，本也是鄉下的大戶，在那同姓的小鄉村，每個人都是親戚，鍾星輝跟著太太，「阿姨阿姨」的叫。

常滿姨在鄉下跟了個男人，後來那男人竟然公開和一個土娼同居，這還不打緊，聽說那土娼是豬哥嘴、水桶腰、醜得不能講。常滿姨一氣之下，到台北幫傭。先是在本國

人家裏做，後來有人介紹，說是做外國人的舒服。常滿姨一心想揚眉吐氣，也去跟洋人家的阿媽學英文，一等日常用的幾句學全了以後，就被介紹到洋人家。賺了錢，把自己打扮得漂漂亮亮的，逢年過節就穿著新衣服，回鄉下炫耀一番。後來她幫的一個外國太太，人很好。常滿姨打聽了好多阿媽最後在洋人回國時，一起跟了去，常滿姨想到放洋，十分心動。就央求這個好心的太太。人家千辛萬苦，總算眞的把她帶來紐約了。當初條件講好是，飛機票由東家負責，唯一的要求是把最小的小孩帶到幼稚園，常滿姨當然一口答應。

到了紐約的第二天，常滿姨歪歪扭扭寫了一封長信回去，向鄉下的親戚一五一十盡述紐約繁華風光。她下決心要人家羨慕她，更要遺棄她的丈夫，因爲自己騰達成功而「流口水」。常滿姨甚至在信上這麼說。這一口氣總算爭到了，以後在這好心的太太家裏工作也就沒那麼熱忱。憑著常滿姨的英文能力，她一下和隔壁公寓的黑女傭拉上交情，從黑女傭那兒，打聽出美國人也有好幾種，這還不算，最重要的，美國有勞工法，專門用來保護女傭的，免得受東家欺負，黑女傭告訴她：自己的密西是如何禮遇她，每天上下班，一年還去度假一次，錢是東家出的。常滿姨這才恍然大悟，大叫自己受騙了，也不理會當初人家帶她來美國，飛機票不算，花了多少苦心。常滿姨決定要「跳槽」，去「眞正美國人」家做，好心的太太住過台灣，學會了台灣人的寒酸相，不行。何況，在台灣顯得

很神氣的他們，結交的都是大使館的朋友，到了美國，先生變成大公司的中等職員，只是普普通通的中產階級。常滿姨倒是想到自己的情況，和人家所說的故事有幾分相似：一個年輕的洋人，到台灣向女孩子吹噓，說他在美國是如何多金又有名，結果發現他是個擦鞋匠。幻覺消失了，常滿姨一下適應不過來。

那天，四個小孩拉著她的裙子，不讓她走，常滿姨陪著掉了幾顆淚，很洋派地安慰服侍了五年的女主人。

「密西！我有我的苦衷，妳了解的，密西，妳會了解的。」

密西那天帶了當時流行的大太陽眼鏡，遮住她的半個臉，也看不出她的表情。常滿姨把小傢伙的手拉開，頭也不回地走了。

此後，她換了不少地方，處處跟主人爭平等，要求增加待遇，還有，最重要的，每年度假的天數和旅行費用，一定先和東家講好。常滿姨計畫，要去玩，一定要和坤生一塊兒，地點也由他來決定，男人在外，總是比較知道哪裏好玩的。常滿姨更進一步的夢想：如果坤生答應，乾脆自己也把工作辭掉算了，才能玩個痛快。回來後，反正不怕找不到事，美國有錢的人太多了。他們到介紹所去找管家，登記的名單長得很，常滿姨有恃無恐，怨只怨幾年下來，她準備去旅行的錢愈攢愈多，卻始終不能成行。

常滿姨坐在阿輝的床沿，兩條髒內褲，散發著一股男人的味道，不知幾時，被常滿

姨抱在胸口，久久不放。

三

有人敲門，常滿姨本著做女傭的本能，站起來趕忙要去開門，才到臥房門口，只見門已經開了一條縫，對過那個「餓瘦的」從門縫擠進來。

「餓瘦的，」常滿姨不屑的撇了撇嘴，她不懂阿輝怎麼盡是交這種朋友，說什麼在香港出名沒有意思，專程來紐約彈琴，在音樂界闖天下的。打什麼天下，哼，也不看看，連吃都吃不飽，餓成這個鬼樣子。常滿姨當著鍾星輝的面，用這種話來頂他，年輕人白白的一張臉，刷的發青，只是不吭聲，裝做沒聽見。

上星期天常滿姨坐在用來當工作室的客廳唯一一把破椅子上。這是一張牙科醫生用來治療病人的椅子。可能人家當垃圾丟掉不要，鍾星輝去撿了回來。常滿姨一來，就挑這個位置坐。工作室裏另一把小椅子，就是鍾星輝畫畫坐的。他坐在帆布前，用刷子在刷，瞧他刷子在帆布上揮動的動作，使常滿姨想起從前在鄉下，用竹掃帚在屋前掃稻穀的情景。

「你那個餓瘦的朋友，來混個鬼，連肚子都塡不飽，」常滿姨看阿輝沒有吭聲，她得寸進尺：「喏，這些油漆水，能喝呀？呸！」說著興起，還踢了下脚旁那罐汽油原料。

鍾星輝的兩腮鼓了幾次，像一尾呼吸困難的魚，只是憋住不說話。

「阿輝呀，男人呀，有家有太太的，可不能一天到晚玩這些個呀，總要找個正當的職業做做，好快點寄點回去買機票。」常滿姨誇張的歎了口氣：「我那可憐的姪女兒，她可眼巴巴的等你接她來喔！」

鍾星輝背著她，常滿姨看不到他的反應，她以爲對方被說動了，於是更起勁的數落下去：

「找個事，正正當當賺點錢！寄回去，讓芬芬快來，以後呀！我也就不用常常來，兩邊跑了——」

「阿姨，我一個人過得很好，我不是常說，不敢麻煩妳，以後放假不要來嗎？」

「阿姨來，惹你嫌。我呀！就是不放心，看看你自己，來了幾個月了，那一頭頭髮，長得像犯人，我看你再和那種朋友繼續交下去呀，哼！」

鍾星輝在帆布上來回刷的筆刷，猛地煞住，往後一拔，油彩像流星雨，濺了一地，常滿姨的脚背，噴了好幾滴。她驚叫的跳起來。

「阿輝，你發神經呀，少用點力行不行？濺了我一身。」

嚷著跑出去，拿了塊抹布，一路擦，一路又回來。鍾星輝忿忿的把刷子往地上一摜。誰讓這個破屋子，連個門都沒有，任憑這老女人毫無顧忌的來來去去，像住在自己家一

樣。

鍾星輝唯一能擺脫她的方法，就是出門去，他連自己的家也不能待。常滿姨是個影子，她大剌剌的坐在阿輝的床頭，現在又出現在他的厨房了。

「阿姨，好。」

「餓瘦的」招呼她，中斷了原來的談話，常滿姨只睨了他一眼，頭頸抬高幾寸，硬硬的點了一下頭，算是招呼。

「餓瘦的」尷尬的站在一旁，雙手猛搓。

「我留老李吃午飯。」鍾星輝故意很大聲的說。

常滿姨的臉色很難看。她嘴裏嘟囔，手上可沒閒著，從櫃拿下一包剩了不多的米，拿出一隻空鍋，故意把米袋拎得高高高的，唏哩嘩啦倒到鍋子裏，像炒豆子似的。「餓瘦的」受不了。

「我過去了，老鍾。」說著，轉身要走。

「等一下，」打開抽屜，摸了半天，摸出半截髒兮兮的蠟燭。

「你先拿去，等下我到拐角買一包。」

「餓瘦的」在常滿姨凌厲的眼光下，怯怯的接過那半根蠟燭，逃也似的溜走了，門也沒掩好。

「老李，馬上過來啊！」鍾星輝追喊著。

「別嚷嚷，有吃的，怕他不來？」

常滿姨的聲音不小，樓梯口的那個人一定聽得見。

「阿姨——」

「怎麼，我說錯了？」鼻子冷哼一聲，劈頭又是一句：「借蠟燭幹嘛？」

「要用。」

「大白天，點蠟燭！」

「誰曉得，他房間太暗吧?!」

上次從門縫看進去，牆上那個女人的大屁股，肥肥白白，瞧得還眞刺眼。

「他房間應該不暗啊！難道沒有窗？」

「不知道。」鍾星輝簡短地回答。

「阿輝——」

曉得老女人不會放棄。「好了，好了，告訴妳，晚上練琴要點的，好了吧？」

「晚上點蠟燭？搞什麼花樣？」常滿姨一肚子狐疑。「留著燈，不用？點蠟燭？」

麥克白家，晚餐時，爲了增加氣氛，經常在餐桌中央，擱了銀燭台。「餓瘦的」跟人家點什麼蠟燭？

去路。

鍾星輝不再答腔，撇下常滿姨，就要往裏間走。常滿姨斜刺跨過一步，擋住了他的去路。

兩人堅持了一會。最後還是鍾星輝屈服。

「早上人家來把他的電線剪斷了。」他說。

常滿姨倒是有點意外。

「電線被剪？」恍然地：「喔，我知道了，一定是欠電費，沒繳。」

「這下妳可高興了吧。」

年輕人粗魯的丟下這句話，走開去。常滿姨愣了一下，半晌才轉過身去淘米。她心裏開始盤算著：「餓瘦的」落到這種下場，阿輝看著他，也該覺悟了。這是個好機會，等一下定要再試探他，這一次總該答應了吧？淘好米，放入台灣帶來的「大同」電鍋煮，擦乾雙手，躊躇滿志的跟進裏間。

一脚跺進去，躺在床上發楞的鍾星輝，從床上彈了起來。對向他走近的常滿姨，來個視而不見，又回到畫室去坐在他的畫布前。

常滿姨跟進去，不去理會年輕人一副不願被打擾的神態。她大剌剌的在她的老位子坐下，誰都沒開腔，沉默了一會，還是常滿姨忍不住。

「阿輝，不是我嘮叨，上星期說的事，你想過沒有？」

鍾星輝裝做專心在畫畫。

「早上大廈的管理員，自動跑過來問我，是要是不要，總該給人個答覆呀！」

「阿姨，不談這個。」年輕人近乎哀求地。

「不談可不行，到底來不來？你可以一天拖過一天，人家問我，我可不行。被夾在當中，不好做人。」常滿姨嘮叨個不停：「一天到晚，進進出出，不知碰幾回面，看到那管理員，我就不好意思。」

「阿姨，要我說幾百次？不去就是不去。妳現在回去告訴他，我不去，不就結了。」

「是真不去？你說的真心話？」

被常滿姨一逼問，鍾星輝倒是有點動搖了。

「被朋友知道，要被笑死了。」

「有什麼好笑？會笑人的，自己繳不起電費，電線都被剪斷了，這才真風光。」連連乾笑兩聲，鍾星輝不敢轉過頭去看她。

「阿姨，別拉扯又說到別人了，老李又沒惹妳，幹嘛老不放過他？」

「哎哎，還講不得呢？是金的？銀的？」常滿姨臉一沉，顴骨格外突起。「阿輝，你這樣一天混過一天，正經事不幹，一天到晚窩在這裏鬼畫符——」

曉得年輕人要發作了，常滿姨話鋒一轉，擊中他的要害：

「哎哎，我眞替你們擔心，芬芬一個人留在台灣，唉，你好歹找個正事做做，快點把她接來呀！」

一提到妻子，鍾星輝心亂了。「阿姨，可是，什麼不好做，要去做那個。」

「當看門人有什麼不好？你剛來的時候，還不是到加油站去當過工人？」

「對，幹了一個月，累得天昏地暗，晚上睡覺，鼻子聞到的，盡是汽油的臭味。」

「你現在知道了吧！」擺出老資格的架式：「你以爲美國好混？」

「誰說我來混的？我是個藝術家，我是來畫畫的。」

常滿姨裝模作樣的聳了聳肩，學洋人不屑時的那種樣子。「藝術家！」她齜牙怪笑。

「對，我是個藝術家。」刷子在畫布上不停地來回揮動。好像在對自己證明什麼。

「我是個藝術家，起碼在台灣是。」他又一次提醒自己，好像要喚回他已經要失去的信心。

「台灣，哼，」離開台灣十多年的常滿姨，和許多流落失意在外國的中國人一樣，基於一種極複雜的心情，把台灣故意不切實際的貶低，貶到微不足道的那麼一小點。然後，他們找到了藉口，台灣有什麼好留戀的？寧願在國外流浪也不願回去。

廚房裏傳來「滋滋」聲，大約是鍋裏的湯滾了出來，常滿姨三步併做兩步，跑了出來，還不忘丟下話：「你好好想想，唉，芬芬也眞可憐！」

鍾星輝索性抱著頭，臉埋在膝間。

常滿姨回到厨房，關掉瓦斯，取出唐人街買來的辣腐乳、「味全」花瓜，和其他蘿蔔干一類的小菜，再炒了盤青菜，午飯草草弄好了。連個飯桌也沒有，只好一小碟一小碟，在碗槽上，冰箱上擱得到處都是。

「吃飯囉，阿輝。」

等了一下，鍾星輝才出現在臥室過往厨房的門，手肘撐在門框上方。

「阿姨，」他問：「是不是一定要穿制服？」

常滿姨被沒頭沒腦這麼一問，一下沒聽懂，腦子轉了好一回，才轉過。

「呵，你是說當看門人？當然要穿制服，我沒告訴你嗎？他們說，如果你答應了，可以拿人家已經不幹了的，照你的身材改一改。」

戰勝了的常滿姨眉開眼笑的。

「阿輝，你總算想開了，明天我去跟他們說——呃，你幾時開始上班？告訴我，人家好安排。」

鍾星輝退縮了。

「阿姨——」

「怎麼啦？」拖長聲音，常滿姨目光灼灼。

「沒什麼。」垂下眼睛，「我需要一點時間，準備準備。」

「準備什麼？你明天來找我，我帶你去，如果制服還合身，明天就可以開始了。」

「明天？太快了。」

常滿姨不理他。

「當看門人，還不簡單。你制服穿好，等在走道上，一等有人走近了，趕快上去開門。臂一彎，手稍微一擺，恭恭敬敬地讓人家進來。」

常滿姨連說帶表演，鍾星輝的眉頭皺緊了。這樣一副卑躬屈膝的樣兒，十足的奴才相，他嘴裏嘟囔，可沒說出口。

「怎麼樣？」常滿姨又叮了一句。「明天來找我？」

「飯好了，」鍾星輝顧左右而言他。「我去找老李來。」

四

「餓瘦的」的確很瘦，他怯怯站在那兒，兩隻手交互猛搓著，搓出一塊塊血紅。常滿姨倒是可憐他了，也就好聲好氣的說了：

「趁熱吃吧！李先生。」

「餓瘦的」聽到她這樣稱呼自己，受寵若驚，更顯得手足無措。只有「阿姨，阿姨」

一迭聲的叫。

還是鍾星輝看不過。「老李，客氣什麼，來，吃菜！」

三個人站在厨房，吃擺在互斯爐、水槽上的小菜，有幾次自己的筷子剛好和伸過來的另一雙相碰，拿筷子的人忍不住又是尷尬又是笑。整個氣氛倒像是挺融洽的。

「老鍾，進度怎樣？」

「很慢。要就著照片一筆筆描，花工夫，又傷眼睛。」

常滿姨接觸到一雙布滿血絲，張都快張不開來的眼睛。

「搞寫實，可要憑素描的眞功夫，不容易！」

鍾星輝承認：「我還是沒進入情況。」

「你剛來嘛，早得很，多住些時候，常常到下城的畫廊逛逛，我聽畫畫的朋友說，那裏才是中心。」

「恐怕到我悟出來的時候，紐約又在流行另行一種畫風了。」

「餓瘦的」微喟著：「對了，變化太快，等到你學會了新寫實，也許已經不時興了。」

「老是跟在人家後面跑，不會很累嗎？」

聽他們講這些，常滿姨覺得沒有意思極了。讓這兩個做夢的講下去，也許「餓瘦的」會多講一些他潦倒紐約的慘相，對剛來的鍾星輝會有棒喝作用，明天眞的乖乖的找常滿

姨去拿制服，當守門人。

讓他們說去，常滿姨放心的折回客廳，坐在她的老位子，那隻牙科病人坐的椅子上，仰起頭，枕著後面的墊子，想假寐一會。

剛要闔眼，西邊牆上那一幅畫卻一下擊入她的眼睛。和「餓瘦的」掛的屁股的不同的。阿輝的畫不很像眞的東西。阿輝畫的，色彩都很強，深藍色，還有像血一樣的紅色，一滴滴的。平常常滿姨坐在這裏，偶爾瞥到牆上的畫。總是看到模糊一片，有紅有藍，像液體一樣在畫布上流來流去，分辨不出是什麼。以前總以爲阿輝只是亂刷，畫不出個形來，以爲只是彎彎曲曲的一些線條。現在仔細看淸楚了，常滿姨的臉驟然紅了起來。

「阿輝畫的是——中間比較複雜的，不正是一個女人的——」

常滿姨臊得連想都不敢想下去。阿輝離開芬芬也有半年了吧，難怪思念她，都給畫上去了，可眞羞死人喲。常滿姨把臉轉開，旁邊又是一幅，也同樣畫女人的——

常滿姨驀地坐直身子，她看不下去了，三脚兩步，走出畫室。厨房傳來男人說話的聲音，不覺站住脚，好像怕被窺伺出心事似的，她雙手捧住滾燙的臉，在阿輝的床上坐下來。

折騰了一個上午，先是街上公然小便的那個黑人，又是「餓瘦的」的那張大屁股，然後是阿輝的這個。她緩緩地躺了下來，兩隻手不自覺地往下伸去。那個死鬼坤生，現

在也不知道飄到哪個洋那個海去了。上次回紐約，常滿姨勸他退休，海員的生活不是人幹的，才不出五十的人，背都已經開始駝了，臉上日曬風吹，皺紋多得像蜘蛛網。常滿姨撫摸著他那雙粗糙的大手，又憐惜又淒楚地說：

「退了休，我們好好聚一聚。上半輩子東晃西蕩，就這麼過去了。唉，我們還有多少時間呢？」

常滿姨接下去，告訴坤生，錢的事他儘管放心，不用愁，幫了這些年的傭，吃、住都是東家的，領的薪水陸陸續續存了起來，也攢下不少錢。

那死鬼倒是向她擠了擠眼。

「奶奶的，妳這女人，啥事不管，一天到晚只想跟男人好。」

常滿姨狠狠的捏了他一把，那時兩人在床上。坤生撫著被捏痛的大腿，一邊討饒：

「妳聽到哪裏去了？我是說退休金用完了，咱們吃什麼？喝海水呀！」

常滿姨喜歡那死鬼不知道是哪一省的口音，她把手指撐開，伸入坤生麻花的髮鬚裏，憐惜的撫弄著。

「傻瓜，你擔心那麼多做什麼？死鬼，」愛嬌的睨了他一眼：「你呀，你只要好好跟我住下來，就行了。」

那個死鬼，結果呢，還不是狠心的走了，丟下她一個人冷冷清清的，夜裏無法入眠。

在阿輝的床上，她似睡非睡。厨房裏，男人談話的聲音一高一低的飄過來。阿輝帶了一身的勁來到紐約打天下，中氣十足，一副準備作戰的精神飽滿的樣子。常滿姨翻過了身。阿輝這小伙子，渾身是勁，新鮮得很。他畫的那些東西，有誰會要？掛在洋人夫婦的臥室，可能還嫌露骨，女人看了，不臊死才怪。男人呢？他們寧願去買一幅光身赤裸的美女照片，像死鬼坤生，派司套就夾了那麼一張月曆上撕下來的裸女照。那死鬼還說，他們的船艙睡鋪，貼了一牆。阿輝畫的，比那些光身子的賤貨難看多了。血淋淋的，藍陰陰的，有誰要買？

她心裏嘀咕著。也不知道過了多久，朦朧中，彷彿有個人影俯向她。常滿姨懷疑自己是在做夢。可是那人影似乎俯得很低，差點就趴在身己身上了。常滿姨睜開眼睛，一驚，趕忙坐起身來。

是阿輝。

「嚇我一跳。」撫著卜通卜通跳的胸口，對這個闖入者斜乜了一眼。

像不小心，誤闖入女人的臥房，鍾星輝無緣無故的心虛了起來。

「阿姨，我只是來——我不知道——」他氣急敗壞的辯解著。

「哎呀，我怎會躺在這裏？還睡著了。」

似乎很驚訝自己竟然睡在一個男人的床上，常滿姨迅快地翻身下床。又趕忙把睡皺

了的床單拉平。

「我是怎麼了?!怎麼了?!」常滿姨喃喃。訕訕地，這一男一女好像做了虧心事似的，心虛得不敢面對面。

隔了半晌，才聽到常滿姨說：

「阿輝，吃飽了？」

「吃飽了。」

「餓瘦——」連忙改口：「你朋友呢？那位李先生？」

「他回去了。」

「喔。」

「我是進來拿件外套，沒想到——」

「怎麼，要出去，不畫畫了！」

以爲又在挖苦自己，鍾星輝不理她，伸出手，越過常滿姨的頭頂，把掛在床壁上的夾克扯下來，披著就要往外走。

「你去哪裏？」

鍾星輝攤攤手聳聳肩：「出去逛逛，透透氣。」

「那——我幫你看家好了。」

「不麻煩阿姨了，」年輕人漸漸恢復正常：「出去把門鎖上，我有鎖匙。」

「也好。我好久沒逛街了。」

「那妳去嘛，難得放假一天。」

「說的也是，那死鬼——坤生答應我，下次回來，帶我去看電影。唉，等他回來——」

年輕人沒說什麼。

「阿輝，這附近不是很多電影院，每次回去，霓虹燈一閃一閃的，好像很熱鬧。」

「妳想看電影？阿姨。」

「要看也不能一個人去呀！我等那死鬼回來帶我好了。」頓了一頓：「阿輝，你上哪兒去？」

「不去哪裏，隨便走走。」

「街上盡是人，哪裏好走？」

「阿姨想去看電影？」

「是呀！」

聽見自己的聲音在說：「要不要我陪妳去？」

在鍾星輝反悔之前，常滿姨拎起皮包，趿上鞋子，跟著就走出來。

五

不曉得幾時出了太陽，花花的，瀉在又髒又舊的建築物上，像灑了破棉絮似的。「時代廣場」除了是暴力、罪惡、髒亂的溫床之外，它還是全紐約，甚至全世界戲劇、電影的中心。鍾星輝領著他的阿姨，走過一家又一家的電影院，兩人駐足去看牆上做廣告的劇照，只是不能決定看哪一家。對於劇照旁邊的英文字，常滿姨可是看了又看，瞄了又瞄，總瞧不出個名堂。她的英語只限於適用在厨房，以及做女傭應該懂的那幾句，翻來覆去，說了十幾年，硬是跳不出這範圍。瞧阿輝，像是很認眞的在看，可是剛從台灣來的，他對這些蚯蚓字又知道個什麼？

常滿姨走得發熱，把身上的毛衣脫下來，鍾星輝也掏出手帕，把額頭上的汗珠，擦了又擦。

最後，常滿姨忍不住了。

「阿輝，隨便找一家吧！還不是一樣看。」

他們走向最近一家電影院，也不管它演什麼，常滿姨連劇照也懶得看，就進去了。

雖然是星期天的下午，偌大的電影院卻是冷冷清清的，等到眼睛習慣於昏暗，常滿姨看清了寥寥可數的觀衆之中，十個有八個是黑人。常滿姨心頭又是一驚，來美國以後，

常滿姨很少光顧電影院，沒人陪著來，她膽子再大，也不敢一個人，獨自坐在黑黑的電影院。

以前在鄉下，常滿姨可是電影院的常客。那時，看電影也是件大事，總是穿了最漂亮的衣服，脚上趿著當時在鄉下流行的塑膠鞋，和鄰居要好的女孩，結伴去看電影。常滿姨還是少女的時候，在鄉下就是有名的刁鑽。媒婆來做媒，在外頭和她父母談，後來提到男方想先看看她，要在什麼地方相親。一直在屏風後偷聽的常滿姨，突然大模大樣的走了出來。

「要看，到電影院來看！」

媒婆手上的牙籤指著她，又笑又惱地說：

「阿滿呀，電影院黑嚕嚕的，怎麼看妳喲？」

結果，常滿姨的潑辣、刁鑽的名聲是傳出去了，快三十的時候，才馬馬虎虎嫁了個木匠。她的這個木匠丈夫，是以拳頭、蠻力來對付嘴碎難纏的常滿姨。一頓打下來，任憑常滿姨再潑辣，也只有哭哭啼啼，躲在牆角的份兒。挨了三個月的好打，木匠丈夫搞上暗巷子那個私娼，常滿姨倒不再挨揍了，因爲他連家都不回——

常滿姨歎了口氣，過去十幾年的事了，想它幹嘛？剛才出了神，電影不知道演到哪裏去了？常滿姨調整了一下坐姿，準備看電影，電影院還是那幾個人，冷冷淸淸的，坐

了半天，也沒進來一個。倒是那幾個黑人，好像輪流似的，一個接一個到洗手間去。常滿姨一肚子的狐疑，在黑暗中，她又感覺到阿輝坐在旁邊，動個不停，一副坐立不安的樣子。

銀幕上，出現一男一女，男的是個黑人，女的比他要高出半截，手上牽了隻哈巴狗，和男的走走一個房間。裏頭除了一張圓形的床，什麼也沒有。女的一進門，開始脫衣服，脫的只剩下黑色的三角褲，男的過來，粗暴的一手把它扯下，女的赤裸裸的站在那裏——常滿姨不敢相自己的眼睛——男的也兩、三下，除下自己的衣服，把女的按到圓形床上，他短小黑炭似的身體，滑稽的覆在上面——

天呀！竟然有這種事，什麼電影不好看，他們兩個土包子竟然撞進來看小電影。常滿姨直覺的反應就是立刻站起來，走出去。她還是相信她們鄉下的迷信，大白天撞見「妖精打架」，會倒楣。她應該立刻跑到外邊，就著水溝吐幾口痰。

剛要起身，那個女人突然在銀幕上轉過臉來，對著常滿姨。女人金色窄長的臉，浮滿了細細的、白色的毛，還有那藍陰陰的眼睛，愈看愈像妖精，似乎還在向常滿姨誘惑的眨眨眼。

「阿輝！我們——」

話沒說完，女人的身體驀地往上一躍，開始蛇一樣的扭動起來，她閉上眼睛，嘴微

微開啓，整個人陷於一種顫慄之中。那神情使本來已經要站起來的常滿姨，雙腿軟了下來，癱瘓一樣的坐到椅子上。以後十分鐘，一幕幕不同的男女，不同的姿勢，不同的呻吟交替著，常滿姨雙手緊抓著膝蓋，享受一陣陣歡快的凌遲，動彈不得。

也不知過了多久，也不曉得當初是怎麼發生的，總之，在同一瞬間裏，常滿姨和鍾星輝卻先後不約而同的跑離電影院。外邊已經是黃昏了，天還沒黑透，看完小電影出來的兩個人，不期然的交換了一下目光，又各自把頭掉開。他們雖然走在一起，可是中間卻空出一大段距離，像是剛從旅館出來的一對男女，完了事之後，回到人世間，由於心虛，不敢太接近，唯恐被人窺探出剛才的曖昧。

好在天已經黑了，市囂塵煙使天空看起來很低，幾乎垂罩於高樓的上方，街上來往的行人，也因天色而面目模糊起來。經過「紐約時報」大樓，常滿姨才說：

「我們彎去買點小菜，晚上沒菜吃了。」

不等鍾星輝的反應，「附近有家肉店，開到很晚，」常滿姨說：「我們去買點肉。」像一對遲歸的夫婦，妻子到家以前，想起家裏的晚餐。常滿姨眼前浮現了一對夫妻同在廚房裏忙著準備晚飯的情形，年輕的丈夫，捲起袖子，幫著妻子洗菜——

「阿姨，我看——」

「是個批發的店，賣得很便宜，我知道。」

像個跛扈的妻子，把丈夫的話當耳邊風，自顧自快走了去。鍾星輝落單的留在後頭，也不知他心裏在想什麼。

肉店在拐角的角落，佔了兩、三家店面，敞開的大門，掛了一屋子的牛肉，簡直像個屠宰場。牆上吊了一排半隻的羊，彷彿才殺好似的，還滴著血水，血淋淋的，還有幾個牲畜的頭，看著令人怵目心驚。常滿姨一邊買肉，一邊用眼角偵伺著鍾星輝。年輕人顯然被這一屋子的肉林嚇住了，他錯愕的站在那裏。

「這兒你沒來過？才這麼近，你不知道有這家肉店。」常滿姨付了錢。「比起超級市場，這裏的肉要便宜多了。」

「妳剛才說過了。」

常滿姨接過買好的肉，站在那裏，陪鍾星輝一起注視被人類宰割、肢體成片片的牲畜。

看了足足有好一會。「阿輝。」常滿姨突然說：「咦，你瞧，肉的顏色，是不是有點像你的畫？也是紅紅的……」

被突如其來的這麼一比較，鍾星輝很奇怪的盯了常滿姨一眼，漸漸地由吃驚轉爲惱怒。

「我回去了。」十分被惹惱的語氣。「阿姨，妳——」

「好好，回去，我們一起走。」

年輕人頭也不回，常滿姨拎著肉，皮厚的跟上去。才走了兩步，又停下來。明明知道自己是不受歡迎的，阿輝一而再的想擺脫她。從他的口氣裏，他的行動上，都把這意思表示得再明顯也沒有了。爲什麼自己還是死皮賴臉，非回那個窩不可。是不是因爲自己無處可去？放假的日子不甘心躲在洋老闆家厨房後面的那個黑黑的小洞，也不肯像以前一樣，拎著購物袋，毫無目的地滿街亂轉，流浪一天？再怎麼說，阿輝是她的親戚，好不容易，常滿姨有個可以走動的地方。她總算有個人可以說話了。在這萬花筒的紐約，除了坤生那死鬼，偶爾回來之外，可以跟常滿姨說話的人，沒有一個。

爲什麼自己會使阿輝這麼不耐煩？有她一個星期來這麼一天，阿輝起碼可以吃頓像樣的飯，可以由她把家收拾好，整理一下這個窩，而偏偏自己那麼惹人嫌……

常滿姨站在街口胡思亂想，一個像山羊一樣的老黑人，一顛一晃，晃到她前面。

「嗨，寶貝，跟我來吧，嘿嘿……」

黑人看著被嚇壞了的常滿姨，得意的笑了起來，翻出眼白很多的眼睛，朝她直眨眼。常滿姨把皮包抱在胸口，像衝出重圍似的，搶閃過那黑人，直追鍾星輝。

她是眞的沒有別的地方可去。

六

晚飯還是在厨房吃，兩人又不可避免的在一起了。他們各自捧著碗，面對面，默默地，誰都不願意開口，很專心的吃著。好幾次兩個人的眼睛互相碰觸了，才那麼一瞬間，又各自移開。有幾次，常滿姨忍不住想開口，看到對方那副樣子，自己也就閉嘴不說了。

草草扒完飯，嘴裏還塞著滿滿的一口，鍾星輝便逃也似的進了他臥室。常滿姨在厨房裏洗碗，聽到年輕人在裏頭繞來轉去的脚步聲，像一隻被關在籠子裏的獸。常滿姨搖搖頭。恍惚間，發現自己的影子映在碗槽上的玻璃，在微弱的燈光下，勉強看出一個臉的輪廓。不明的光線，遮掩了常滿姨的大鼻濶嘴，映在玻璃上的，是一個鴨蛋型的臉龐，朦朧中，竟有幾分美麗。

常滿姨對著自己姣好的臉，無端的自憐了起來。那死鬼坤生，誰曉得他現在是飄到哪個洲、哪塊島上。說不定此刻正摟著一個半裸的土女，睡在某個島上的月光底下，也可能在向某處港灣的吧女調情。而想想自己，也夠命苦了，怎麼會跟上一個浪子，自己還傻兮兮的巴望有這麼一天，這浪子回心轉意了，讓常滿姨用錢把他拴住，那麼這下半輩子，也就有點指望了。而那死鬼，竟然把她這點可憐的希冀當玩笑來講，常滿姨眞有點氣自己。其實，那死鬼有什麼好神氣的，沒遇到他之前，常滿姨還不是獨自一個人，

熬過了四、五年。當然，那種日子不是人過的，晚上睡不著，起來滿屋子亂轉，煎熬得她差點跑到街上，當衆把衣服脫下，大喊：

「要我吧，把我拿去吧！我再也受不了喲！」

她當然沒敢這樣做，不過，著實爲自己瘋狂的想法嚇壞了，坤生的出現，正是常滿姨憋得快發瘋的時候。

常滿姨扭著手中的抹布，這樣有一搭沒一搭的想，有男人，更使她受罪。沒有他的日子，可比以前更不好過。像這次，坤生有多久沒回來了？好幾個月了。他還會不會回來，還是個疑問。常滿姨想用錢拴住他，要他安定下來，不再東飄西蕩，沒想到卻把他給嚇跑了。

坤生不會再回來了吧？

她站在廚房中央，扭著抹布，愈想心愈亂。那種想要跑出去，當街把衣服脫了的慾望又升起來，尤其是今天一天，經歷了無數次有關的場面，最後一次，坐在黑黑的電影院，她可以聽到自己的喘息聲愈來愈粗重……

她想到這屋子裏有個男人。

鍾星輝伸著腿，直挺挺的躺在床上，兩隻手抱著頭，閉上眼睛，常滿姨進來，年輕人連眼皮都沒抬一下，不知是睡著了，還是在假裝。臥室很小，多了一個人就顯得很擠。

她在這男人的床前站了一會，心虛的臉直紅。覺得應該把視線從他身上移開，而做點什麼。常滿姨抬起手，想把鍾星輝的外套取下來。

年輕人的眼睛倒是睜開了。

「阿姨，我不是故意的，你知道。」他吐著氣，輕輕地說。

「你心煩！我曉得。」

「不，我說的是那那——那電影，連我自己也不知道——」

常滿姨禁不住的在男人的床尾坐了下來。

「沒關係，沒關係。」她喃喃。

「很難爲情的——」

「我知道。」她坐在男人的腳旁。躺著的年輕人感覺到床被另外一個人壓下去的力量。

「咳，世界變了，連這種東西也演出來給人看，」常滿姨口是心非地：「你說，多丟人現眼呀！」

她嘴巴歎著氣，心裏卻莫名的輕快。「羞死人了。」她說，連自己也都沒覺察地微笑了起來。

「阿輝，你第一次看嗎？」悄悄地問。

年輕人不吭聲。「我是第一次。」帶著嬌羞。「他們喜歡搞這一套，洋妞也比較大膽，不顧羞恥，換了我們，嘻，才不敢哩！」

說完了，還竊笑兩聲，床上的男人始終沒有吭聲，手肘覆在他的眼睛上。這樣，常滿姨看不清他臉上的表情。

沉默了一會。

「也不儘是洋人，日本人也很那個，」常滿姨凝視著男人那一雙年輕、有力的長腿。「我讀過日本書，做女孩的時候，常常看一些日本人寫的小說，裏頭寫的才詳細呢！聽說過一部書，叫《源氏物語》嗎？」

年輕人輕輕的搖了一下頭。

「講宮廷的戀愛故事的，有好多地方，寫到老的女人，專門和年輕男人要好——其實，這也沒什麼不對——」

她捧著心，期待床上男人的回答。半晌，沒有反應。常滿姨的頭胸漸漸俯下來，低得幾乎俯到男人的脚上。

「阿輝——」她迷亂地喚著。

突然，床上的男人一躍而起，把雙脚從常滿姨的胸口抽走，常滿姨撲了個空，人重重的趴俯到床上。

「阿輝，別走，阿輝——」

她聽到「砰」一聲的關門聲，下樓梯的脚步聲，然後，漸漸走遠了，什麼也聽不見了。常滿姨趴在那裏，抓著男人睡皺了的床單，無聲的哭了起來。

——原載一九七六年四月廿四～廿六日《聯合報》

台灣玉

一

暮春的早晨，李梅穿著淺藕色鑲纍絲的晨褸，坐在陽台上吃早餐。生擠的橘子汁，兀自散發著新鮮辛辣的果酸味，浮動在山間早晨的空氣裏。

繽繽、小文上學去了，傭人們躲在厨房裏，別墅的周遭照例很平靜。山谷間的花草騷動著，掙扎地從泥水中站立起來。昨天黃昏那場遲來的春雨，把滿山遍野開得極盛的杜鵑花，打成七零八落。紅、紫、粉、白不同顏色的花，扭結盤纏一堆堆、一簇簇，塌在綠枝葉叢中，從陽台往下看，像是個一團團五顏六色的衛生紙，浸溼了水，被沿路丟了一山谷。

看來這場不合時令的大雨，勢必要提早結束今年的花季了。上個週末，李梅在圓山

俱樂部的酒會上遇見俞夫人，還聽她埋怨花園的杜鵑遲遲不開。

「看樣子，我只好叫花王找催花劑來打囉。」她說。

「哦，催花劑？」在交際圈走動了這麼些年的外交官夫人李梅，這次倒是大開耳界。「催花劑？」從來沒聽過，卻又不願讓對方以為自己少見多怪，連忙改口：

「我說呀，妳也太寵花了，瞧妳俞夫人過年忙那幾盤水仙，嚇壞了人，」她誇張地做了一下手勢，「把它們寵成精，非得妳親手好生侍候，硬是不肯開，哎。」

俞夫人一得意起來，雙下巴的白肉不禁顫呀顫地：「結果今年我們家的水仙，比誰家都開得好。」

「哎，以後呀，我們改叫妳花精好了。」

「范太太，妳可真風趣，我就愛聽妳說話。」

不知俞夫人的杜鵑究竟開了沒有？昨晚這場大雨該會讓她氣得跳脚吧？李梅想像俞夫人懊惱的模樣，不禁微笑了起來。她揚了揚細心拔過的眉毛，啜乾杯中最後一滴橘子汁。李梅的五官生得十分嬌小，分開來看，並不特別出色。然而，把她那東方女性特有的嫵媚眉眼放在頗具現代感的寬潤臉龐上，卻另有一番味道。可能因隨丈夫出任在外國住過幾年，手勢舉態不免洋派些，平常出去交際應酬，站在已屆退休年齡的丈夫身旁，刻薄一點的女太太，總愛損她兩句，笑她是陪父親出來應酬。

女太太們的調笑，一點也沒有惹惱李梅，本來嘛，她四十還不到，又是經老的典型。繽繽過了年就十三歲了，可是瞧她那身段，倒像沒養過孩子似的。她穿長褲、泳裝，年輕的女孩有的還眞鬥不過她。難怪有些嫉妒的女太太，像那個打扮起來不惜工本的喬太太，每次盯著李梅的那份神情，眞是恨不得自己和李梅換了，最好把細腰長腿移到自己身上。

而現在，李梅坐在花園別墅的陽台，肘彎支在漆白的籐桌上，寬寬的淺藕色袖口，柔軟地垂摺下來，露出她細緻平滑的手肘。李梅是在享受別墅的假期——最後一個月的假期生涯。

原本以爲未來的日子也是一連串過不完的假期，再怎樣也沒有想到它有結束的一天，而且來得那麼突然。上個週末，李梅和丈夫去參加一個晚宴，主人楊世慶是企業界的大亨。據說當年是靠供應家庭用的瓦斯筒起家的，發跡以後，從三重河邊的木寮搬到台北，這天晚上的宴席就設在三姨太的公館。

敷衍這批新起的暴發戶，本是出身世家的范士儀所不齒的，近年來，爲了情勢所迫，也只得和他們周旋。離開楊家，已過半夜，范士儀在車上沒開口說一句話，李梅以爲他心裏不痛快，也不作聲。

「妳和郭太太談什麼？那麼開心，」扣著睡衣鈕釦時，范士儀微喟著：「興致可眞

大！」

「她在說陪一位太太去買鞋子，剛到的新款式，」李梅坐在化妝台前卸妝，從鏡子看著丈夫：「你猜人家買了幾雙？」

「兩雙？三雙？」

「小兒科！二十雙，六號半的尺碼，巴黎寄來了二十款，一種要一雙，」小圓檯一轉，李梅對住丈夫：「這還沒完，她又做了二十個皮包來配。」

「哦。」

「夠奢侈了吧！把我全部鞋子加起來，也不夠二十雙。」說著，對著鏡子自顧自笑了起來：「那個太太的丈夫也是做生意的，呃，好像做塑膠什麼的。」

她開始刷她的頭髮：「其實，楊世慶這個三姨太，也滿力爭上游的，看她每次和我們幾個太太一起，察言觀色的，生怕說錯話。歡場出身，算很難得囉，只是要改掉那一身習氣……」

搖了搖頭，褪下純絲的白色袍子，露出很性感的睡衣，躺在床上的范士儀，不自覺地把眼睛閉上。

熄燈上床時，李梅聽到丈夫幽幽地說：「梅，要是有一天，我們不再被請去參加宴會，不再出入這些場合，妳會……」他似乎在選擇適當的字眼：「會不開心嗎？」

「能不去？推得掉嗎？」

「嗯，也許能夠。」丈夫似乎是在黑暗中點點頭。

一個模糊的、久經遺忘的記憶，在一瞬間浮了上來！李梅心裏一驚，嘴裏卻說著：「你的心思被我猜著了，士儀，不帶我出去應酬，敢情是怕被那些姨太太教壞了，亂使錢揮霍，放心好了！」

范士儀試著解釋：「梅，聽我說——」

李梅按住了丈夫的肩膀。

「那件事……沒准？」

「被駁回來了。」

「喲。」

「今天才曉得的，一早跨進辦公室，公文就在桌上等著。」

「那時你申請延期，呃，都快半年了吧，我早就忘了，沒想到……」

「國外請回來的，當然要有職位安揷，當初申請延期退休，遲遲沒有下文，我心裏就有數！」

李梅僵硬地躺著，雙手交义放在胸前。

「一定是請來代我的人，還沒弄妥，上頭索性對我的申請來個不聞不問，讓我多待

一陣子，墊墊空檔，現在人快回來了——」

「那麼，士儀，你退休幾時生效？」

「下個月。」

李梅再也無法鎮靜了。「這麼快！」

「嗯。王人豪來信說他教的大學五月初結束，回國先住旅館，給我們收拾的時間從容一些——阿梅……」

捏了捏丈夫的手：「放心好了，」李梅聽到自己在說：「跟了你這麼些年，看的也看過了，玩的也玩夠了，我還有什麼缺憾的？也許這樣也好，你也該休息休息了，士儀。」

新來的人佔去了丈夫的職位，也將佔去范家的住處，李梅眞的能在一個月之內搬離，而覺得一無缺憾？她從陽台偏過頭來，用眼睛細細地瀏覽這棟花園別墅。當初蓋這棟別墅時，據說還是位聞名的國學教授，在美國大學退休後，回到國內，在陽明山找了這塊依山臨谷的地，花了心神參與設計，一屋一瓦都經過選擇，據說鋪花園的石子，還是派人特地到橫貫公路的谷底揀了來的。偶爾也畫幾筆國畫的老教授，更沿著四周牆角，栽了幾叢綠竹。

輪到布置內部時，老教授挑剔得厲害，他嫌台灣所染的顏色，不夠純正，壁紙、窗簾一律由外國進口。憑著他高妙的藝術品味，老教授把客廳米色的牆，配上寶藍的地毯，

客人一走進，眼前一亮，總有煥然一新的感覺，精神爲之一振。

老教授搬進這別墅住了沒多久，據說是受不了山上的孤清，其實，和他接近的朋友透露，老教授把所有的積蓄全投到房子，再也負擔不起女傭、花王園丁、看門人、粗工每個月的工資，只好忍痛把別墅出租，自己搬回市區住公寓。

當初李梅來看房子的時候，她特別欣賞通往二樓那迴旋而上的樓梯，她想像大宴會的場面，自己身著絲質拖地禮服，緩緩一步步走下樓梯，丈夫早已迎了上來，李梅把手優雅地遞給他，兩人一起走入賓客之中——

李梅這個小小的想望，在搬進來的兩個星期後就實現了，做爲外交官的夫人，在社交場合周旋，本是他們生活裏的一部分。

「太太，用完了？」陸嫂端了個托盤，不知什麼時候站在她後邊。李梅點了點頭，陸嫂開始輕手輕脚地撤去桌上的杯盤。

「上街嗎？要不要吩咐老王備車？太太。」陸嫂恭謹地問著。

李梅歪著頭想了一下。前天陪喬太太去參加一場時裝展示會，她看中了兩件鑲纍絲花邊的粉紅絲質襯衫，今天到「造寸」拿了，下星期一輪到李太太家喝下午茶，可以穿了去亮相。

「叫老王稍等一下，待會兒到台北去。」

陸嫂端了托盤下去，李梅站了起來，倚著陽台的欄杆往下看。花園裏被雨打落的杜鵑花，已經被掃成墳墓似的一小堆一小堆，花王正在修剪小徑兩旁的聖誕樹，見了她。

「您早，太太。」他手中大剪刀提得高高的。

李梅聞聲過來跟他招呼。

「哎，小心被刺到囉，太太。」

聲音剛落，手中大剪刀的大口對住那支桃枝。

「才三、兩天工夫，瞧瞧這桃枝，不規矩，都要竄到陽台上去了。」花王老劉嘟囔，大剪子一夾，眼看桃枝就要被剪成兩斷。

李梅喝住了他，伸手去護衛差點被剪的桃枝。顯然吃了一驚的花王，連說話也吞吞吐吐：

「哎，太太，這枝子亂抽亂長，怕不小心，太太給刺了。」

「不要緊，老劉，你忙你的去。」

花王疑惑著，卻只好恭謹地退下。

這株桃花，使李梅記起少女時代的一段往事。高中畢業旅行，一大羣女生結隊上合歡山賞雪，旅行車到達霧社，已經黃昏了，臨時決定在廬山日本式的旅館過夜。李梅排隊洗了個溫泉澡出來，全身的皮肉被熱水燙得發燒，她只穿了件薄毛衣，來到榻榻米大

廳，上前去「嘩」一聲把紙窗打開，一株開得很盛的桃花，斜裏飛射過來，李梅握著被湯紅而腫脹的赤足，以爲自己是在日本。

那個時候，短短的假日、桃花、日本溫泉旅館、合歡山的薄雪，就能給她這麼大的滿足，做了范士儀的夫人之後，天天是假期，別墅生活過不完的假期。

哦，但願眞的過不完，李梅甩了甩頭，不願去想。當她裝束妥當，走過花園，左邊乾涸的游泳池，藍色磁磚在陽光下閃得耀眼。

「看這天氣，今年游泳池又可以早開了，」李梅自語，笑得有點落寞：「明天就放水，讓孩子們樂一樂，再不，就沒得機會了。」

決定之後，李梅輕巧地鑽入車內。

二

搬家對李梅一家來說，最簡單不過了，嫁了個爲公家服務的丈夫，她很習慣什麼都享用現成的，從一桌一椅到厨房的全套橱具、瓷器餐具，自會有人安排得好好的。搬家那天就像住旅館一樣，拉了幾隻大皮箱，進了房內，打開箱子，把怕皺的外出服一件件掛到壁櫥，梳洗的用具往浴室一擺，抬起頭，繽繽和他的妹妹已經在游泳池畔騎踏車了，輪子在水池地上來回滑著，發出吱吱叫聲。

「媽咪，我的潛水衣不見了，」繽繽大喊大叫地從樓上蹦跳下來，後頭跟了他妹妹，拖了個光身的娃娃，手上脚抱了一堆娃娃的衣服。

「媽咪，娃娃要穿漂亮的，娃娃要坐飛機去。」

小文是在美國出生的，回國時才三歲不到，她以爲搬家就是要坐飛機。

李梅站在凌亂的客廳，「這一次，我們不坐飛機……」她捧著小文的圓臉蛋，向她解釋著，門鈴這時響了起來，繽繽搶著去開門，進來的人拿一把花陽傘擋住了臉，怯怯地跟著繽繽，繞著花園，朝客廳進來。

兩天前，常在一塊兒喝下午茶的女太太們，相約在俞夫人家弄了個午餐餞別會送李梅，那天來了好多人，大都是過去和李梅有來往的，女太太們個個執著李梅的手，熱熱切切地和她談著，關心她未來的日子將如何打發，俞夫人帶進來一個年紀很輕的女孩，她把李梅叫到一邊。

「這位是吳小姐，喲，該叫太太了吧？怎麼稱呼，妳自己介紹好了。」

女孩的臉紅了起來，羞怯地垂下頭。

據俞夫人後來告訴她，這女孩是社交界剛起的一代，兩年前才從屏東唸完高商，跑來台北打天下，憑實力考進了美軍顧問團，在販賣部當會計，被一位喪偶的美國上校看上了，最近結了婚。美國人的年齡大得可做她的父親。俞夫人的丈夫是軍界的高級將領，

大家才這麼認識的。

「她這個洋丈夫很老實，把太太往我這兒帶，」俞夫人告訴李梅：「要我費點心，幫他調理調理這女孩，看他千拜託萬拜託的，我只好把她拉到妳這兒來。」

「俞夫人可真愛說笑話，明明知道我們士儀這個月就要退休，我還能效勞什麼呢？」

俞夫人把手臂繞在李梅的肩上，親暱地緊了緊。「哎，范太太，我受人之託，總得忠人之事呀，妳問問吳小姐，我帶她去逛了多少間委託行，不行呀，那些東西賣給西門町的那種女人還差不多……」

李梅心裏直打轉。

「我看妳們身材差不多，范太太，妳不怪我吧？」

總算猜中了俞夫人的心思了。

「以後反正也穿不著了，是不是？」有點負氣的，李梅蹙了下眉，說。

俞夫人正要接口，耳朵尖的喬太太，抬著打皺的臉，湊了過來。

「什麼東西穿不著呀？」她對打扮興趣最大，做祖母的老太太了，平日對李梅的細腰瘦腿，又是嫉妒又是羨慕。她湊到李梅耳邊，生怕別人聽見：「有什麼好東西割愛，第一個讓我知道，千萬記住哦。」

李梅的臉色一下變得十分難看，生平沒受過比這更大的屈辱，她正要發作，發現一

屋子的人都在朝這邊望，她深深吸了口氣，頭一甩，擺脫了這可厭的老女人，悻悻地說了句：

「這個我還得先回去翻翻，連自己都忘了有些什麼。」

丟下她，走開了。

俞夫人出來打圓場：「喬太太呀，前天上街買料子，才曉得妳是大大出名哩，博愛路的綢布莊，個個都知道妳這個女暴君，說是只要被妳看中的衣料，非整匹買下來不可，可眞有其事？從實招來。」

「當然囉，看別人穿得和妳一個模樣兒，多沒趣哩！」聽得幾個女太太掩嘴偷笑。最後，李梅還是聽了俞夫人的勸告，說好說歹一定要讓那女孩來看看。李梅回來打開衣橱，找出幾套晚宴的拖地禮服，參加雞尾酒會的薄紗裝，心想丈夫退休以後，恐怕很少有場合需要這種打扮，反正自己穿不著，讓給別人，也算是給當介紹人的俞夫人一點面子，李梅也就不再堅持了。

吳小姐跟著來到李梅臥室裏的穿衣室，女孩還是怯生生的，咬著嘴唇，一雙手包在裙子裏，眼珠卻不停地東張西望，打量別墅裏的一切，流露出羡慕。李梅好像看到了二十年前的自己。

當吳小姐站在衣橱之前，伸手就要去摸那些絲質光滑的衣服，李梅瞥見女孩子一雙

指節粗大的手，可能來台北之前，常常下田幫忙。

「挑妳喜歡的，試試，吳小姐。」

女孩的臉驀地紅了起來，不過還是依言褪下身上碎花的洋裝，迫不及待地試穿李梅的服飾。李梅坐在一旁，冷眼旁觀，及地的穿衣鏡一無遮掩地映現吳小姐的身影。女孩有著南部太陽曬得黝黑的皮膚，圓而亮的黑眼珠，深陷下去，似乎有點山胞的血統，把她擱到華洋雜處的社交圈，客人們要花上好多工夫，左猜右想這女孩究竟是馬來亞人，亦或祖先是泰國華僑。

像她這一身黑裏透紅的皮膚，實在不適合穿李梅這些青藍、淺紫的太過文明的衣服。義大利名廠出的服飾，一定要像李梅，在外交場合混過幾年，孵出一身白皮膚，學了一套舉止禮儀來配合。

女孩在穿衣鏡前轉來轉去，瞪大的黑眼珠閃閃的，鼻尖冒著興奮的汗滴，每次換上一襲服裝，就是一聲驚歎，她簡直無法相信鏡中的人就是她自己。剛開始時，每穿一件，她還低聲下氣地詢求李梅的意見，漸漸地，她整個爲自己所陶醉了，對著鏡子左顧右盼，人也活潑了起來，手曳著秋香色綢緞禮服的裙襬，想像置身在華廈的大廳，華爾滋舞曲輕送著，身子不覺微微晃了起來。

李梅坐在一旁冷眼瞅著她，世人所謂「顧影自憐」就是這樣的景象吧！眼看自己的

衣服，穿在別人身上，心中很不是滋味，這和自己不要了，送給別人穿的感受截然兩樣。

女孩此刻又套上一襲泰國絲及膝的小禮服，也許是五彩繽紛的圖案，配合她黝黑的膚色，站在穿衣鏡前的她，竟然像是經過仙女魔棒一點的灰姑娘，頃刻間換了個人似的，光彩眩人，立刻就要駕著南瓜變的馬車，去王宮赴王子的舞會去了。女孩把頭昂著，背脊挺得直直的，她在鏡子裏找到了自信心。

這個在社交圈子裏剛要浮頭的女孩，李梅幽幽地歎了口氣，居然穿起她的衣服，向被迫告別這個圈子的李梅炫耀示威，天底下還有比這更荒謬的嗎？

明天范家就要結束別墅的生活了，屋子裏上下亂糟糟的，李梅坐在穿衣室裏，任憑女孩翻遍她的衣櫥，自覺倒像是在分派遺物似的，所不同的，自己可還活生生的。她突然記起不久前，美國大使館一個武官，心臟病突發，送回美國就醫，李梅和那太太平素還有點交往，禮貌地去慰問一番。武官天母的住處像搬家一樣的凌亂，他的十分胖大的妻子，披著一頭稻草色的蓬髮，一臉驚惶無措，寬濶的暮暮裝的下襬，從客廳一邊掃到另一邊。武官的女兒琳達，十四歲都有了，已經發育得像個女人，手上卻拿了根棒棒糖，在慰問的人羣中轉來轉去，嘻嘻癡笑。李梅聽說她智力遲鈍，在學校老升不上級……

「好看嗎？」女孩訕訕地問，她警覺到李梅坐在一旁，注視她好久了。

李梅從那一幕家破人亡中驚醒過來。

「倒還滿合身的，」她上前去拉拉：「腰身長度差不多，就是胸線不太對，小毛病，可以找裁縫改一改。」

說著，轉身把衣橱的門關上。

「范太太……」女孩抗議地叫了一聲。

李梅止住她：「穿了這許多，就數這小禮服最合適。」她找出一個空紙袋。

女孩顯然很失望，不情不願地換回自己的衣服，仙女的魔力頃刻間消失了，灰姑娘又回到了先前的羞怯，李梅的臉色使她不敢正視，拾起梳妝台上的皮包，就要掏錢，被李梅搶先一步，把她的皮包扣緊。

「快別這樣了，吳小姐，讓人家見了笑話，」她把她脫下來的小禮服摺好，放入紙袋：「妳是兪夫人的朋友，不嫌棄，就算送給妳見面禮吧！」

女孩忸怩、推搪著，硬是不肯。

「大方一點，瞧妳小里小氣的，喏，拿去。」她把紙袋往女孩手中塞：「妳看我屋子亂糟糟的，不留妳了，看到兪夫人，幫我問好。」

然後，站到樓梯口朝下喊：「陸嫂，吳小姐要走了，送送她。」

女孩磨蹭了半天，擠出一句話：「范太太，既然妳堅持，我只好恭敬不如從命囉！」

「跟誰學的？兪夫人教的吧？」

「亂說的，也不曉得用得恰不恰當。」

「很好，我心領了，以後多跟俞夫人學習吧，她會教妳很多的。」

女孩走了以後，李梅不想折回穿衣服，她到樓下書房找丈夫。書房門虛掩著，李梅悄聲進去，只見文件、紙團散了一地，范士儀跌坐在大書桌前，還穿著晨褸，背對著她，一隻手支著頭，似乎疲累不堪，又像是在想心事。有股衝動，李梅想上前一步，把丈夫花白的頭摟在懷裏，然而，她並沒有這樣做，她安靜地把門帶上，到厨房指揮傭人收拾，聯絡搬家的事宜。

三

范家用了一半的退休金，在青田街安靜的住宅區，買了一層小小的公寓。

搬離別墅那天，還有了個相當傷感的新舊交接儀式，李梅把別墅內外一大串鑰匙交到新主人手中，服侍范家多年的女傭陸嫂、花王老劉、司機老王，還有打掃的粗工，分別站在花園小徑的兩旁迎新送舊，可憐陸嫂還淚汪汪的，捨不得續續和小文。

倒是李梅堅強，謝過了下人們多年的服務，左手挽著最近突然老去的丈夫，右手牽著孩子們，緩緩步出大門。司機老王從後面趕上來，備車要送范家一家人最後的一程。

一跨出花園鐵門，李梅瞥見鄰居的約瑟芬，一頭胖得幾乎要走不動的臘腸狗，一搖

三擺迎面而來，到處吸吸嗅嗅，像是在找東西吃。李梅認得這條饞嘴的狗，爲了牠偷跑進花園，捕食跳躍的麻雀，把一圃剛萌芽的太陽花踩得一塌糊塗，李梅從陽台上看見了，奔下去，一怒之下，揪著約瑟芬，去到隔壁去，和狗的主人大吵一頓，兩家從此不相往來，甚至偶爾在交際場合碰頭，彼此也不打招呼。

爲了地上蠕動的這一團肉，兩家倒像是有了深仇大恨似的。在當時，李梅把狗踐踏花圃看成一件天大的事，就像俞夫人抱怨杜鵑花遲遲不開的情形一樣的嚴重。現在想想，李梅只覺得可笑，並且懷疑從前哪來這麼大的火氣，對這些微不足道的小事發脾氣。

此刻她扶老攜幼地站在那兒，即將奔赴茫然不知的前程。司機老王把座車無聲無息地停在他們前面，拉開車門，恭謹地等著他們上車。司機底職業化的舉止、他那釘著鈕釦的藏青制服，以及一臉惜別的神情，處處提醒著李梅，做爲范夫人的時代永遠過去了。她所擁有的，就只是車上緊緊相依的丈夫和孩子，還有後面的幾隻箱子，其他的頭銜、尊稱和特權，終將隨著遠去的別墅消失了。李梅滿心悽惶，她曾經擁有過許多。

然而，當李梅緊握著鑰匙，打開青田街新家的門的那一剎那，她的心情卻有著別墅生涯裏從未有過踏實的感覺。當他們決定買下這層公寓，介紹人把鑰匙交到李梅手中，這徒有四壁的小公寓，卻使李梅產生了奇妙的歸屬感，李梅把她平日在衣飾上的優雅品味，用來佈置新家，而得到的了平生最大的樂趣和滿足感。

她把頭髮剪得短短的，穿著襯衫短裙，短跟的皮鞋，每天進進出出，忙著做一個稱職的家庭主婦。李梅又爲自己找了個伶俐的小女傭，名叫英子，是從台東來的，國中一畢業，就被介紹到一個飛行員家工作，由女主人一手調教了兩年，小小年紀，居然做餅、炒燴、熬廣東粥無所不能。

李梅偶爾興起，也陪英子到附近溼漉漉的市場買盆栽。有一次，她看到一個身著銀色長禮服的女人，挽著菜籃子到市場買菜，污水濺了她一裙子，李梅把那女人撩起裙襬狼狽的樣子說給丈夫聽，兩人好像是一對中產階層的平凡夫婦，拿街頭巷聞當笑話來調節日子的煩悶。

不過，李梅的平民化畢竟也有個限度。前兩天，她在市場口，看見有個小販擺地攤賣涼鞋，圍了一大堆買菜的主婦，李梅瞥見一雙式樣簡單的白色涼鞋，看價錢買回來家居穿也值得，禁不住伸出脚去套套，果然也十分合適。可是李梅畢竟沒有勇氣買地攤的東西，她退出你推我擠的人群時，還四下張望了一下，生怕被人認出，隨即加緊脚步，心虛地走開。

新家安頓下來以後，繽繽和小文開始放暑假了。范士儀靠著他舊有的關係，在一家石油公司掛個顧問的閒差，每月支一點車馬費，不用上班，愛去一個月去逛個一、兩次。謀到這份差事，范士儀倒是很高興，他笑著對李梅說：

「有個地方掛個名也好，這樣一來，妳總不至於叫我老廢物了吧？」

李梅捶著丈夫的膀子撒嬌，又是心酸又是笑。

她告訴范士儀，趁著暑假，想帶繽繽、小文到花蓮去玩玩，雖然李梅的父母早已去世，不過李家還有祖屋在花蓮鄉下，大部分親戚也都聚集住在附近，藉這個機會讓被功課逼得很緊的繽繽輕鬆一下，認識認識他的表兄弟們。

范士儀當然十分贊成。「讓孩子們到鄉下跑跑，鍛鍊鍛鍊，怎麼從前就沒想到去。」他說。

李梅笑而不語。從前孩子們的暑假，名堂可多呢，住在別墅裏的父母，夏天沒到，早已挖空心思，爲孩子們安排節目。利用假期，到花蓮鄉下外婆家的念頭，從來沒在李梅的腦子閃過。

繽繽和小文只在外公去世那年，出殯時回去一次。從青田街到飛機場的途中，李梅坐在計程車裏，記起幾年前的一件舊事，那時她的老雙親都還在，鄰居一個從小一起長大的女孩，到台北一家洋行當秘書，嫉妒李梅嫁了外交官，住別墅，出入轎車。趁過年回鄉，散布謠言，故意把李梅說得很不堪。李梅的父親連夜打長途電話來，要女兒明天帶司機回家一趟，向親戚鄰居們證實一番。結果她那部大型的林肯黑色轎車，的確轟動了小鄉下。

比起上次衣錦榮歸的場面，此次自有另一番心情。提著簡單的行李，李梅帶著孩子們步出花蓮的小機場，她大哥的兒子早已等在那兒，一見繽繽，過去拉他，嚇得繽繽直躲。

「怎麼？不認得我啦？」小伙子訕訕地縮回手：「前次你來，誰帶你去果園採龍眼？忘記啦？」

李梅喝住孩子們沒禮貌，快喊表哥。這些年來，親戚之間確實很少走動。從前范家高高在上，住在陽明山，鄉下的親友來了台北，也不敢前去高攀，造成這種相見不相識的情景。

「別理他們，」李梅拖著小伙子走：「小孩子，一會就熟了。阿呆仔，你爸媽好嗎？」

「二姑，」小伙子掙脫了她，正色的糾正。「叫我正榮，現在每個人都叫我正榮。」

面對這臉色微慍的青年，李梅喟歎了，她觸犯了他，只因爲她依然喚著穿開襠褲時他的乳名。多時沒回來，娘家一定變了很多。坐在正榮簇新的寶藍色福特跑車中，聽他談到家裏的果園連年豐收，父親索性辭掉鎮公所主任的職位不幹，專心研究木瓜新配種。

「如果試驗成功，明年的收成起碼多出一倍，」正榮按了一聲喇叭，驚退了馬路上橫行的水牛。「爸爸本來是農校畢業的。」

「這個我沒忘記，正榮。」李梅笑笑：「倒還用不著你提醒。」

小伙子聳了聳肩。「他知道二姑今天來，特地借我車子來接妳們。」

彎過竹叢，大池塘就在前面，快到祖屋了，李梅突然覺得近鄉情怯。一羣赤足的鄉下孩子，從金瓜園裏向他們招手，似乎嚷著，人客來了，人客來了。

李梅心裏亂糟糟地回了娘家，親友們都前來敍舊，當中有她一位遠房堂兄，在工專學了礦冶，畢業後，學以致用，和人家合夥在羅東、宜蘭一帶，開採瓷土，後來不知道爲什麼垮了，拆了夥回花蓮老家，最近重開工廠開採台灣玉，正想打開國際市場，如果李梅有興趣，兩人可以合作，一個坐鎮工廠，一個在台北打外銷。

「珠寶生意很適合女人來做，」堂兄末了又加了一句：「不會有辱身分的。」

「身分？」李梅攤了攤手：「誰還有什麼身分？」

堂兄很積極，下班後，又自己開車到李梅娘家，繼續遊說，強調他的玉石工廠品質保證，全套企業管理，產量有增無減，只可惜銷售的對象只是台北的珠寶店，算是大盤批發，利潤不夠高，要是李梅肯出來直接做出口貿易，就可以免得被人從中賺去一筆。

李梅閒閒地抱著手，堂兄顯然有備而來，從〇〇七的皮箱取出一大疊資料，上面一張彩色攝影的目錄，印著各種形狀的玉石，還附了一張報價單。

「妳拿回去，有空慢慢研究，」堂兄把自己的名片夾在資料上：「決定了，搖個電話過來，看是我抽空去台北走一趟，或者妳再下鄉。」

李梅把一大疊東西從堂兄手中接過去，順手擱在茶几上。

「台灣玉和鑽石不能比，我們做Whole Sale，重量不重質，只要找對了外國客戶，妳一轉手，中間抽Commission，舒舒服服的。甚至連辦公室都不必，只要一隻電話聯絡，就算做家庭工業好了。」

李梅被逗得笑了起來。

「阿梅，看妳滿精明的，說不定還是塊將材呢！」

經他一激，李梅有些動搖了，丈夫的退休金有限，她明白「坐食山空」的道理，至於他那顧問的差事，每個月所支的車馬費，只夠他買英國菸草罷了。繽繽和小文如要繼續上貴族學校，李梅總要有個打算。

堂兄臨走前，還玩笑地拍拍李梅的肩：「阿梅，知道妳是個大富婆，這件事情，就算讓妳玩玩，交易談成了一宗，包妳手上多一顆大鑽戒。」

堂兄沒察覺到李梅一臉苦笑，告辭了。說起女人和珠寶生意，她倒認識一個朋友茱麗，南部世家的獨生女，出身教會學校，英文很好，十幾年前，中山北路康福皮鞋一雙六百元，她都買來穿。茱麗一心一意想嫁給外交官，躭擱到年過三十，還沒有對象。有次李梅去看她，茱麗告訴她，決心看破紅塵不嫁人，立志在事業上和男人爭個長短。正說著，門口進來了一個小男人，拎著一個〇〇七的手提箱，小心翼翼地放到抬桌上。小

男人自我介紹後，打開箱子。

「小姐面前不敢亂說話，別看一隻小小箱子不起眼！我說拿去換，換得了中山北路一棟洋樓，信不信？」

當時李梅覺得這小男人很好玩。

「珠寶這一行，女人來做最適當不過了，」小男人有了聽衆更得意了：「哪個女人不喜歡珠寶？我敢說沒有。如果有，她一定是個怪物，我也跟黃小姐說過幾次了，不是生意，只是玩玩，挑出自己喜歡的，剩下的，讓給妳們的朋友，有鑽戒戴，還有錢往口袋裏裝。黃小姐我看妳這位朋友倒也很合適——」

李梅坐在一旁只是笑著，茱麗看她笑得那麼有恃無恐，心裏恨得癢癢的。

「你也不睁眼瞧瞧，人家是何等身分！才懶得沾手哩！」

四

回台北後，李梅考慮了兩天，決定連丈夫也不告訴，擬了個小廣告，登到英文報上，只說「大批台灣玉，工廠直接供應」，下邊一個聯絡電話。廣告上並沒有任何署名，她還是顧忌怕人家知道。

以後幾天，李梅一邊守著電話，一邊仔細研讀堂兄給她的那一大疊資料，寸步也不

敢離開家裏，一連三天，連一個來詢問的電話也沒有。李梅百般無聊，隨手拿起舊報紙翻，發現一家賣玉石、珊瑚的珠寶店，廣告好像從來沒斷過。仔細看地址，是在南京東路的巷子，正是李梅和一般女太太們熟悉的「珠寶街」，以前一有外國官員來訪問，帶太太們到珠寶街來轉一轉，竟也成爲少不掉的節目之一，李梅因此和幾家珠寶店的女店員混熟了。一旁等洋太太們挑選飾物時，李梅在冷氣開得很冷的店裏，飲濃濃的香茶，自有不忙的女店員主動找她搭訕。

有次聽店老闆的女兒蘇茜談起，她說她們家原是澎湖捕魚的，後來附近發現珊瑚礁，一夜之間發達了起來，目前到南海採珊瑚的船隻，有十幾艘屬於她們家。李梅置身滿坑滿谷的珠寶中常常聽到類似神話的這些故事。

難怪沒有人打電話來。李梅洩氣地把報紙丟入紙屑簍，滿懷自己被捉弄的氣憤，趿上鞋子，正要衝出把自己關了三天的房子，電話在這時悠悠地響了起來。

李梅不抱希望地拿起話筒。一個說英語的年輕的聲音。自我介紹他姓馬克，名字叫亞倫。剛在菲律賓完成了一項交易，回來看到李梅的廣告，就打電話過來了。

爲了怕對方接下去詢問公司的名稱地點，李梅連忙先發制人，自稱是花蓮玉石工廠在台北的總代理，外銷出口事宜由她負責，她願意把一些有關台灣玉的價目表和樣本送到旅館去。當然是如果對方有興趣的話。

「我當然很有興趣。妳知道我旅館的房間號碼？」

聽出對方話裏的輕薄，李梅受辱的脹紅了臉。

「我意思是——」她急切地澄淸著：「從我們以往的經驗，外國來的客戶都住旅館，爲了對你們有更好的服務——」想到「服務」二字在英文裏的雙關意思，李梅猛然煞住口，對方似乎感覺出她的慌亂，換回一副就事論事的腔調，約好明天下午四點鐘，李梅帶著樣品和價目，到統一飯店的咖啡廳，兩人見面談。

「我怎麼認識你，馬克先生。」掛斷電話之前，李梅問。

「喲！這個——唔，我很高，有六尺，穿著——呃，誰曉得明天我要穿什麼——這樣好了，還是勞妳駕，到了旅館，打個電話到我房間，我再下來。」

「好吧！明天見。」

「等一下，好像忘請問妳的大名。」

「我是范——」她突然改口：「叫我李梅。」

下一天，李梅把自己打扮得很像出入中山北路洋機關做事的職業婦女，藍黃細格相間的絲襯衫，配了一條灰色薄呢裙子，脚下一雙粗低跟，式樣簡單，識貨的人卻一眼可認出是舶來的義大利鞋。

她依時到了旅館，打了內線上去，說是爲了易於辨識，她站在櫃台盡頭，一叢盛開

的黃色劍蘭旁邊。注視著電梯，開了又關幾次，吐出一羣肌肉鬆弛、爲亞洲的陽光曬得通紅的觀光客。

等待中，李梅想著黃劍蘭應該和她淺紫的絲巾相映成趣。電梯又吐出一羣人，最後走出一個高大的年輕人，藍色牛仔布裁的西裝，穿在這人身上，竟也丰采翩翩，他手上拎了個〇〇七的皮箱，是今年流行的棗紅色，脚下赫然是一雙白色的帆布鞋。

這雙穿白布鞋的大脚，朝著李梅的方向移過來。

「嗨！」

來人怕不只六尺高，俯視著李梅，伸出了手：

「亞倫・馬克。」

「李梅。」

在咖啡廳坐下時，李梅打量這說英文的中國人。

「妳好像很困惑，」一雙長長的、穿布鞋的脚，隨隨便便地伸到桌子外邊，他不拘行跡地斜坐著。

「以爲我是鬼佬?其實我姓馬，第三代的華僑，我這個姓，廣東話轉過去，不知怎的，英文就成了Mark，倒可以和鬼佬的姓亂眞。」

他解釋廣東話的「鬼佬」，等於是國語的「洋鬼子」。「黑人就叫黑鬼，後來被他們聽

懂了，現在唐人街的華僑，乾脆簡稱一個『墨』字，反正很黑。」

李梅笑出聲來。「姓麥，是麥子的麥？」她問。

「不，是馬，」他做出騎馬的姿態：「這個馬。今年是馬年的馬。」

李梅注意他那年輕的、賣弄的神情，恍然大悟地「哦」了一聲，多少帶著湊興的誇張。

眼前這個青年人，生就東方人的鼻嘴，不知怎的，看起來就不十分純種，和他之間，無法產生一種同胞手足的親，正因為不同，更覺得被他吸引。李梅於是當他是外國人地寒暄喜不喜歡台灣一類的話。

「第一次來，我站在西門町，對自己說，台灣是個很大的China Town，那種感覺，唉……妳知道，前兩年，我還在學校，朋友來台灣，我託他帶戲服——」

「帶什麼？」

「戲服，唱京戲時穿的，前面一大塊，後面也補一塊，綉龍綉鳳——難道妳不知道？」

他質問李梅，墨鏡後的眼睛逼視著她。

「我把戲服掛在牆上，朋友看了，都說中國味道十足。」

李梅附和地點點頭。丈夫外放那幾年，形形色色的華僑她倒見識了不少，也就見怪不怪。只是，眼前這個人，瘦高的鼻樑上架了一副海藻色的墨鏡，大白天在室內也戴著

墨鏡，令人感到異樣，極想知道鏡片裏隱藏了什麼。

李梅不覺把腰坐直了。

「馬先生，珠寶這一行，你做了很久了吧？」

「做台灣玉，這是第一回。前天下午才從泰國回來，那邊皇室中的一個貴族，有隻鑽石別針，祖傳好幾十代的，聽說有意脫手，同行的互相告訴，找了我去——」

提到燥熱的泰國，李梅上回去曼谷遊覽，導遊說過泰王在王宮招待貴賓，桌上的刀乂食具、餐盤酒杯，全是純足赤金打的，這個以古佛珠寶聞名西方的國家，任何事情都可能發生，所以當眼前這人形容別針最大的一粒鑽石，足足有他大拇指的指甲一般大，李梅相信他。

「妳看看！」他從棗紅色〇〇七皮箱，取出幾本印刷精美的刊物。「珠寶雜誌，這一本，蘇士比的目錄，去年十一月在香港文華酒店舉行，他們在亞洲一年有兩次大拍賣，這個妳一定聽說，是吧？」

李梅避開他求證的逼視，假裝熱心地翻閱著雜誌。

「看，這一對翡翠——」姓馬的像猿一樣的長臂，落到李梅手上的雜誌。他那曬得很黑的手，長著密密的、很性感的細毛。這一對翡翠，不僅成色、光澤，可以說完美無瑕，這麼大一對——」吹了聲驚歎的口哨。李梅聳了聳肩，以前應酬那一起夫人太太，

特別是年紀大點的，戴的翠玉鐲、翡翠耳環，也有這等成色，可能稍稍不及這對戒面嬌翠而已。

「妳知道嗎？翡翠的價值要比鑽石高，拍賣那天我也在場，來自不同國家的dealer爭著搶，後來標到百萬的港幣，很可怕，是吧？」

「你好像是專做貴重珠寶，馬先生。」

「應該說是。」矜重的點了點頭，然後露齒而笑：「妳只做台灣玉？」

經他一問，李梅很是自慚形穢了。

「沒關係，台灣就出產這種東西。」

眉頭皺緊了，卻又不便發作，李梅悻悻地聽著這假洋鬼子的妙論。

「說實的，台灣玉的市場，被你們自己搞亂了，當初一小塊雕刻的歡喜佛，批發到美國，可以報價五塊美金，後來你們台灣商人爭取buyer自相競價，弄壞了。」

他兩手交义，瞄了眼腕上的勞力士錶。「上個月回去一趟，有個朋友找我合作，打算在德州開個showroom，德州在美國南部，石油大王很出名——妳知道？」

「我在美國住了幾年，聽了一些。」

「喲，那就更好辦了。既然投了心血和資本，我們打算好好幹一番，決定這個show-room要有特色，主要以東方的珠寶來做號召，像緬甸玉、泰國紅寶石啦、土耳其玉、韓

國黃寶石等等，台灣呢，自然就是台灣玉了——」

「最近寄給一小包樣品回去，沒想到一下就有了訂單，好兆頭。合夥人拍的電報，列了一大堆。喏，看看貴公司有什麼，」翻開李梅遞過來的目錄，發現右上角工廠的聯絡處被截去，他豎起食指，向李梅警告地搖了搖：「啊！妳們這些貿易商眞懂得生意，這樣一來buyer，就不能直接找工廠了！」

李梅委委屈屈地坐在那裏，像個任人欺負的小女孩。姓馬的參照著圖片，審視了價目表，好一會，才重又抬起頭來：

「四點鐘我還有個約會，」他把桌上的刊物併著李梅給的目錄、價目表放入他的公事包，咔嚓一聲鎖上，兩隻長著性感細毛的手肘，支在上頭。

「這樣好了，晚上我找點時間研究一下，明天再碰頭，進一步談細節，麻煩妳掛個電話來。」

說著，伸出了手，緊緊握住李梅。

「明天見，李小姐。」

李梅在下一天的黃昏又來到統一，這次亞倫先她而到，一跨下深幽的小酒吧，最先擊入眼簾的，依然是那一雙白布鞋。昨天她曾經爲自己想了個理由，可能這人從美國俱樂部打完網球，回來忘了換下，匆忙來赴約會，看這樣子，李梅的設想勢必要被推翻。

對這穿布鞋的男人，李梅的好奇加深了，尤其是兩杯雪利酒之後，她更發覺除下墨鏡的亞倫，有一雙矇矓的醉眼。

兩人的話題依然圍繞著台灣玉，李梅用她最近惡補得來的知識，有問必答，居然把對方輕易地唬了過去，這使她飄飄然了，侍者端來第三杯雪利，她也沒有拒絕。正當愈談愈入港，開始準備價目單上斟酌，此時小酒吧來了幾個單身的外國商人，他們精疲力盡的樣子，一看就知道是花了一天時間，在沒有冷氣的市郊工廠催趕檢驗聖誕節的貨品，好容易收了工，到酒吧買醉恢復疲勞，打發異地的夜晚。亞倫建議換個地方，李梅自然不肯放棄唾手可得的這筆生意。

她打了電話回去，囑咐小女傭告訴老爺，太太和人家在外頭商量事情，晚一點回來，不必等她吃飯。放下電話，李梅挺起胸，抱著她的資料夾，煞有其事地把高跟鞋踩得哆嚮。

李梅謹記表哥千叮萬囑的，交際要不惜工本，這是商場要訣，他們去了新開不久的「蝸牛」吃法國菜。台幣八百元一瓶的法國紅酒，引出了亞倫•馬克的情懷。拿起高脚杯偎著臉頰，廝磨著，他絮絮地說著，睜著一雙燭光下更爲矇朧的醉眼。

「是的，我現在是個珠寶商人，當然，這只是暫時的。」

爲了多點了解，李梅問他怎麼會入這一行。

「難道說，妳看出我不像生意人？」

李梅想到桌子底下那一雙大布鞋：「嗯，應該說你更像——」話出口，才發現很難把他歸類。

「我會做珠寶，說來也是一種機緣，去年冬天我去漢城，在酒吧遇見一個美國人，五十開外，頭髮差不多全掉光了，他一人默默地啜著白蘭地，看起來很寂寞——」他有意無意地乜了李梅一眼：「去酒吧喝酒的人誰不寂寞。」

李梅警覺地把放在餐桌上、離他很近的手縮回來。

「喝到快打烊，他突然開口找我說話。」

那個人——傑克跟他說，他在漢城已經住了七年。他代表美國一家鞋子公司，他的工作就是設計鞋子的式樣，男鞋、女鞋、嬰兒鞋，全由他一腳踢，畫了七年鞋樣，他想找別的事換換口味。

「難以想像吧，傑克在那種鬼地方畫了七年，冬天零下二十度，旅館除了老鼠，就是蟑螂，每個韓國人走過都有一股大蒜臭味衝來，老天——」

李梅也去過韓國，她心想這人好誇張。

「現在有一個機會，他可以不必再爲鞋子打交道了，他妻子的哥哥，專做寶石外銷，有意找他合作。不過，傑克已經以韓國爲家，妻子也是韓國人——」

「他不願回美國，請你做代理商，幫他找市場，」李梅向他舉酒杯：「歡迎加入我們的行列，好一個傳奇故事，好像做珠寶的，特別傳奇。」李梅想到從澎湖赤貧的漁村，因採珊瑚而在一夜之間成爲巨富的蘇茜一家。

這個晚上，他們的談話是以亞倫賺足了錢之後，要去實現他的理想爲結束。

「再過兩年，我打算洗手不幹，到東部哈佛去學建築，這是我的夢，很傻吧？」

「一點也不。」李梅動容了。「爲你的理想！」她乾掉最後一滴酒。

五

花蓮的玉石工廠，就著亞倫從目錄挑選的種類，每種做了十個樣品，裝了一小袋，李梅的堂兄還專程派人從老遠趕送過來。

李梅把一小袋樣品，遞給亞倫的手上，藍天餐廳的侍者這時爲他們端來餐後酒，亞倫迫不及待地打開袋子，一塊塊形狀各異的台灣玉攤了一桌，他迎著搖晃的燭光左看右看審視著，一邊時加評語，像是這塊水滴黑點太多，那個心型成色不勻，李梅虛心地承認缺點。

最後，亞倫挑起一塊牛角型的玉，突然吹了聲驚歎的口哨。

「哇！太棒了，一流的貨色！」

李梅接過來一瞧，那是一塊幾乎是白蠟一樣透明，憑著堂兄對外國玉石商的認識，他們應該是喜歡愈綠愈好。怎麼亞倫讚美的反而相反，她很納悶，當然又不便開口，只好附和著。

「李小姐，」他總是這麼稱呼她，對於她的家庭狀況，從未打聽。「前兩天，別家貿易商，送了一袋水泥到我旅館來——」

「水泥？」

「或者說像大理石，那麼差的台灣玉，倒是第一次開眼界，不過，他們要的價錢的確便宜。」

「水泥或大理石，當然比玉便宜，這還用說。」她嘴裏動著，心中卻很快盤算著。

「你要真是中意顏色淺的，我們可以再商量一下。」

對方提著那塊白玉，愛不釋手，李梅下決心這筆生意一定要談攏，九月到了，繽繽、小文馬上開學註冊，最近幾個月來，丈夫的英國菸草愈抽愈兇，李梅預備擔起一家擔子的決心愈來愈堅定。

李梅的價目一鬆動，其餘的一下就談攏了。

「只要妳負責，李小姐，維持這樣的貨色，我準備——」他微蹙著那一雙醉眼，沉吟了一下：「一種要一萬隻，每月出產四萬，你們工廠辦得到嗎？」

李梅畢竟沒有數字觀念，心算了半天，算不出個所以然，直感覺到這是筆龐大的訂單。勉強抑制的喜色，使她的臉脹得通紅，嘴裏到底還是十分保留地：

「一個月出四萬隻，應該沒多大問題，最好先問問工廠，然後再答覆你。」

她又把侍者遞給亞倫的賬單搶過去付了。

一到家，鞋子來不及脫，掛長途電話到花蓮找堂哥。

「四萬隻，全要淺色的？」

「對，像蠟一樣的白玉。」

「阿梅，妳沒聽錯吧？」

「他是華僑，中國人不是有的偏偏喜歡白玉？」

「話雖這麼說，他做的可是美國人的生意呀！」

「看來，你的說法要被推翻了。」

「阿梅，」堂兄很愼重地：「對方一定得摸清楚，一個月四萬隻，不是開玩笑的。」

「亞倫的事我負責，你只管出貨。」

收線之前，堂兄再三叮嚀，說了一大堆人心險惡的實例，李梅朝著話筒大喊：

「不必擔心，磨你的玉去吧！」

在客廳看電視的范士儀，聞聲進了臥室。

「跟誰說話，大吵大嚷的？」

李梅執住丈手的手，拉他在床上坐了下來，先報告她夜歸的行蹤，把剛才的事約略提了一下，她強調花蓮堂兄再三託她，她也只不過幫幫忙，娘家的小事，本來也不值得在丈夫面前提。

范士儀聽了無言，只是一再矜憐地撫著妻子的頭髮，兩人依偎著上床，緊緊擁在一起。

「難爲妳了，阿梅。」重重吐了口氣，丈夫最後說。

謹記堂兄的警告，下次再見到亞倫，李梅不著痕跡地調查對方的身世。從他口中，知道亞倫還有個妹妹，住在洛杉磯，已經結了婚。從小兄妹相依爲命，他從六歲起就學會照顧自己。

「你父母呢?他們到哪兒去了?」

「離了婚。母親又改嫁一個鬼佬，那人是做軍火生意的，一年到頭往中東跑，賣武器給阿拉伯人。」

他從皮夾取出一張照片，是一個梳高髻的女人，斜側著臉，約莫五十幾歲年紀，穿了一套淺藍色褲裝，背景不十分清楚，像沙漠裏的碉堡。

「你的母親。」

那女人迎著風，了無牽掛地站在天地之間，有著那種年紀的女人少見的瀟灑。

「她根本當做沒生過你們。」

李梅忿忿了，亞倫只是咧嘴笑笑。

「從小爲了餵飽肚子，我學會燒得一手好菜。」

他又說爲了方便，已經搬出旅館，在天母和朋友住在一起。

「哪天請李小姐來玩，嚐嚐我的拿手菜。」

就此，亞倫・馬克贏得了李梅的全部信任。

此後，兩人經常見面，倒像是一對朋友。李梅覺得亞倫談生意的作風，似乎和別人不很一樣，他喜歡在夜晚，在音樂酒吧「藍天」被火燒了之後，他們變成「夏蕙」的常客，腳高高離地，坐在圓型的吧枱，細細啜食著杯中的馬丁尼，李梅側頭傾聽歌手們的每一首歌，耳邊亞倫輕輕地低哼附和，他爲李梅介紹了紅透美國半天邊的歌星，形容歌迷們，如何像神一樣地膜拜他們的偶像。

「我想我是眞的老了，落伍了！」她喟歎了。

她放在吧枱上的手被抓住，輕輕捏了兩下，李梅感激這年輕人善意的撫慰，她尤其記得捏她的那隻手臂，長著細細的、性感的黑毛。

於是，帶著滿腦子的音樂和狂想，李梅走在青田街夜深的小巷，黑暗中唯一亮著燈

的窗口，使她記起等在家中的丈夫。回到家裏，沖了一個冷水澡，披上浴衣坐在化妝台卸妝。

床上等她的丈夫，把書放下，揶揄地笑她：

「怎麼，職業婦女回來啦。」

李梅竟有點心虛，洗臉的冷霜厚厚的塗了一臉。

「繽繽、小文，乖不乖？」

每次夜歸，范士儀幫她哄兒女上床。

「繽繽要逞大男孩樣，他宣布會照顧自己，小文可不同了，講到沒有故事還不肯睡。」

夫婦一起笑了，共享女兒的嬌巧。

丈夫那種住家男人的口吻，聽來慈祥而無任何不妥，李梅從鏡中重又露出了臉，對自己眨眨眼，得意地笑了起來，笑得很神采飛揚。

等待花蓮的堂兄，把第二次磨好的樣品送來之前亞倫又約她出去幾個晚上，每次總是想到一件極小的事，要李梅代爲向工廠傳達。李梅樂得有這樣的藉口出去，不僅理由正當，還能夠暫時從退休以後，每晚一定在電視機前，守到唱國歌的丈夫身邊走開。這兩天，李梅從緊鎖的箱子底下，翻出了以前活躍社交界時的時裝，還有些很可以重新派上用場，她自己暗自慶幸，沒聽兪夫人的話，讓給那位新起的吳小姐。

亞倫對於她在衣飾上的品味，也不是沒有反應的，他歪著頭，半開玩笑地試探，懷疑李梅眞是個出口台灣玉的貿易商。

「做生意很好，怎麼從前就沒有想到。」

「當然沒有什麼不好，我看妳，比較適合做貴重珠寶。」

「你自己說過，台灣就出產這種東西。」

亞倫聽了，笑笑，閒閒地玩著方糖罐裏的夾子。

「我提過吧，緬甸的珠寶，在亞洲算是最豐富的，他們每年由政府出面，在仰光舉行一次展覽會，對象是全世界各地的珠寶商，我剛剛接到請帖。」

「一定很有意思，展覽會幾時開？」

「十月初。」

「喲，還有一個多月。」

「有沒有興趣一起去？李小姐。」

李梅先是震動了一下，再細細回味，她覺得自己被得罪了，推開椅子，就要站起來。兩手支著枱桌，怒視顯然爲她突如其來動作因受驚而無措起來的亞倫。

「我說錯話了，對不起，李小姐。」

李梅到底是善解人意的，從沒主動向對方述說自己的情形，他口口聲聲「李小姐」，

當然以為她是單身，抑或是離過婚的婦人。

她重又坐下來。其實也沒什麼。我以為你是在尋我開心，明知緬甸是共產國家，和台灣沒有外交關係，根本拿不到簽證。」語氣包含著連自己都詫異的幽怨。

「怎麼我就沒有想到，」亞倫拍了一下額頭，他為這只有拿美國護照的人才可能有的粗心道歉。然後再自然也沒有地把李梅攬入自己的臂彎，撫慰地輕拍她的肩。

好久以來，李梅第一次觸到年輕男人堅實的腰身，耳邊聞到一股剛刮過鬍子的清甜味，李梅為之神馳了，不過，也只留戀了幾秒鐘，立刻自覺地一下坐直了，同時躲過繞著她肩膀的那一隻長著細毛的、性感的手臂。

這一晚，李梅在歸途中，重重的鞋聲踩碎了一巷子的寂靜。她是在向世人宣布，現在走來的是一個榮歸的烈婦。唯其對自己沒信心，才需要這樣的證明。

裝做啥事都沒發生過似的，李梅洗過澡照例在丈夫身邊躺了下來，想到睡衣底下，那一身鬆弛的、老人的肉，李梅輕輕轉過去，把臉埋在枕頭上。

六

堂兄派人從花蓮專程送來第二次的樣品，依照亞倫所要，全是蠟一樣的白玉，隔了兩天，堂兄親自打電話到台北來。

「阿梅，樣品收到了吧？給對方過目了沒？要是沒問題，可以簽契約了。我這裏萬事俱備，還打算多雇幾個工人，專門磨他的訂單。」

「還訂契約？」

「當然。要不，被吃掉了，無憑無據，還求告無門呢，阿梅，千萬不能大意。」

「你放心，堂哥，我呀，第一期的支票都拿到手了。」

堂兄很意外了。「有這回事？契約沒訂，先給支票？」

「嗯，亞倫說分四期，先付我們一萬隻的，等於訂金，交了貨，再付第二期的……」

「喲，對方倒是爽快，阿梅，妳確定沒問題？」堂兄擔心著。「要不是太遠，工廠又走不開，我眞想跑台北，跟對方碰碰面，談個究竟。」

接著，堂兄又說了一大堆跟外國人做貿易——「他也等於是外國人」——堂兄說，最好經過政府規定的程序，先由對方開L・C來，錢到了銀行，再寄貨品……

李梅嫌他嚕嗦個沒完。「這樣吧！我明天把美金七千元的支票，拿到銀行去轉，你的部分，我先墊台幣給你，這總可以了吧？」

「親戚之間倒不用算這麼清楚，差幾天也沒關係，」堂兄想了一下：「這樣也好，反正買主是你接頭的，以後一切經由妳，阿梅，先把錢匯來也好，扣除妳的佣金——」

「明天去匯錢。」

放下電話，李梅取出爲了便於計算，特別去買的電動的小計算機，把堂兄應得的數目扣去，剩下的佣金足夠李梅一家整個月的開銷，當然還包括女傭英子的薪水、丈夫的菸草，剩下的，足夠她到中山北路的「造寸」縫兩件洋裝。前兩天去看了樣子，她喜歡進口的瑞士綢，今年流行的棗紅色，寬寬鬆鬆的裁剪，穿起來瀟灑年輕些，和亞倫出去，顯得更匹配。

當下主意打定，也沒跟丈夫提起，自做主張，把買房子剩下的退休金——范家的全部存款，從銀行提了出來，匯了將近二十萬元給花蓮堂兄，心想反正亞倫的美金支票，由曼谷銀行一轉來，就可以原封不動地擱了回去。

從郵局出來，在街上攔了計程車，直驅「造寸」，狹窄破爛的計程車內，轟響著某個三流歌星的歌聲，穿著汗衫的司機是個山東大漢，李梅被他的汗臭熏得欲嘔，她猛然想起這是丈夫退休之後，第一次光顧「造寸」，連亡叫司機在街角停了車，自己走過去。

「好久不見了，范太太。」一見到顧客上門，「造寸」的夥計熱心地招呼著。過去常爲李梅裁衣服的王小姐，脖子上垂了條量尺，趕忙過來。

「多時沒來了，范太太，半年都有囉。」

「可不是嗎，多時沒來囉。」

「出國旅行去了吧？剛回來的？」王小姐戈出以前李梅留下的尺寸。重新替她量身，

「您好像輕減了點，看起來更年輕了。」

「謝謝妳，王小姐，」李梅衷心地說：「妳說了我最愛聽的話。」

當下約好試身的日期。

「還是老規矩，麻煩您再跑一趟，試試身，」王小姐說：「兩天後再派司機來取。」

「喔，不，我自己來拿好了。最近常常上街，彎過來一下會了就是了。」

王小姐殷勤地送出店門口。

「今天車子沒來？」她在尋找那輛黑色的大型轎車。

「我要司機去取點東西，」李梅不著痕跡地說：「我自個兒等，妳忙妳的吧！我以後會常來的。」末了一句十分肯定。

王小姐道了謝，轉身入店，李梅拔腳就走，回到剛才下車的街口，站著等計程車。陽光、微風、街景依舊，李梅卻有滄海桑田的感慨。

一個星期之後，穿上下午剛取回來的新洋裝，李梅約在郵政總局和亞倫碰頭，遠遠地，看見有如鶴立雞羣的亞倫，因等待而焦躁地來回踱步，李梅笑了，她一無缺憾地笑了。

他們約好下午把第一批磨好的台灣玉，用航空郵寄到休士頓去，亞倫的合夥人連續來了好幾個越洋電話催貨品。

「傑克在電話裏問我，」在希爾頓二樓的西餐廳坐下來時，亞倫盯著李梅：「他說，你幹什麼賴在台灣不動，是不是愛上人了。不是嗎？快兩個月了，很少待過這麼久的。」

他說他很快必須去漢城。

「訂了一大批貨，再不去交，傑克會殺掉我，他已經急得跳腳。」

「有這麼嚴重，幾時到韓國去？」

「過兩天——呃，下星期一吧，儘量拖，反正已經遲了一個多月了，再慢兩天也無妨。」

李梅微笑不語，任由亞倫一個勁兒地盯著她。整個晚上以來，他的眼睛沒離開過她。

「我一直在想像——想像妳穿這衣裳跳舞的姿態。」

早先在郵局碰頭時，李梅注意到亞倫第一次換下他的白布鞋。

「原來你是有備而來。」在舞池裏，李梅想。

七

「喂，范太太嗎？我是南茜。」

「南茜？」

「南茜・周，曼谷銀行。」

「喔，」李梅一下清醒過來，「南茜，有事？」

「范太太，妳在三個星期前，存入了美金支票，持票人是亞倫・馬克，金額……」

李梅搶著說：「七千美金。」

「對，七千美金。」

「怎麼了？轉進來了，是嗎？」

「我們銀行幫妳把票子交去兌現，壞消息呢，范太太，剛剛有電報進來，對方戶頭存款不夠──」

「什麼？」

「存款不足，退了回來。七千美元，不是個小數目，我一知道就通知妳，范太太──」

「可是，南茜，不可能的，妳一定弄錯了。」

聽到李梅懷疑她的職業效率，南茜不悅了。

「這種事，我們幹銀行的，怎麼可能會錯？我是看七千美金，說小不小，也許妳想知道，所以掛個電話給妳。」

語氣中，似乎李梅還嫌她多管閒事。

「我很感激妳，南茜，只是──」

對方把電話重重地掛斷了。

李梅握著話筒，頭腦一片轟亂，也不知過了多久，她從床上站了起來，脚上踩著什麼東西了，彎腰撿起，原來是小文的小拖鞋，這個爹地、媽咪的嬌嬌女，晚上怕黑，半夜常常跑過來擠床，早上拖鞋也沒穿，赤足回房裏去了。李梅把它緊緊壓在胸口，彷彿是她唯一的支柱。

打電話找丈夫，把這消息告訴他。這是李梅的第一個反應。不，丈夫對這件事完全不知情，特別是自己擅自動用了退休金，連提也沒向丈夫提一聲。李梅打的是如意算盤，一等美金支票進帳，她再把那個數目原封不動地存回去，結果——

找亞倫，支票是他開的，他應該有所解釋，但願只是一時糊塗，也不先算算有沒有足夠的存款，就貿然開了這筆爲數不小的支票，只要他其他地方有錢，隨時補了進去，紀錄就可以勾銷了，否則違反票據法，要上法院吃官司的，亞倫應該知道這個厲害。

這樣一想，李梅心安了許多，他打電話到天母找亞倫，準備心平氣和地跟他談。電話響了很久，沒有人接，直到她幾乎放棄了，才有人拿起話筒。

「哈囉，亞倫嗎？」因爲緊張，她的聲音幾至嘶啞。

「不是，他不在。」一個年輕男子回答。

「請問他去了哪裏？幾時回來？」

「亞倫不在。」對方說著洋涇濱的英文。

「我知道他不在，」怕對方掛斷，她趕忙改口用國語：「我必須找到馬先生，很重要的事。」

「告訴妳，他不在，亞倫不在。」

「他走之前，留話說他去哪裏了嗎？」

我也剛進來，妳下午再試試好了。」

對方似乎認定她是苦纏著亞倫，掛上電話，替朋友脫了女人的糾纏。

李梅怔怔地愣在那裏。

她應該讓堂兄知道了。幾次撥了號碼，卻又頹然放下，找到亞倫之前，最好不要輕舉妄動，萬一亞倫就像自己設想的一樣糊塗，那不顯得自己太大驚小怪了，何況堂兄照著訂單——口頭的訂單——加倍生產台灣玉，千萬不能讓這消息動搖了他，自己對亞倫還是信心十足，先找到他再說。這一天，李梅留在臥房，睡衣也沒換下，一次次打電話到天母，鈴聲如泣如訴地響過一遍又一遍，李梅一心祈求那邊有人把電話拿起來。

可是沒有。亞倫人還在漢城，他已經走了兩個星期了，如果他就此不回來呢？李梅心思一下亂了起來。除了他借住天母朋友的地方，應該還有美國的地址，李梅翻箱倒櫃，最後從梳妝台的抽屜找出了亞倫的名片，這是第一次見面時給她的。當時李梅深深爲這年輕人所吸引，接過名片也沒有細看，就塞進皮包。

那張薄薄的紙片握在手中，竟然成了她唯一的憑藉。然而，名片上竟然連個通訊地址也沒有，只在右下角印了兩個電話號碼。可能是他和傑克合夥之前的舊名片，據他說，當時只有他一人漢城、美國來回跑單幫，連個辦公室也沒有，飛機上就成了他工作的地方。當時李梅還爲此取笑過他。

既然不設常駐的聯絡處，那麼名片上的「東方珠寶公司」也只是掛個名，形同虛設。亞倫臨走之前，到郵局寄了第一批台灣玉，李梅也在場，她心裏不懷疑他，當然不曾去探究追問。理所當然地認爲是寄給他的合夥人，只知道傑克在德州，地址呢？

李梅從他唯一憑藉的小紙片，得不到答案。她突然對亞倫整個人疑惑起來。原來自己對他簡直一無所知，憑什麼全心全意去相信他？甚至還口口聲向堂兄保證他絕對可靠，使得堂兄揶揄她究竟是站在哪一邊？

她必須找到亞倫。換下穿了一天的睡衣，李梅匆匆出門，招了計程車直駛天母。她心中默念，但願能憑著記憶找到亞倫寄住的地方。天母地址難找，是被人共認的，從前應酬的外交圈子，流行一句笑話，說是去拜訪住天母的朋友，每一次一定迷路，幾次之後，好不容易認得路了，朋友卻準備搬家了。

亞倫寄住的地方，李梅只去過一次，而且是在晚上。那一次房子的主人開party，也邀了李梅，她和亞倫先在台北碰頭，計程車在山腰繞轉了半天，才在一家圍牆的門口停

下來。一進玄關，掛了一個人家死人用的白燈籠，李梅的心狂跳了幾下，門一開，喧天的音響，排山倒海迎面潑湧過來，李梅機伶伶地打了個寒顫。

亞倫搶在前頭，招呼一屋子的人。應該是客廳的地方，擺了鋪著綠絨的撞球桌，人羣中有一個鬍子的外國人，穿了條小背心，從球桌上伸直腰，亞倫介紹，他就是李蒙，房子的主人。鬍子舉了舉球桌邊的啤酒，朝李梅咧嘴笑笑，算是歡迎。

飯廳給一個包著假皮的大型酒吧枱佔據了，圍著酒吧的年輕男女，穿著十分隨便，嬉皮式的美國青年，脚上趿著涼鞋，頭頸綁了條印地安人的髮帶，女孩則淸一色的中國人，牛仔褲、瀑布一樣的長髮，臉上脂粉不施，滿嘴美國式的俗語，李梅一進屋，立刻感覺到她那適合晚宴的妝束，和今天晚上的場合截然不配，爲了避開年輕人肆無顧忌的盯視，李梅站在落地窗前，望視外邊黝黑的草坪。

「對面人家養了一隻猴子，」有一個聲音在她耳邊響起：「手很長，比人還要長，站到地上來，足足有一個人高。」

李梅聽得神奇。「可惜天黑見不到牠。」

說話的人呷了一口啤酒，眨眨眼睛。

「妳相信了，不以爲我是信口胡謅的，妳眞相信？」

經他一提，李梅疑惑了，落地窗望去，黝黑一片，哪來一人高的猴子！

現在大白天，李梅憑著記憶去找那個有白燈籠的房子，據說草坪後邊還養了隻站起來有人般高的猴子，一切顯得不眞實。計程車在山腰繞來轉去，沒有方向觀念的李梅，支使著司機，直到他不耐煩了，頻頻口出怨言。

李梅深深體會到有私家車的好處，養成她從來沒有自己去認路的習慣。聽不下計程車司機的埋怨，她決定下車自己去找。司機巴不得她出聲，把李梅丟在路旁，逕自揚塵去了，還按了兩聲示威式的喇叭。

丟下李梅，在這似曾相識的山腰，那間玄關掛著白燈籠的屋子，也許就近在咫尺，李梅卻無從辨識，她彳亍路旁，一輛輛嶄新漂亮的私家車，從她身邊飛駛而過，她記起以前有過交往的幾家洋人，就住在這外僑區，俞夫人介紹來那個嫁了美國上校的吳小姐，聽說就是住在這附近，李梅不願意被熟人撞到，探出車窗和她打招呼，好心地載她一程。再怎樣也不能讓人看出她的狼狽樣。

李梅隨手招來第一輛駛過的計程車，從此打消上山找亞倫的念頭。然而丈夫的退休金卻無法使她放棄，最後一次深夜打電話去，李蒙睡意很濃地告訴她，亞倫可能暫時不會回台灣了。

「那麼，他人還在漢城，或者回美國去了？」

「也許已在漢城吧？我不知道。」

李梅強調有要的事必須找到他。

「要緊的事？」電話裏傳來嘿嘿兩聲笑；他一定以爲李梅懷了亞倫的孩子或是什麼的：「妳的朋友，亞倫是經過我朋友的朋友介紹的，他暫住在這兒，我的門對一些沒地方去的年輕朋友，永遠是開著的。結果有一天早上，他說他要到韓國去，我們握手道別，各奔前程。妳問我，我問誰去？」

亞倫就此從李梅的生活中消失了，她一廂情願地希望這只是暫時的，有一天——而且不能等太久——他將前來握住自己的手，解釋一切，求她諒解。困難地捱過了兩個星期，曼谷銀行的退票寄到了，那張蓋滿圖章的皺紙片握在手中，證實了半個多月以來李梅一直不願面對的事實。她知道應該採取行動了。

把退票的故事告訴花蓮的堂兄。

「所以妳被吃了。」

「還不十分確定，人還沒有找到。」

堂兄在電話的另一端沉默了半晌，突然醒覺：

「阿梅，這就是妳的不是了，我再三警告，要妳小心，這年頭到處是騙子，妳還跟我搶嘴，處處護著人家，結果，哼——」

「阿兄——」

「我這邊死趕活趕，趕得差不多了，他人倒不見了，他媽的。」

「阿梅，妳也太糊塗了，契約沒簽，支票退來了，我工廠堆了這堆白蘿蔔——妳說是白蠟——怎麼辦？送人人家還嫌，又不能吃下肚算了。爲了這筆生意——哼，生意個鬼，」堂兄愈說愈有氣：「這個月多雇了五個人手，妳想想妳做的好事——」

「匯給你的錢，阿兄，可還是士儀的退休金，連提一聲都沒，自做主張匯去給你——」

「妳還跟自己親戚說風涼話。妳丈夫做了一輩子官，底子深厚，那一點小錢，挖不到他一小角——」

李梅早該料到他不會相信她。

「妳又不是不知道我剛失敗後，連脚都沒站穩，眼看又摔交了，唉，阿梅——」

堂兄最後在電話裏說，過兩天，工廠空一些，他會來台北，商量一下對策。

李梅對著話筒大叫：「馬上叫你的工人全部停工，我等你來。」

堂兄飛來台北的那天，李梅約他在外面碰頭，對於這一點，堂兄很不諒解。

「退票的事，還沒跟士儀提，暫時不想讓他知道。」

「阿梅，這種事，妳能瞞到幾時？遲早他總要知道的。」

「不必把士儀牽扯進來，他和這件事扯不上關係。」

「妳打算一直瞞著他？」

「還不知道。也許等完全過了之後，我會找一天自己跟他說。」

「依妳看，阿梅，這件事妳想怎麼個了結法？」

「當然是希望那人回來，萬一他眞的走了，我——」李梅困難地說：「我也只好自認倒楣。」

「就只這樣？」

「反正眞正吃虧的還是我，一萬隻台灣玉被那人奪走了，錢呢，也匯給了你——」

「所以，妳打算丟了二十萬了事？阿梅，妳只顧爲妳自己設想，那我呢？」

李梅瞪大眼睛說：「你？」

「對呀，憑你口頭一句話，一個月要我出四萬隻，交去的第一批貨，寄來的錢剛好抵銷，剩下來的呢——」

李梅感到事態嚴重了。「剩下的——」

「三萬隻，我來之前，已經全部磨好了。」

堂兄是在騙她。照工作進度計算，多加四個工人，一天磨個三、四百隻，現在才不過月中，不可能四萬隻全部完工。李梅自知身居劣勢，不願當面揭穿他，只微弱得近似耳語地說：

「不是要你停工，不要磨？」

堂兄咧嘴笑笑。「工人論件算工錢，我有了訂單，一聲令下，他們死趕活趕，要阻止也來不及了。」

李梅無法作聲，堂兄握緊拳頭。

「阿梅，索性講開了，我上過當、吃過啞巴虧，這一次，絕對不肯輕易罷休。」

他那六親不認的神情，使李梅驚心。

「你想要怎樣？」

「那騙子是妳接的頭，我連面都沒見過，當初也是妳一口答應負責——」

那麼「不罷休」的是對她。李梅明白了，堂兄咬住她不放。

「如果是一般的綠玉，還可以算便宜一點，做中盤照批發給台北的珠寶商，起碼把本錢撈回來，我也不難爲妳。」堂兄擺得漂亮，他口氣一轉：「偏偏那傢伙要的是白蘿蔔，白送人家還嫌。」

李梅握住飲料杯子的手指尖，泛著青色。這家咖啡廳的冷氣太冷了。

「親戚之間，最好不要傷和氣，我這回吃虧不起，妳也清楚，所以，阿梅，妳回去跟丈夫把這件事談開來。妳和那騙子，是你們的事，我不管，我這邊，多替我想想。」

離開之前，堂兄說：

「三天之內，我等妳電話。」

堂兄故意爲難她、坑她，無非是認定范家爲官多年，家產很厚，堂兄不顧亞倫跑了，他還想做整筆的生意，得到他預先已經算計好的利潤，一點也不肯讓步。要李梅去跟一個以往不大走動、不知范家底細的親戚說明她的經濟狀況，該有多吃力多累人，何況在這節骨眼上向堂兄訴窮，說不定惹怒了他，鬧到不可收拾。李梅自認是禍首，事情由她而起，也該由她收拾殘局，在這個世界上，她最不想驚動的是她的丈夫，李梅擔心萬一堂兄從她那兒得不到所要的，轉而向范士儀要錢，李梅眞會無法饒恕她自己。

堂兄這邊得先安撫，她在歸途中想著。在法律上，沒憑沒據，堂兄其實無法眞的咬住她，甚至眞翻了臉，也鬧不到法院。當然李梅絕不願搞到那個地步，再說在道義上，李梅理當負起責任。

不過，堂兄逼她給他全部的款額，這要求根本就不合理，當時在咖啡廳應當反駁他，這下他人回花蓮去，如果眞的打定主意爲難李梅，難保他不會多派工人，三天三夜把玉全部磨好，到時就難辦了。

李梅爲自己興起這種想法，驚訝地煞住了脚，親戚之間眞的可能做出這種絕事？她該不該這樣去忖度堂兄？

這年頭人心難測喲，李梅搖搖頭。亞倫一聲也沒交代，丟下個爛攤子，一走了之，堂兄既然口口聲聲強調「在商言商」，唯曉得他會做出什麼事來。

九月的風吹來，竟然有點寒意，平生第一次，李梅想到要保護自己，也許來個先發制人，趁堂兄還沒到家，要他手下的人清點一下磨好的玉的總數，有了個數目，才不致於令堂兄胡亂給她壓力。

萬一堂兄咬住她不放——李梅抬起頭，發現自己來到了南京東路的珠寶街，蘇茜家開的招牌，大而醒目，李梅靈機一動——萬一堂兄咬住她不放，那就由她做中人，把花蓮工廠磨好的玉，賣給蘇茜，他們外銷做得大，不在乎這幾萬隻的，當然，價錢會被殺得很低很低，誰來賠償這個損失，李梅現在先不去想它。

彷彿脫下了一個枷，李梅的步姿輕鬆了起來，趕快回家打電話到花蓮。一想到家，立刻聯想到必須去面對的丈夫，以及丈夫的退休金，她的腳步又遲緩了下來。

——原載一九七九年香港《八方》雜誌

愫細怨
——香港的故事之一

一

愫細在六個月之前偕同她學建築的美國夫婿狄克回到香港來，狄克說她這趟是回來重溫她的根，然而愫細對香港的印象只止於中學時代的香港，一畢完業，就被家人送到美國讀書，在她主修美術設計的四年裏，家裏發生了重大的變故，母親因病去世，父親從銀行提前退休，離開了香港這塊傷心地，到奧立岡買了一塊橘園，準備在黃橙橙的橘子叢中終老，愫細唯一的弟弟也上了加州大學的機械系，香港對於她，反而不及美國親切。

經過介紹，狄克在此間一家建築師事務所找到一個待遇不錯的職位，狄克很開心，這個從小在舊金山長大的美國男孩，爲了嚮往東方文化而娶了中國女孩爲妻，能夠住到

算是中國的香港來，實在是他想望已久的。

既然愫細的父親早已把跑馬地的房子變賣，愫細在此地等於沒有家，她和狄克另起爐灶，在半山區馬己仙峽道找了一個不算大但很舒適的單位，是在大廈的十七樓，居高臨下，從窗口望出去，香港就在他們的脚底下。初初搬進去的幾個星期，兩人像一對童心未泯的小孩，下班回家，相依偎在落地長窗前，等待黃昏最後一抹光隱去之後，有如仙女的魔棒一揮，燈一盞盞此起彼落亮了起來，頃刻間照亮了半天的輝煌，把香港變成一顆燦爛閃亮的寶石。對這份世界少有的奇景，狄克讚歎世人所謂的東方之珠，就是如此吧？

這種神仙美眷的曼妙日子，並沒有維持多久，以後變心丈夫所能找出的藉口，狄克全搬了出來，他開始說謊，夜歸是爲了業務，然後每個月總有一、兩次到外地出差，愫細不是個天性多疑的女人，她萬萬沒有想到丈夫一步也沒離開香港，他借用朋友在大嶼山的房子，偕他的女朋友小佳，居然還天天過海照常上班。

「她是誰？」

愫細問，狄克告訴她一個極普通的美國女孩，密西根州立大學的研究生，來這兒蒐集資料寫論文。

原來她的丈夫他鄉遇故知，這和愫細時有聽聞的故事多麼不同，通常是外國夫婦住

到亞洲來，丈夫抵擋不住東方佳麗的誘惑，拋棄了同甘共苦幾十年的髮妻。

「爲什麼?狄克，爲什麼會這樣?」

她問突然之間變得十分陌生的丈夫，也同時在問自己。「她和我一樣，來這兒找中國，失望了，我們處境一樣，相互吐苦水，後來我也不知爲什麼——」

「愫細，聽我說，」狄克乞求著，他絮絮地道出香港此行，破壞了半年多來所做的夢。愫細心亂地捧著頭坐在那兒，狄克說的她一句也聽不去。

「……比起舊金山的唐人街，香港的中國味道顯然不及它濃——」最後狄克結論道。

愫細只問了和她最切身的問題：

「你打算怎麼樣?」

「我建議先分開一陣，好好想想，然後再做決定。」

兩人從此分房，狄克在小書房打地鋪，愫細一口否決狄克的提議，聲明搬出去的應該是她，這公寓裏的一切全是屬於狄克，甚至租約也是狄克公司簽的。

現在愫細利用午飯和下班時間去找房子，她在狄克面前，緊抿著嘴唇，很是堅強。直到有次到天后廟道看一間公寓，那是一個香港突然暴熱的暮春，空房子特有的氣味迎面撲來，剛打過蠟的地板，光可鑑人影，愫細扶著牆——屋裏除了牆一無所有——她沿著牆，生怕摔跤，來回走了幾趟，窗外有個游泳池，已經放滿了水，池裏空空的，藍色

的水在早夏的陽光下泛著燐光，在那兒一波又一波無聲地洶湧，愫細看呆了，她想起狄克激情時的眼珠，也是這樣地藍得發光。淚水蓄滿了她的眼眶，忍了十多天，她再也忍不下去了，像繳械一樣突然鬆懈下來，索性哭個痛快。

後來聽見有人開門進來，她才趕忙躲在浴室裏，在不很乾淨的浴缸邊緣呆坐了半晌，哭過之後的心情稍許覺得輕鬆，愫細覺得應該振作起來了，她站起身，面對著鏡子，裏面反映出一張淚眼模糊的臉，她從皮包掏出隨身攜帶的口紅，重新化妝、畫眼線時，她的手居然一點也不抖，愫細對自己驚異的同時，也發現一個人還可以活得下去。

鏡子裏重現出一張勾畫齊整的新面孔，又可以回到寫字樓和同事談設計構想的臉，她當以前的愫細是死了，對新的自己凝視片刻，走出浴室門上門的那一刹那，愫細回復了她對自己的信心。

二

一個星期之後，她在碧瑤灣找到了一間面海的、小小的公寓，只有在清晨與黃昏，愫細對著這一片永不疲倦的海，她試著把狄克的藍眼珠埋葬在藍藍的海水裏。兩個月之後，她認識了洪俊興，一個極普通、中國味十足的中年男子。

愫細的公司，與此間某個藝術機構簽了一張合同，承攬設計年底藝術節的海報、節

目單。愫細剛分居，想對自己證明的心情格外迫切，恰巧負責平面設計，一個比她資深的主任，上個月才被另一家德國廣告公司重薪挖了去，老闆威爾遜先生如失左右手，公司一下失去平衡。愫細這時從縫隙中冒了出來，洋老闆很精明，看出她這一陣子失魂落魄，幾次把她叫到自己辦公室，耳提面命，強調愫細千萬不能辜負公司對她所寄的厚望，惹得愫細眼圈紅紅的，感激極了。

升了主任，愫細還特地去剪了個頭，使自己看起來精神些。她一心爲公司節省，經人介紹，找到了「俊興印刷廠」，躲在觀塘的一家中型印刷公司，約好先看紙樣。洪俊興自己抱了一大疊紙張上來，愫細在她小小的辦公室見了他。這位專門和九龍小店打交道的老闆，推門進去，對方的年輕，又是女性，使他一愣。愫細連忙抓起寫字抬上的太陽眼鏡戴上，自覺篤定了些。愫細聽他操外省口音的廣東話，幾次不好意思笑出來，她改口說英語，對方著實楞住了，難爲情的掏出手帕擦拭額頭，愫細這才發現對方不懂英文，於是不留痕跡的改回廣東話。她剛回香港不久，夾在華洋雜處的社交圈，就是和中國人交往，也很少有一席話不夾英語，這男人自始至終全是口音很重的廣東話，愫細不禁多看他兩眼，只覺得新鮮。

談價錢時，愫細注意到洪俊興對這些紙張，珍惜之至，她一眼看出，這個外省的中年男子，年輕時從大陸來香港，在創業初期，一定吃過不少苦頭，是這些紙使他發跡，

難怪看他的手指在光滑的紙上巡迴，眼睛中有著無比深情。

愫細起身送客，洪俊興還在好奇地東張西望，他很少有機會被請到中環洋人開的寫字樓，難怪很爲這兒的擺設所吸引。臨走，他在歪歪斜斜釘滿日程表、備忘錄的那一面蔗板上發現一張中國水墨山水，畫在宣紙上，也沒好好裱，隨便被釘在角落裏，洪俊興在這洋化十足的寫字樓找到了中國，他情不自禁傾前去看，似乎一下有了依歸。

「喔，這幅畫很有意思，我喜歡他的中國味道。」愫細一副遠方濶客的口吻。

洪俊興連聲說：「很好，很好，丁衍庸的，早期的作品，」又加上一句：「應該拿去裱畫店托托，裱好了裝上框子，效果更好。」

愫細以爲他是在就紙論紙，後來才發現他喜愛中國字畫，還多少收藏了一些名家作品。以後兩人在中環吃了幾次午餐，無非都是談紙的價格，都是洪俊興請客，有次愫細把帳單搶過來，洪俊興竟然覺得奇恥大辱，眼睛都圓了，害得愫細低聲解釋了半天，說她可以向公司報帳，洪俊興只是聽不進去，一疊聲喃喃：

「豈有此理，豈有此理。」

愫細第一次發覺純粹的中國男子有他的可愛，因爲是中年，特別有一股吸引力，她想像洪俊興在他的妻子家人面前，一定是極端大男人主義，雖然她從未打聽過他家裏的情形。

漸漸地，他的電話多了起來，每次總會找到一個令愫細無法駁倒的理由。開始幾次，她以爲對方要這筆生意，所以千方百計拉攏她，愫細不得不提防，她的事業如日中天，公司嫉妒她的人也不少，她不能有任何閒話落在別人手裏。然而，分居女人的生活畢竟是單調的，何況中飯人人要吃。她把自己這一說服，以後就坦然地赴約。

下一天見面，是在銅鑼灣一家新開的酒樓，洪俊興向她極力推薦這家厨子做的粉果。這些日子來，由他的大型日本房車載著，把愫細帶到一間間她從未光顧過的飯店酒樓。每一回，愫細只消安逸地坐著，這兒是洪俊興的領地，由他主管一切，他一個人點菜張羅，從來不需愫細操心。不像從前和狄克一羣洋人上廣東館子吃飯，看菜單點菜的工作總是落到她這全桌唯一的中國人身上。愫細身負重任，生怕點的菜不合這羣洋鬼子的口味。在那種時候，做中國人簡直是一種負擔。

和洪俊興，使她有著回娘家做客的感覺，一切都是熟悉舒適而溫暖。愫細也抗議過，他把她照顧得無微不至了。

「哪裏，哪裏」他總是謙卑地笑著「黃小姐在外國住久了，回香港是客人、是客人，好好招待是應該的、應該的。」

接著，夾了一塊田雞腿——他不知從哪兒知道她喜歡田雞——放入她的盤子。

「來、來、來，趁熱吃。」

愫細禁不住笑了。「我這個客人太舒服了，一次又一次，老做不完。可是你別忘了，我這個香港人比起你來，可要地道多了。」

洪俊興使勁搖頭，一臉不同意。

「何以見得？本來嘛，我是這兒土生土長，你還是半路出家的。當然你要說，這幾年在外國讀書，混了一身洋氣。」

說完，自己哈哈大笑。洪俊興直直望入她的眼睛：「妳眞是個可愛的女孩子，很可愛，本地的女孩很少有像妳這樣的。」

愫細人往椅背一靠。「可是我自覺歷盡滄桑呢！」這話是在心裏說的，和對方沒有熟到談心事的地步。就是再熟，她也不可能向他訴說。洪俊興和她活在兩個不同的世界，他們的語言不同，無從打交道。在經過情感的大風大浪之後，愫細只想休息，她是太累了。有個像洪俊興這樣的人，明知不可能，交往起來也就放心多了。至於對方是否和她一樣的想法，愫細可不管，她有獨生女的驕縱，天塌下來由別人去頂著，好使她勇往直前。

「眞的，黃小姐，妳不知道自己有多可愛，性格爽朗，又開通得很，做起事情來，比男人還能幹，年紀輕輕的，眞不簡單。」

「其實該佩服的是你，」愫細說的是實話。她聽洪俊興說過，二十年前從上海坐船

來香港，掏出口袋所有的錢，買了一瓶可口可樂，坐在當時還沒拆的尖沙咀碼頭鐘樓，啜著平生第一瓶可樂，向對面的太平山大叫：「我出來了，我自由了。」

出是出來了，日子總還要過的，雖然沒有像好些人從大陸出來，鋪報紙在騎樓走廊上睡了好幾個月的慘狀，在人地生疏的香港，他這個外省人也吃盡苦頭。他跳上電車，從北角坐到堅尼斯道，來回不知多少趟，香港到處是機會，他卻不知何去何從。

這樣一個一無所有的人，憑著中國人的吃苦精神和不屈的毅力，終於闖出屬於自己的天地，愫細只有全心佩服。當她聽到洪俊興常常窮到連茶樓飲一次茶都要算之又算，本著女性的同情心，愫細眼圈都紅了。

二十年了，洪俊興坐在新開敞亮的酒樓，這個人沒有因失意而變得尖酸刻薄、憤世嫉俗，也許有過，在他最潦倒的時候，誰又能避免呢？愫細認識的是現在的洪俊興，眞誠慷慨、一團和氣，觀塘一家不小的印刷廠的擁有人。

三

不知從什麼時候起，愫細開始脫下她穿了一季的相同服飾，是那種日本人設計的，前兩年大爲流行的寬鬆洋裝，大到可以在腋下胸間養一窩小雞。愫細在已經不時興的時候還經常穿著它，只有自己清楚這種服飾可以掩藏她分居後掉到不足一百磅的體重。加

上她心情不好，專門揀灰樸樸的暗顏色，襯得她一臉憔悴，使她看來像個襤褸的老太婆。

升了級後第一個月發薪，愫細捏著支票簿，走進中環專賣進口的服飾店，她很為標籤上的價錢所嚇倒，同時也為多時虧待自己而十分自憐，基於補償心理，她出手特別大方，滿載而歸。

隔天中午，愫細穿了一條浪漫的法國紫紗綢裙，到利園酒店彩虹廳飲茶，她去得早，坐在四周全是鏡子的外間等候，轉來轉去，看到的全是自己。愫細顧影自憐了半天，洪俊興來了，眼前一亮的模樣，使愫細咬著唇笑了起來。一頓飯下來，洪俊興的眼睛沒離開過她，愫細赧然回視，一時的觸動，使她驀地驚覺眼前這個中年男人，他坐在那裏等她，耐心地、忍從地狩候著她，等待愫細終有一天回心轉意。而自己這樣費心的打扮，難道是為了給洪俊興看？愫細好像在走路，全無戒備的心情下，突然掉進了一個坑，她大叫一聲，一下清醒過來，責備自己走路不看路。

洪俊興可以等，大半輩子不也就這樣等過了。是採取行動的時候了，為了澄清自己，為了強調這是不可能的，愫細決定邀洪俊興到她住的地方，讓他看看自己生活的天地與觀塘來的洪俊興是截然兩樣，橫在當中的距離是縮不短的。

從認識之後，洪俊興一直是她的主宰，愫細由他領著，去的場合全屬於洪俊興的領地，她被帶去自己永遠不會找去的畫廊，把中國現代名家的畫介紹給她，他陪她到博物

館、拍賣行看瓷器、古物展覽，當然，還有數不清躲的在巷子底，一家家燒出地道潮洲菜、廣東小菜的小館子。愫細不能否認短短幾個月洪俊興引領她，進入一個前未去過的境地，她是在一寸一寸地被吞沒。

對，是該劃清界線的時候了，邀他上她家，讓他自覺格格不入，然後自動引退，這樣做不會傷害對方——愫細知道被傷害的滋味。

「一定來，一定來拜訪，謝謝妳。」洪俊興心花怒放，沒有察覺愫細不懷好意的微笑。

洪俊興如約來了，愫細去開門，只見他西裝筆挺，手中捧了一大把沾露欲放的玫瑰，紅的花和紅領帶使他醬色的臉漾上一層紅光，喜氣洋洋，愫細小時候愛看的粵語片，經常有類似的鏡頭出現，她把鼻尖埋在花叢中，強忍住沒笑出聲來。

「嗯，好香，謝謝你，請進。」

洪俊興隨著愫細身上一朵朵茶褐色碗口大，又像花又像圖案的臘染拖地袍子進屋去，走進轟響著狄斯可音樂的世界，走進愫細小小的天地。人來了，就好辦了，愫細狡獪地眏眏眼。

「怎麼樣？太吵了？」愫細示威地，也不讓坐。洪俊興站了半晌，只好裝作欣賞屋內的擺設，事實上這不足百尺的小客廳，瞥一眼也就一覽無遺了，洪俊興以最慢的速度

從一件東西移到另一件，那個發出原始噪音的唱機，委委屈屈躺在地上。兀自嘶吼著，愫細剛剛搬進，連張桌子也沒有，她爲它找到了理由。

他踱到窗前，彎下腰，沿著窗，用白色空心磚和木板疊起來的書架，一直沿伸到角落去，洪俊興彎下腰，瀏覽書目，發現全是英文書，他抬起頭，和愫細挑戰的目光接觸，趕忙掉開去，訕訕的，臉都漲紅了，愫細有著目的得逞後的快樂。

「黃小姐這地方布置得很——呃，很新潮。」

「是嗎?只怕洪先生不喜歡。」

這裏和他自己家中布局嚴謹，一套紅木傢俱的客廳的確很不同。零散擱置的小客廳，散發著自由的空氣，西化的分居女人的自由空氣，洪俊興屏住氣，似乎不太敢呼吸自如。

愫細端出兩杯白酒，遞了一杯給他。

「試試看，會不會太冰?」自己啜了一口，「嗯，還好。」她總算坐下來喝酒了，拍拍旁邊另一把椅子，洪俊興依言坐下。

「洋人愛搞這一套。白酒先凍一下，味道就出來了，歐洲人更講究，他們冬天把酒拿到窗外去，讓冷空氣凍上一夜，喝起來，聽說回味無窮。」

「比擺在雪櫃裏要好?」

「比擺在雪櫃裏要好。」

「這種酒，什麼牌子？」

「加州的葡萄酒，尼克森專程帶了這種酒，到北京請毛澤東喝。」

兩人同時笑了起來。愫細跟狄克學會喝白酒，現在她到超級市場，還是情不自禁抽出這種淡黃的瓶子，標籤上有一串白葡萄。

「最近白酒很時興，上『翠園』、『北京樓』吃飯，夥計會向你推薦，說是白葡萄酒就著中國菜吃，別有一種味道。」

洪俊興所提的這兩家餐館，以前常和狄克光顧，他特別偏愛歷山大廈地樓的「北京樓」，狄克說裏頭布置得明亮通紅，像中國人的新房，一片喜氣。九點鐘拉麵表演，最響的掌聲往往來自外國人的桌子。

而現在中國餐桌上，也擺上了洋葡萄酒，這就是香港。

「好久沒去『翠園』、『北京樓』了。」

愫細說著，語氣中有自己都沒覺察的悵惘。狄斯可的吼聲低微了，唱針磨著唱盤內圈，發出篤篤聲響。愫細過去坐在地上，抽出另一張唱片，背對著洪俊興。

「關於我的事，你也聽到一些吧？」愫細說，頭也不回。「我們分居了，他是美國人，還在香港——」

此時此地狄克在做什麼呢？多半是流連在山頂的某個宴會，一手握著酒杯，啜飲杯

中的加州白酒，另一隻手撫愛著他同種女友的背脊——愫細一下坐正了，還想這些做什麼？不是都過去了？

「洪先生，」她深深吹了一口氣，回到現實，「一直沒有機會謝謝你，這些日子來，你對我照顧，突然之間，我好像多了個親人，我應該算是香港人，很可惜在這兒無親無故——」

半晌，對方沒有搭腔，愫細禁不住回過頭。洪俊興把臉對著牆，牆上掛著約翰·藍儂的放大黑白照片。愫細以爲他沒有在聽，想繼續往下說，沒料洪俊興發出喟歎。

「西洋人這玩意兒！」他湊近前研究綻開灰色微粒，以致使照片中人面目模糊的相：「這玩意兒，眞行。」

「洪先生——」

「我喜歡照顧妳，很好嘛！……」

「就像自己家裏的人一樣。」

洪俊興轉過來，面對著愫細，嗒然若失：「哦，是嗎？」他想了一下，才又說：「也許吧！換上另一個地方，美國或者大陸，像我們這樣的人永遠碰不在一塊兒的。香港就是這點奇妙，不同的人、不同的東西全擠在這一小塊地上，湊在一起。不管怎樣，大家還不和平共處，日子照樣過，這點妳也不能否認吧？」

「可是，我與你，很不一樣，洪先生，你今晚到這兒來，應該也看出來了——」

「哦，是嗎？」他倒是有點意外。「在我來說，能夠認識妳，應該是一種緣分——」

洪俊興顯然不願深談下去，他及時阻止正待接口的愫細。

「肚子該餓了，咱們晚上換換口味，吃西餐去，好嗎？我在報上看到廣告，一家新開的歐洲餐廳，在灣仔，叫——呃——」

「La Renaissance」

愫細對這家號稱全香港最貴的西餐廳有所聽聞，她揚了揚眉：「哦，晚上準備去豪華一番？」

「嘿嘿，去試試看、試試看。」

她想到雪櫃裏的冷牛舌，本來羣備拿它今晚待客，多喝幾杯白酒之後，愫細將會和他來一次開誠布公的傾談，使洪俊興知難而退。她在La Renaissance和冷牛舌之間難以取捨，最後她的好奇、歎世界的天性戰贏了。

「去看看也好。」兩個人面對面坐著談，諒洪俊興要躲也躲不了。

愫細對自己說，她進了房間，脫下令洪俊興不安了一個晚上的臘染袍子，換回文明的服飾。下樓時，她底打細褶的裙子，爲晚風連連撩起，像月夜裏一瓣瓣綻開的湖色蓮花。洪俊興得意洋洋地爲她開車門，服侍她坐定。愫細感覺到在他關上車門的那一刻，

眼睛曾在她挖得很低的領口逗留了幾秒鐘，她狠狠白了他一眼，洪俊興開心的嘿嘿笑了兩聲，兩隻手握著方向盤，充滿了自信，愫細只能由他掌握她的方向，朝前駛去。

灣仔新開的這家餐廳，如果稍不注意，根本不會留心它的招牌，一走出那棺材式、窄長的電梯，眼界卻一下大開，光是外層酒吧間，容納七、八十個人的雞尾酒會毫無問題。愫細很淑女地啜飲高脚杯中的白酒——她還是喝她的加州葡萄酒——一邊瀏覽所謂全香港最高級的餐廳。

愫細在外國讀書，見過的世面不少，特別和狄克結婚後，偶爾被邀請到世家望族家中做客，愫細不喜歡古老房子特有的窒悶空氣，不過，比較起來，香港的La Renaissance卻是做了四不像的抄襲，她忍不住敲敲牆上的木頭，發現根本不是眞正的柚木，而是把夾板油上柚木的顏色，壁上掛的仿古風景、人物油畫，仿的是維多利亞時代的，可能出自此地某「畫家」的手筆，一個多月前才出爐的「傑作」。

愫細脚下踩著寶藍的天津地氈，坐的是褐黃色的高背椅，吊著水晶燈，滿桌鍍銀的餐具，處處顯出暴發戶的傖俗品味，香港式的豪華，就是這樣吧？愫細注視著洪俊興拿刀叉的姿式，他正襟危坐，聚精會神在與盤中那塊全熟的牛扒搏鬥，愫細看著，居然忘記了她的演說。

就這樣結束了這豪華晚餐，帳單用鍍銀的盤子送來，洪俊興掏出一張大鈔，對侍者

連聲說：

「很好，很好。」

找數時也沒少給小費，愫細眞服了他。

再走出棺材式的電梯，外面卻是狂風暴雨的世界，雨像牛繩一般粗，一絲絲夾著千鈞之力橫掃過來，洪俊興拉她躲在印度看門人的傘下，奔進車子，已經溼了一半。車子在豪雨中找路，像海難中的小船，在視線難辨的海中搖擺，好不容易才拐過了街。

「天氣眞怪，四月天哪來的大雨？」

洪俊興才住口，突然一條白光一下照亮了天地，瞬息間又暗了下去，接著雷聲緊響，彷彿要撕裂大地一般。愫細最怕雷電，她記得很小的時候，有一回雷雨從中午開始，到晚上還沒停，一家人擠在停電的客廳，點上蠟燭等被大水困住回不來的父親，愫細卻膽小地躲在妹妹的搖籃裏，拿小枕頭堵住耳朵，試著擋住外邊那天崩地裂的閃電雷聲。那時候愫細和家人一起，頭上有屋頂擋著，任憑雷電肆虐，她是被保護著。

此刻她孑然一身，和一個又熟識又陌生的男人同在一個車子裏，在茫茫雨中找尋回家的路，他們回得到家嗎？也許在半路上就被雷劈死了，愫細打了一個寒噤。就在這當兒，突然一粒粒嬰兒拳頭大的冰塊，由空而降，擊落車窗，乒乒乓乓舞跳。

「是冰雹。」洪俊興聲音透著訝異，兩手依然篤定地握住方向盤。是在下雹，愫細

平生是從未見過的。在這天地變色的時刻，旁邊這男人是她唯一的依靠，他和她坐得這樣近，近在咫尺，她可以觸摸得到的，愫細在茫茫天涯找到了知己。

冰雹又一陣陣灑落下來，夾著閃電，像一支支白色的利刀，硬要劈開車窗闖進來，愫細抱著頭，向旁邊的人撲倒過去，整個人往下一溜，躲進洪俊興的臂腰裏，緊緊抱住他，和他相依爲命。

兩人帶著劫後餘生的慶幸心情，相互扶持回到愫細的家，雨水沿著愫細的裙擺往下滴，一路滴上來，使她覺得拖泥帶水。掩上門，世界上只有他們兩個人，一男一女，這都是命，註定他們要在一起的。愫細牙齒打顫，也不完全是因爲冷，她一件件很慢很慢地脫下因溼透而沉重的身外物，回到原來的孑然一身，她需要撫慰，需要一雙有力的手臂把她圈在當中，保護她。愫細是在雷雨之夜那個受驚躲在妹妹搖籃裏的小女孩。

四

使愫細驚喜的，是洪俊興的無限柔情，他覆壓在她身上的重量，使她一下子覺得生命充實，他的唇吮吸著她的，一寸寸吸進去，吸進她荒蕪已久的內裏。許久以來，愫細第一次放鬆全身，讓男人的溫柔包裹著她、淹沒她。

「這麼好的女人，」他的手遊行在她的肌膚，「這麼美好的女人，」洪俊興微喟了，

「丈夫怎麼捨得和妳分開？」

「狄克和我一起回來，他來香港找中國，失望了，連帶地對我這中國女人失望，只有回到他同種的人那兒，濡沫相吸去了。」

一句話概括了兩年的婚姻，愫細自己都不能相信，自從那次天后廟道租公寓哭過之後，愫細已經許久沒流淚了，此時躺在另一個男人的臂彎裏，提及狄克，居然又淚流滿面。

許久，愫細才輕輕地說：「也許我也一樣呢，繞了大半個圈子，回來找自己的人，早知如此，犯不著出去兜那麼大的圈。」

「那，和我，有不同嗎？」

「嗯，很不一樣。跟你一起，好像在看一張老掉牙，可是又很溫馨的粵語片——」

「聽妳胡說，」捏了一把被自己舔乾淚水的臉頰。「那，和他呢？」忍了半天，還是忍不住問了。

愫細努力想了一回，找不出恰當的形容，隨口胡謅：「狄克嗎，像紐約的警匪片。」

洪俊興翻過身，用力把愫細壓在下面，「頑皮。」他說。

遺憾的是這種甜蜜並沒能維持多久，先天的不足，使這朶柔情之花，在開足之前，很快就夭折了。愫細捧著頭，坐在辦公桌前，她只是覺得很悵惘。

最近他們把夜晚消磨在愫細的床上，在黑暗中索求彼此的身體，愫細享受著令她疼心的柔情，她讓他在耳邊絮絮訴說他對妻子的種種不滿，由著洪俊興把她引入他的家族。他的弟妹、妻子的親戚，全是平凡的小人物，他們是在北角市場、灣仔的街上迎面走來一羣面目模糊的碌碌小民。他的同胞手足缺少了他的運氣和本事，只好一輩子困在牆壁剝落、沒有電梯上下的舊寫字樓，一臉疲倦地守住升遷無望的職位，他們早被生活折磨得銳氣盡失，他們沒有夢想，有的只是等待每個月出糧，全家到茶樓吃一頓好飯。

而愫細情夫的妻子，是拖帶著子女到街市後的小攤子買恤衫、內褲，和小販爲一元五角爭得面紅耳赤的那種，她沒有忘記丈夫發跡以前的苦日子。

愫細來自重視教育的家庭，高中畢業就被送到美國讀書，她在校園和狄克認識，一直在呵護中活著，實際生活中的千瘡百孔與愫細絕緣。當然她也有過失意心碎的時候，然而那只屬於情感上的創傷。這點傷害對仰人布食的勞苦大衆是一種奢侈的浪費，自我煩惱的玩意兒。

回香港後，狄克和她憑著他們的文憑和能力，在中環擺滿盆景的美麗寫字樓，一點都不費心地找到了屬於他們的位置，愫細照樣坦然無愧地接受。

在社交方面，狄克被此地的外國人，「他鄉遇故知」地拉入他們的圈子，這些在本國永遠碰不到一塊兒的人們，只因同一個時間、空間，萬分不情願地住到這黃種人的小島

上，只好物以類聚，一回生二回熟，交往得十分熟絡。愫細由狄克帶著，流連於山頂、碴丁山開不完的宴會，她很習慣俯看海港美麗的夜景，細細品嚐口中的魚子醬，傾聽女主人抱怨女傭、司機、香港的天氣和交通。

「說，我是不是你生命中，擁有過的，最美好的？」

說這話時，愫細騎在洪俊興的身上，义著腰向洪俊興威嚇挑釁，可憐這觀塘印刷廠的老闆，被壓得出不得聲，除了拚命點頭，別無他法。

是他生命中最美好的，又能證明什麼？愫細翻下身躺回去，一下子興致索然。她不必和洪俊興比，她在每方面都勝於他。這是任誰也無法駁倒的，愫細找了個處處比自己差勁的男人。她沒有去找，誰叫那個雷電交加的夜晚，洪俊興是天地之間唯一和她一起的男人？愫細在一時之間的脆弱，把自己給了他，換上另一個時空，這種情形永不可能發生。然而，就為了那個異象的夜晚，她就該永世不得超生？喔，不，在情熱退卻之後，愫細逐漸清醒，她甩甩頭髮，後悔極了。

這個處處比自己差的人，她居然也無法全部擁有他，不管多晚，他總是起身穿戴，回到他所抱怨的妻子身邊，去做他盡責任的丈夫。這男人只是在自己身上找尋從妻子那兒得不到的安慰。愫細突然抓起他睡過的枕頭，使勁全力朝他摔過去。

「洪俊興，你這差勁的傢伙，你到底把我當成什麼？」愫細大叫，滿心屈辱。

被打中的人，在錯愕之中回過頭，下意識地扭亮床旁的枱燈，床上的人似乎受了亮光的刺激，虎的跳下來，抓起被自己打落的衣物，把洪俊興使勁推到門外。早就不該讓他進這個門來，現在推他出去，或許還來得及。她用了全身的力量擋住門，外邊的人也不敢強著要進來，只是俯著門低聲哀求，隔了一道門，給了他說心底話的勇氣，他喃喃訴說他對愫細的情愛，重複著：

「愫細，不管怎樣，我愛妳，眞的，我好愛妳——」

他愛她，不用他明說，她也感覺得出，她應該感動嗎？喔，不，多少回，數不淸有多少回，洪俊興從她身邊回到他妻子的身邊，丟下愫細一個人坐在床上怔怔地想，此刻他與妻子在做什麼？她對這個從未見過面的女人，有著難以忍受的妒意，說穿了自己不過是這個印刷廠老闆生命裏小小的點綴，他白天馳騁於商場，爲了賺更多的錢，夜晚來她這兒找安慰，又回去做他的模範丈夫、父親。她看出他是個傳統的中國男人，不論怎樣愛她，也不可能拆散他的家，來和她生活在一起。

就是他會，她肯嗎？和這個人廝守一輩子？愫細不敢想像。

「不要再說了，你回去吧！」

半晌，她才疲倦地說。又僵持了好一會，才聽到外邊的人窸窣一陣穿衣聲。

「你好好休息，我再打電話給妳。」

「不用了，你走，我不會再理你了。」

語氣中有無可挽回的堅定。門外的人很執著：「別孩子氣，我明天找妳。」

又過了半晌，他才熟門熟路地出去了。

五

愫細把洪俊興擋在門外。她並無悔意，儘管她有大把時間要打發。可是這時候愫細開始忙藝術節的海報——為了避嫌，她和另一間印刷廠簽了合同——愫細大權在握，每天坐在會議室和同事們討論設計構想，往往超過下班時間而不自覺，愫細沉醉在創作的樂趣裏，每天弄得精疲力竭，眼睛卻閃著光。洪俊興的影子遠微了，愫細居然能夠不斷抗拒他不斷打來的電話，連她都覺得吃驚。

到了五月底，初步的設計告了一段落，突然之間鬆懈下來，使她重又被寂寞所噬咬。這天她在公司裏的小厨房喝咖啡，廣告部門的海倫捧著一杯好立克，向她道喜。

「好叻喔，愫細，看不出妳野心還大得很呢！」

愫細聽出她語氣中挖苦的味道。到這家設計公司上班不久，愫細就發現近幾年來，由於香港特殊的商業環境，培養出一些能幹到極點的女人，她們分散在洋行、律師樓、銀行擔任高級要職，各個野心勃勃，一心想往上爬，眼前的海倫就是其中的一個。

笑男人。

這羣女將把身邊的男人一個個嚇跑，錯過了結婚的年齡，既然無家可持，就把薪水花在名牌上，每天打扮得體大方，披甲上陣，在寫字樓大展雌威，與男人爭天下，拿出本事證明女人不是次一等的人類。她們下班之後，成羣到中環英國人開的酒吧喝酒，嘲笑男人。

以前海倫曾經把愫細拉入這個圈子，那是在她和狄克分居之後，這批女將們的氣焰，愫細不敢恭維，和她們喝了幾次酒，後來洪俊興出現了，她自然退出不去物以類聚。

今天愫細可以早回去，可是家裏有什麼在等待著她？她害怕把鎖匙轉開門，那一屋子黑暗迎著她的感覺——

「下班後，還是老地方？」

「怎麼，又想歸隊了？」海倫把愫細的手重重一握：「總算妳又覺悟了，愫細。」

那天下午女將們歡迎愫細重新歸隊，佔了大張枱子，鬧得更兇。愫細冷眼旁觀，這批視男人爲草芥的女人，再囂張跋扈，總也得回去面對她們自己。愫細無從想像，她們回到家，把身上的武裝解除，鬆懈下來之後如何自處？也許她們根本不敢鬆弛自己，即使哭泣，也一定不讓自己哭出聲。

「喂，愫細，」海倫碰碰她。「聽說了吧，南茜快生了。」

南茜是營業部的女會計，年紀大了，匆忙中抓了個比她小好幾歲的設計組實習生結

婚，有好一陣子成了寫字樓的談話資料，海倫的評語最爲苛薄。

「說是奉兒女之命結婚，躲在沙田夫家，才半年，居然要生了。」世人認爲女人生小孩，天經地義，女將們的反應卻是一臉鄙夷，她們究竟是不是女人？愫細不禁要問。

那一雙雙被酒精染紅的眼睛，洩露了她們內心的秘密，都在呼喊著空虛，其實她們只在嘴巴上逞強，心裏何嘗不羨慕。

家還是要回去的，酒吧的「快樂時光」過了，大家才意興闌珊地散去，愫細喝多了酒，滿心不得意，她靠在門牆上，好一回才鼓足勇氣開門，衣服也懶得脫，躺在床上。似睡非睡中，似乎電話鈴響了，疑心是自己的錯覺，洪俊興的電話近來顯著的稀少，她拿起電話機，是他，在問她吃過飯沒？這個實際的人永遠問些諸如此類實際的問題，她回說沒有，像個委屈的小女孩。

「一個人住，也不知道當心身體。」

愫細撐不住，哭了起來，洪俊興在另一邊說：「等等我，我即刻過來」，就掛斷電話。不到二十分鐘，這個被愫細擋在門外的男人又回來了，他逕自打開小厨房的燈，把帶來的食物放在盆子裏，一手抓了一把义子出來。

「找不到筷子，妳眞是外國人，家中連一隻筷子都沒有。」

愫細被逗笑了，新的淚水又湧了出來，她在洪俊興的監視下，吃了多時以來最甜美的晚餐。

「妳瘦了，」他爲她撤去盤子，無限愛憐地捏著她的腰，愫細順勢把頭靠在他的肩上。

「我好累。」她說。

這一晚，愫細蠻暴的熱情，頗使對方招架不住，她拚命向他擠進去，最好擠回母體去，只有在那兒才有眞正的安全。

第二天愫細回到寫字樓，她坐在堆積如山的文件、稿樣之中，不禁自問：這就是我要的？不可能吧。愫細是來遊戲人間，她有這資本，像海倫那一羣，獨自一個人撐下去，該有多累，她自認不屬於眞正有野心的一類，也許這就是她早早嫁給狄克的原因。一次婚姻上的失敗並沒有改變她，她也慶幸自己沒變成披甲上陣的女強人。

六

夏天來了，洪俊興脫下灰樸樸的西裝，換上愫細幫他選的義大利麻紗襯衫，愫細又做顧問，要他新配一副細框花邊眼鏡，使他看上去年輕了好幾歲，在顧盼之間，居然也有幾分瀟灑，愫細甚是很意，她把洪俊興從觀塘帶到中環來，他們已經好久不去中國飯

館茶樓了——愫細嫌那些地方太吵。現在他們的足跡流連在一家家點著蠟燭，情調很好的西餐廳，由愫細極力推薦，洪俊興嚐了平生第一次的法國蝸牛、澳洲鮮蠔。

剛開始時，洪俊興對中環洋人羣集的酒店酒吧不盡習慣，顯得侷促不安，去多了，那種格格不入的感覺消失了，他現在能夠手握酒杯，自在地聽著吉他手彈唱美國鄉村音樂，還眞的能欣賞其中的某些曲子，他也學著喜歡鋼琴酒吧的情調，幾杯威士忌蘇打下肚之後，這個木訥的老實人變得活潑了，連他在床上的姿勢也花妙多樣起來，愫細揶揄他，說這是他的第二春，臨老最後的激情。

洪俊興聽了，一點也不以爲忤，呵呵大笑：「還不是受了妳的影響，」他說：「現成放著一個這麼好的導師。」

他提議天氣轉涼的時候，要愫細向公司拿假，由她做嚮導，一起到美國玩，狄斯耐樂園、賭城拉斯維加斯、紐約格林威治村的嬉皮區，他全要去大飽眼福。

「要開始享受生命了，以前太委屈自己了。」

愫細望著改變了的洪俊興，暗歎人的可塑性果眞有那麼大，才幾個月工夫，洪俊興任由她揉、捏，塑造出一個和先前大不相同的人，現在愫細帶著他出入一些她從前和狄克去慣的場合，洪俊興的舉止雖然不似狄克得體，但也差強人意，不致令愫細覺得羞恥臉紅。

然而洪俊興的改變只止於外表的修飾，幾個不會太突兀粗俗的動作，他還是如假包換的洪俊興，橫在兩人之間的懸殊矛盾依然存在，他不能給她完整的愛情，他的妻子、家族是她最大的勁敵，即使這段戀情是愫細所情願的，她也很不甘心。

「人世間，何必太過計較，他有他的限度，妳捨不得他的溫柔，留住他好了，留這麼一個人在身邊解悶，不也很好？」

在需要洪俊興的柔情慰藉時，愫細找到了如是的理由。可惜每一次她在情慾之中慢慢甦醒之後，她爲自己可怕的清醒所苦惱，愫細會一下子變得很容易被激怒，洪俊興一句無心的話可以輕易惹惱她，她的高他一等的優越感會在這時誇張地顯現出來，她會不耐煩地打斷在戀愛中而突然話多的洪俊興，譏笑他沒有邏輯觀念、缺乏學院訓練所說的話永遠愚蠢可笑。憑著愫細起伏的情緒，洪俊興可以在一分鐘之內從美妙的情人降至粗蠢的小老闆。

「愫細，妳這脾氣眞怪，妳知道自己像什麼？像一支寒暑表，」一開始幾次，他還很有興致地調侃，「一下子可以從沸點降至冰點，快別孩子氣了。」

愫細不時地向他挑釁，她跟洪俊興永遠吵不起來，他總是忍從的、委曲求全的、一副願意承擔一切後果的姿態，愫細恨他，連吵不起來也是他的錯。也不知哪兒來的力氣，她打他、踢他，用最惡毒不堪的話侮辱他、侮辱他的妻子、他的家族。

「妳到底要我怎樣，」他一邊擋住她的拳打腳踢，一邊哀求著：「妳說好了，要我怎樣？——」

洪俊興不懂得她，她也不懂得自己，這也是他的錯。每次吵架，明明是她無理取鬧，洪俊興還是打電話來賠不是，要求言歸於好，愫細愈發得寸進尺。

和洪俊興這次不相稱的戀情，使愫細發現她個性中的另一面，以前沒有機會發作，一直潛伏在裏面。愫細再怎樣也想不到自己可以無理可喻到這種地步，她居然會對自己有過關係的男人殘忍兇狠到這個地步，她懷疑自己有暴力的傾向，特別是最難以理解的是愫細對洪俊興的妻子，一個她從未謀面的無辜的女人有著難以消滅的恨意，她輕賤這女人，覺得她根本不配存活在這世界上。

這兩個月她任這些不可愛的個性極力膨脹，剛開始幾次，愫細著實被自己的行爲嚇住了，她愈來愈不喜歡現在的她，反覆思索之後，愫細得到了結論，這段戀情一開始就是一個錯誤，根本不該讓它發生，雖然不是她主動去吸引洪俊興，可是令他介入到這麼深她也有責任。最明智的決定是結束這段關係，讓洪俊興走出她的生活。

把這個決心跟他說了，對方只是笑她太孩子氣，電話來得更勤，頻頻約她見面。很簡單，他怕失去她。愫細到此不得不承認對方把自己的吵吵鬧鬧若即若離，當做是戀愛中的情趣。

「妳眞的和別的女人很不同，」在無可避免的又和他上床時，他撫弄著她，說：「沒有一個男人會對妳生厭的，妳這個小潑辣貨。」

愫細抗拒不了他肉體的誘惑。感情的事容易辦，兩人分開，一年半載就可以把洪俊興從心中移開去，不過要斷絕這種肉慾的吸引，只怕難極了。無數次她發過誓，不讓他接近，可是往往守到最後一刻，她拚得全身骨頭酸楚透了，然後，洪俊興把手向她伸過來，她的自持一下子崩潰，又情不自禁地向他投懷送抱了。

「何必這樣刻苦自己，愫細，妳要我，爲什麼不乾脆承認？」

愫細在他懷中仰著臉，心裏明知不可能，可是又不自禁浮上一種極渺茫的希望，她一頓一頓的說：

「也許有一天，我終於屈服了，我們眞的可以在一起，也許有一天——」

洪俊興忙著撫愛她，沒聽懂她話裏的含意，愫細忍不住又說了一次。

「在一起，我們不是在一起嗎？」

「不是這樣，是眞的在一起，我意思是——」

然後洪俊興告訴她，這是不可能的，打碎他經營二十多年來，一手建起的家，需要太大的勇氣，他太軟弱，恐怕要讓愫細失望。

這一說，愫細深深的被傷害了，她一把推開他，跳下床，衣服也沒穿，在房間裏疾

走，像一頭被困住的獸。

「好，洪俊興，你當我是不花錢的情婦，沒那麼便宜——」

她咬牙切齒，聲音都啞了。這個可惡的男人，他本來不配擁有她，既然給了他，他理應做更大的犧牲，憑什麼他這樣大剌剌的拒絕了她？

憑什麼，他到底憑什麼？愫細的心在緊抽，熱淚像珠子成串滾下，再怎樣她也料不到自己會在這段不相配的戀情中，扮演如此淒慘的角色，她竟失敗得如此徹底。洪俊興如果還有點人性，他可以不必這樣斬釘截鐵一口回絕她，令愫細顏面盡失，她可還得繼續做人，對自己交代呀！

到頭來，還是海倫她們那一羣女將聰明，她們早就退出愛情的圈子，不再玩這種傷神的遊戲了。男人是世間上最不牢靠的東西，情愛嘛，激情過後，遲早會過去的，這是女將們在身經百戰之後所得到的結論。

「男人嘛，倒還留有兩個用處，」海倫他們認為，「一個是無聊時拿他來解悶，另一個是吃定他。」

對，吃定他，怎麼愫細從來就沒有想過。

七

現在愫細穿著最近流行下襬很寬的滾邊細花綢旗袍，她的單鳳眼直直揷入髮鬢，眼皮塗了時興的膩紅色，她坐在希爾頓的龍船酒吧，她是外國觀光客眼中的中國佳麗。洪俊興一再催促她拿假期一起去旅行，愫細把玩著胸前垂的翡翠雞心——洪俊興送給她的。

「幹嘛到處瞎跑，大熱天，累死了，香港不是很好，什麼都有。」

「看妳倒很習慣了，才回來不到兩年吧？」口氣多少有點試探地：「尤其是最近，妳好像很開心，是嗎？愫細。」

「本來嘛，香港是我的家，回來時間一長，又變回這裏的人了。」然後她興致勃勃的：「昨天下午到置地廣場轉了一圈，又新開了好幾家精品店，說良心話，紐約第五街的名牌全部加起來，也許還比不過這兒的。今年的秋裝，裙子早就縮到膝蓋了，時裝眞是千變萬化。」

洪俊興雖然不懂得爲什麼大熱天就在談秋裝，嘴裏還是說：「明天中午吃過飯，我陪妳去逛逛。」

他很高興愫細總算回心轉意，讓他爲她買服飾了。記得剛認識時，愫細才回來不久，

帶回來滿腦子男女平等的思想，他也提議送她衣飾，愫細卻回過頭，狠狠瞪了他一眼，說這是什麼時代了，還興這一套落伍的玩意兒。

最近愫細有了明顯的改變，這點錢他花得起也樂意花，有能力裝扮自己的情婦，是他這類男人生命當中最驕傲的大事之一，何況這樣一來好像把兩人之間的懸殊做了一種奇妙的平衡。愫細也沒令他失望，今天她這一身穿戴全是他爲她置的，愫細花枝招展的模樣使洪俊興笑得合不攏嘴。

從希爾頓出來，他們過海到諾曼地吃法國菜，愫細微笑地注視洪俊興在和盆中的蝸牛搏鬥，他奮力鉗住其中一隻，費了好大勁才挖出蝸牛的內臟，望著它，遲疑了一下，才送到嘴裏，愫細捏著冷冷的雞心，安心地往椅背靠去。一對打扮得體的外國夫婦推門進來，男的還優雅地爲女士拉開椅，服侍她坐下，隔桌在慶祝生日，侍者推出一隻點蠟燭的蛋糕，香港每個晚上都有節慶的氣氛，到處是歌舞昇平，香港人在不安定之中有著令人詫異的篤定。香港式的享受原來也可以這麼迷人的，以前愫細太虧待自己了，還好她有的是時間，只要她想得到的地方，洪俊興沒有理由不帶她去。她願意把這種生活方式維持下去，在雅致的西餐廳、中環的精品店，和床上之間消磨歲月，愫細認了，還有什麼好計較的？她在想像如果明天穿那條草綠的半褲，配上琵雅卡丹的輕鬆恤衫上班，一定會使男同事大吹口哨，她想著，笑了，笑得一無缺憾。

然而，這一晚的性並沒能令愫細滿意，經過一再盤問，對方終於不得不承認他在昨天晚上才和妻子好過。愫細怒不可遏，掄起拳頭就打，洪俊興朝床裏邊滾過去，一邊躲一邊叫：

「喂，求求妳，多少妳也得講點理，我還不是聽妳的話做的，是妳說的——」

這是事實，愫細霸道到不准他和妻子做愛，說他這樣做，會把自己拉到他老婆的層次，降低愫細的身分，如果洪俊興的妻子把心放在孩子上，不理他，愫細看他涎著臉到他床前，她又有話說了，說她只被用來當洩慾的工具，春風一度，就一走了之。洪俊興常打電話來，她說是在騷擾她，不讓她安心工作，不找她，又抱怨佔盡了便宜，當然可以把她擱在一旁。

「愫細，沒見過像妳這樣專制的人，這樣任妳罵、任妳罵，把我家的人都糟蹋盡了，我開口說幾句話，妳都不許。妳到底想怎樣？」

她到底想怎樣？她不知道，可是她知道這樣下去，她有一天會發瘋。愫細抱著頭，感覺到她的腦子在四分五裂，她害怕了。

洪俊興突然想到了什麼，跑過去在他脫在椅子上的褲子裏去掏，掏出一個紅絨的小盒子，巴巴地送到愫細面前，看她動也不動，自己把它打開，一副紅寶石的耳環，旁邊還鑲了一圈碎鑽，在不亮的房間裏閃著冷冷的光。

「喏，剛才忘了先給妳，妳要的耳環，賠妳。」

他們親熱的時候，把她珊瑚耳環弄掉一隻，愫細老要他賠，現在它就在眼前，比先前那對價值高無數倍。

愫細怔怔望著這對耳環，「剛才忘了先給妳，」洪俊興說的，先給了就不會吵了嗎？她就是這種人嗎？她在待價而沽，任由洪俊興用金山銀山把她堆砌起來，條件是她屈就，這和買賣有什麼不同？愫細很困惑，那個不久前和狄克在榆樹下定情，手指套了細樹枝圈起的戒指，就以爲擁有了世界的快樂女孩，和她會是同一個人？愫細皺眉尋思，那個從前的她，現在想起來，卻有隔世之遙，是什麼使她改變，變到不認識的地步？

洪俊興講了些什麼，愫細一句也沒聽進去，她本能地推開伸向她的手，她推開那男人手上捏的絲絨盒子，愫細知道自己必須立刻走出這房間，再待上一秒鐘，她將會完全瘋掉。隨手抓過一件袍子披上，愫細趿上鞋，開門出去，對洪俊興看也沒看一眼，彷彿自始至終，這個人從來沒存在過。

愫細在大廈後的海邊來回走了一夜，天色微明時，她再也支持不住了，兩腿一軟，跪到沙灘上，接著她開始嘔吐，用盡平生之力大嘔，嘔到幾乎把五臟六腑牽了出來。

——原載一九八一年《聯合報》

窰變

——香港的故事之二

一

儘管九龍尖沙咀以東的新塡海地，最近半年，先後完成了好幾家國際水準的豪華酒店，用以招徠國外來的觀光客，然而，以品味、年代、身分等級而論，九龍這些近年來由暴發的財團支持下的新酒店，依然超不過香港文華酒店的優雅矜貴。難怪有一百多年歷史的英國蘇富比拍賣公司，一年兩季，選擇了這家酒店，做爲中國瓷器、文物的羣展和拍賣的根據地。

五月一個小雨剛歇的黃昏，六點鐘不到，香港的勞斯萊斯幾乎全部出籠，不約而同地朝著文華酒店駛了過來。名車的主人們，全是應了蘇富比拍賣公司的邀請，前來二樓康樂廳，參加瓷器羣展酒會的本港名流雅士。

今年展賣仇炎之畢生的藏品，果眞不同凡響。這位最近死在瑞士的中國人，生前獨具慧眼，早年從上海、香港，憑著他天生的審美觀，以及潛心鑽研之後，對瓷器的深刻認識，爲他的子孫留下了質與量都足以傲世的藝術品，震動了全世界的同好。

近十多年來，以拍賣中國瓷器聞名於世的蘇富比公司，老謀深算，看準香港驚人的購買能力，又抓住了收藏家希望中國文物回歸本土的心理，付了天文數字的保險費，將這批無懈可擊的藝術品運抵香港。下午這場羣展酒會的愼重其事是可以羣料的。爲了防備香港每況愈下的治安，康樂廳門口站了兩個荷槍的警察，應邀者必須憑請柬入場。

方月得知今晚到場的賓客均非等閒之輩，她特地從任職的博物館提早下班回家，頗費了點心把自己打扮得十分得體大方，捏著請柬珊珊到來。原來以爲早到了，大廳裏卻已盡是衣履風流的紳士淑女，他們爲了一睹仇炎之的精心收藏，顯然比方月還心急，六點鐘不到，全出現了。方月從川流不息的侍者手中的銀盤，接過一杯紅酒，站在不顯眼的角落，一邊冷眼旁觀，心想這位充滿傳奇性的收藏家，果眞具有無比的吸引力，除了本港的顯貴，還從世界各地招徠了無數著名的陶瓷收藏專家，賓客當中，還不乏名重一時的權威歐洲大古董商。

方月認出荷里活道幾個開古董店的老闆，集雅齋的黃經理、文珍閣的李先生，此時正圍住一位白髮蒼蒼的外國紳士，使出渾身解數在攀交情。她知道這些人不會匀出工夫

來和她周旋，此時此刻，他們甚至連禮貌性的招呼都嫌浪費。

方月偶爾和朱琴喝茶，聽她形容此間的古董商參加倫敦的拍賣，爲了私利，往往在拍賣會上失去理智地哄抬價錢，自相殘殺。這般人表面上笑容可掬，擺出藝術愛好者的姿態招搖。據這位一臉精明的上海太太說，其實同行之間彼此相互傾軋，實在到了水火不容的地步。

聽人說，最近朱琴也下海做古董生意了，比她大二十多歲的丈夫老病在床，朱琴不顧丈夫的反對，擅自開了保險箱，把丈夫一輩子的精心收藏取出來做起買賣，現在也跟著人家倫敦、紐約來回跑。

方月在人叢中發現了她。多時不見，只見朱琴臉上紅紅白白，打扮得更入時了。她旁邊站了一位一身珠翠的肥胖女人，正對著架子上一隻綠紫鏤空的鴛鴦枕指指點點，朱琴陪笑侍候一邊。方月認出是楊士鵬的夫人，丈夫是此間的船業鉅子，也是有名的粉彩官窯收藏家。早兩個月，有人看到朱琴和楊士鵬的機要秘書同進同出，方月還以爲同行中人故意糟蹋朱琴，看這樣子，朱琴目的已然得逞。

受不了朱琴逢迎的嘴臉，方月轉過身，視線正巧落在門口閃入的唐衫老者身上，只見拍賣行的幾個工作人員親切過度地將老者簇擁了進來。

原來是吳遙邦中醫，此間著名的明瓷收藏家。上一回，他把藏品中元、明早期的白

地清花瓷借給博物館展覽，爲了編寫錄目，方月曾經被接見過幾次，到他中環擁擠的診所，詢問一些資料上的疑問。

吳遙邦醫生灰綢唐衫施施然地過來，方月趕忙禮貌地朝他微笑。對方拿眼角掃了她一眼，似乎覺得有點眼熟，卻又很矜重地轉過去，逕自昂起頭，和他認識的人周旋去了。本來羣備打招呼的一朵笑，僵在臉上，只好訕訕地假裝欣賞瓷器，心中希望姚茫即時出現，免得她一人形單影隻，侷促在這名流雲集的場合。

此次拍賣的焦點，集中在一隻不及三寸高的明朝成化鬥彩辜鳥高足盃，印刷精美的說明書上指出世上僅存的另一隻現在保存在台北的故宮博物館，驚嘆讚賞聲不時從圍觀的人羣發出，方月無意去擠在人羣中湊熱鬧，爭相傳觀這稀世之寶。

仇炎之生前所珍愛的其他數十件精品，端雅地擺在壓克力的透明陳列櫃裏，等待識者取出賞玩鑒定。方月請工作人員拿出一隻潔白如玉的白釉蓮子，小心翼翼地放在絨布上。

這兩年蘇富比的瓷器羣展，方月每次躬逢其盛，多半由姚茫帶著，先要她除下手中的戒指，爲的是怕碰裂胎薄如蛋殼的官窰瓷。姚茫耐心地教她鑑定瓷胎、釉色，以及如何從紋飾圖案來辨識年代特徵。現在方月可以像模像樣地捧著價值連城的官窰，擺出一副鑑賞者的神氣，完全是姚茫一手調教出來的。

捧著這隻底下有「大明正德年製」款的白蓮子盌，方月凝神看個仔細，發現盌內浮著暗花細紋，倘若姚茫這時在身旁，一定會熟極如流地道出「纏枝蕃蓮瓣紋」一類術語。

想到這，方月微微地笑了。

二

會結織姚茫，也許可以說是前緣註定的吧。前不久，方月陪他到大會堂聽京戲，楊宗保馬前驚豔，擅自和穆桂英私定終身，老父楊六郎怒不可遏，把兒子綁在午門，眼看就要問斬，穆桂英聞訊急急趕來，楊六郎問她：「好小姐不在山東瀟灑，來此做甚？」能唱幾句老生戲的姚茫，學著楊六郎的口氣，推推身邊的方月問道：

「妳方月不在台北瀟灑，來香港做甚？」

方月順口答：

「為認識你而來的。」

暗黑中，姚茫似乎受了很大的震動，緊緊抓住方月的手，到終場時還不肯放。

三年多前，方月在沒有選擇餘地的情況下，跟著前程似錦的丈夫移居香港。台大工商管理系畢業的潘榮生，原在台北花旗銀行貸款部任職，美國休士頓來的經理納爾遜先生看中潘榮生的勤奮才幹，說服他一起到香港來另組股票交易公司，靠著他自己的白皮

膚在這殖民地上拉關係，業務由潘榮生打理，名義上是兩人合夥，事實上納爾遜是藉著有工作狂熱症的潘榮生替他打天下，讓他過一直想過而始終沒機會做老闆的癮頭。

住進銅鑼灣怡東酒店的第二天早晨，八點鐘不到，納爾遜從樓下打電話上來，潘榮生早已穿戴齊整，拎著新的公事包興沖沖下去。他坐在納爾遜的平治車子裏，迎著香港早晨的陽光，迎著一整個世界的希望，來到中環康樂大廈四十二樓擺滿盆景的漂亮辦公室，潘榮生掏出梳子，理了一下被維多利亞海港的風所吹亂的頭髮，拿起桌上早已等著他使用的電話，紐約華爾街的股票市場就要開市。湯瑪士・潘的工作不因地方的搬遷轉移而間斷。越洋電話接通了，他在這異地的辦公室一下子又找到了屬於他的位置，好像從來未曾離開過一樣。

方月卻找不到她所屬的位置，她一個人每天在銅鑼灣的人海之中飄浮著過了平生最恐怖的一個月。香港到處都是人，她可是舉目無親。熬到十一月底，總算搬入了半山巴丙頓道的公寓。她得一切從頭來起，這包括到附近小市場買一把鍋鏟、一打筷子。

白天她在小市場和多半長得精乾瘦的廣東小販，彼此言語不通雞同鴨講，大聲吵嚷不休；晚上方月又得脫下沾著魚腥的家常服，換上丈夫指定的服飾，由他帶出去應酬，香港、九龍各大酒店、會所去不完的雞尾酒會，山頂、渣甸山外國人家裏開不完的宴會。

開始幾次，方月很爲納爾遜家的宴會，那份荒誕神話般的色彩所迷。納爾遜太太是

個精力充沛型的女人，隨丈夫的工作調到亞洲來之前，聽說還在休士頓一家律師樓做過事。她現在把過人的精力用來招待她丈夫商場往來的顧客，以及他們私人的朋友。每天在她渣甸山寬敞的花園洋房翻閱日曆，一年四季，納爾遜太太從來不漏過任何一個可資慶祝的中外節日。

聖誕夜，她特地從附近天主教中學，請來白衣銀冠的唱詩班，羣集花園，站在星空下大唱「彌賽亞」。納爾遜太太連中國新年也熱烈慶祝，除夕夜，只見她通身一片紅，拖地紅綢旗袍，髮際之間插上一朶朶小紅絨花，她把家裏也布置得像新房一般，古董店買來的八仙喜帳高懸門樑，也不知從哪兒弄來鄉下人做被面用的土紅大花布，用在圓桌上當枱布，喜氣洋洋一片。每位客人前面水晶杯下還壓了個紅包，也眞難爲納爾遜太太這一份心思。

有一回方月接到一張淺綠色的請帖，慶祝聖派屈克日，請帖上註明女賓得穿綠色服飾，潘榮生來了香港之後，開始對西方的禮節習俗熟悉到令方月歎服，他說這天是愛爾蘭人的節日，當晚他戴條綠領帶夠了。

結果潘榮生突然出差到紐約，臨行囑咐方月一個人赴會，方月果眞穿了件蘋果綠的麻質洋裝。當天晚上席設香港會所，那一陣子翻騰在此間外國人圈子和本港上流社會的一則大新聞，是這棟殖民者所建的百年建築，雖然屢經古蹟保存委員會的陳情終於免不

了拆除的命運。納爾遜太太一等客人坐定，舉起高腳水晶酒杯，傷感地表示這是她和好朋友們共聚香港會所的最後一晚。再過半個月，它將在無情的鏟除機摧殘之下，蕩然無存。在座的中、外賓客，無不跟著納爾遜太太唏噓不已。

方月拿起銀匙喝著特爲聖派屈克日調製的綠色的湯，聽她左邊的美國可口可樂駐港經理大談如何將這飲料傾銷亞洲落後國家的故事。右邊的理查・蔡，十足黃皮膚的英國人，以他流利已極的牛津英語，和他鄰坐紅頭髮的洋女人抱怨中國大陸的骯髒與原始。

「……別的不去說它，理查，你一定住過白雲賓館吧？」紅頭髮的女人音調高而刺耳：「新旅館，不是嗎？可是——喲，理查，房間裏的窗簾，髒到——噢——」她做出無以形容欲嘔的神情。

方月一旁聽著，一下子覺得汗毛豎立，才四月天，冷氣實在開得太低了。耳邊理查・蔡興奮地附和，方月坐不住了，一個突如其來的觸動，她重重地放下喝湯的銀匙，推開高椅背的餐椅，在所有客人的瞪視下，猝然起身出去。

抱著突然之間覺得不舒服起來的胃，方月攀扶堅實無比的橡木樓梯扶手，一步步走上去，二樓大廳杳然無人，昏黃的老式水晶燈，照出大廳一片黯淡的輝煌。方月在角落一張橙黃色皮椅坐了下來。香港會所的全盛時期，她沒趕上，象徵殖民地的階級、特權的這建築，和台北來的女小說家毫不相干。納爾遜太太和她的客人們此刻正關在綠絨窗

簾重重的藍廳咀嚼最後的榮光，那個世界和方月毫無牽連，她走不進去，也似乎從未曾興起走進去的念頭。

方月支著頭，坐在這即將油盡燈枯的大廳，她只覺得前途茫茫。既然被迫到香港來，她總得在這地方找到憑藉活下去。雖說香港和台灣僅一水之隔，方月卻有著身臨異國的惶然。記得臨離開台北前的兩個晚上，文化圈相熟的朋友在新店小陶家為她送行，半打陳年紹興喝得大家酒酣耳熱，小陶一時興起，拖大夥兒到碧潭看月光，躺在潭邊月光下看起來很乾淨的小石子上，他們一口咬定方月此行吉多凶少，新的環境將會擴展她的視界、豐富她的經驗，大夥兒寄望方月到香港之後寫出更成熟的作品的同時，也對於她能夠跳出台北小小的文化圈，無不承認又是羡慕又是嫉妒。

可是，當方月從巴丙頓道的家搭乘雙層巴士，沿著拐彎的山路迴旋下去，那種眩暈的快感不再使她覺得新鮮時，又經人介紹找到了一個會說幾句國語的鐘點女工，方月不必再到小市場和小販們比手畫脚，她變得無所事事。曾經計畫以納爾遜太太和她生活方式為題材，釐備寫一個中篇小說，也因提不起勁而擱筆丟在一邊。

最初幾個月，方月偶爾還寫點短文章回台北，報導香港的文化活動，她拎著錄音機，老遠跑到柴灣木屋，訪問紅極一時，後來染上毒癮潦倒不堪的粵曲紅伶，她也曾到九龍慈雲山政府廉租屋，巴巴地爬上十二層樓梯，為僅有的廣東杖頭木偶的老藝人做特寫。

邀稿的編輯從台北來信，方月的香港民間藝人專稿，登出之後在台灣起了不少的迴響。遺憾的是，隔著海峽，方月聽不到對岸的掌聲。兩篇訪問稿寫下來，她已是意興闌珊。

當方月不再每天下午主動地跑到天星碼頭買台灣來的報紙，當台灣的一切對她都不再重要時，她每天早晨，躺在床上，怔怔地目送丈夫興致勃勃地上班去了。又是一天的開始，方月卻找不到理由起身，她拉起床單，把自己從頭到脚蒙住，挺屍一樣躺著，希望就此不再醒來。

正當最絕望的時候，意外地從英文報紙的人事版，看到一則廣告，此間博物館的出版部有一個中文助理編輯的空額，條件之一是應徵者需要具有高度駕御中文的能力，薪水卻給得出奇的低。方月好像在茫茫大海中，突然發現了一株飄浮而來的水草，除了拚盡全力去攫取它，她別無選擇，香港已經使她變得一無所有，一切必須從頭做起。

她從書架抽出自己出版的兩本短篇小說集，提著花了許多心思羣備好的履歷，在應徵途中，從計程車前面的反光鏡，她看到自己的臉——一張自我嘲弄，卻又萬般無奈，比哭還難看的臉。

經過幾回赴戰場一樣的口試、筆試，憑著她一手可圈可點的好中文，方月還是被錄取了。台灣來的小有名氣的女作家，好不容易在香港這一異地找到了她所屬的位置，她總算佔有了一張靠窗的寫字枱，開始了朝九晚五的上班族生涯，兩年的日子也在伏案抄

寫之中被打發了。

三

方月把手中賞玩了許久的正德款白釉蓮子盌還回去，抬起頭，外邊街道已是暗黑一片，文華酒店對面四十八層高的康樂大廈，圓幢幢的窗只有少數還亮著燈，其中有一個關住她的丈夫。儘管紐約和香港時差十二個小時，丈夫辦公桌上的幾隻電話，此起彼落，還是在響。潘榮生敏捷地抓起話筒，向本港大戶報告紐約收市的最後價錢。他的聲音氣足響亮，鬥志昂揚，經過隔洋股票市場一天的搏殺，他的袖肘皺了，額頭上的短髮因汗溼而扭結成一團，然而，這兩年剛崛起的股市奇才湯瑪士·潘仍然不知疲倦爲何物。

數不清有多少回，方月午夜夢迴，發現一半的床還是空著的，丈夫又把自己關在小小的書房，挑燈夜戰，研究他的股市行情，往往非至凌晨，不肯罷休。心情好的時候，方月還有興致向丈夫調侃，說他娶的是他工作，她寧願丈夫到外邊結交女朋友，也不願看他沒日沒夜地賣命。

「榮生，就當你出去找別的女人戀愛吧，起碼還有時好時壞的時候。」方月說時似笑非笑，兩道清秀的眉卻蹙得緊緊的：「你總會和人家吵架，總會失戀，那時你也許還會記得我，還會記得有這個家——甚至你另外再去找人，青黃不接時，我多少還可以派

上用場，墊墊空檔——」方月終於忍不住，蒙住臉，泣不成聲。

來香港之後，潘榮生的整個人，無論白天夜晚，完完全全地被他的工作所佔據，方月自知無力摧毀阻擋在他們之間的敵人。如果企圖把丈夫從他的工作搶過來，失敗的註定是方月，而且她深知丈夫的性格，他會爲此而恨她一輩子。

潘榮生抱住妻子哭泣的肩，多少有點悔意，他承認冷落了方月，尤其在她最需要他的時候。公司剛站穩脚，還是千頭萬緒，老有做不完的事，他說。他要求方月再忍耐一陣，情況一定好轉。潘榮生最後向方月保證，明天去找納爾遜談判，要他多聘請一個人來分擔工作。

遺憾的是情況並沒有如潘榮生羣言的好轉。方月不得不承認，丈夫的野心、對工作的狂熱，是一種疾病，一種頑冥不靈、無藥可醫的疾病，儘管潘榮生振振有詞地爲自己辯護，他以一種就事論事的態度告訴方月，如果想在這凡事以金錢、成功來衡量的香港社會生存，他必須以命相拚，別無他法。

方月怔怔地望著突然之間變得十分陌生的丈夫。新婚不久，方月坐在床頭，連爲丈夫折疊剛洗好的襪子，心裏都會充滿柔情蜜意的那段日子，現在想想，竟如隔世之遙。

酒會都快近尾聲了，姚茫早應該來了，方月返過身去，在逐漸稀疏的人羣中找尋他。姚茫果然從一大羣碧眼紅髮的洋人當中，朝她舉了舉杯，咧嘴笑笑。「衆裏尋他千百度，

驀然回首，那人卻在燈火闌珊處。」姚茫顯然來了有好一會了，他立在那兒，等著方月回頭去發現他，他知道她遲早會轉過頭來的。四目交接，方月只覺得心魂盪漾，有如第一次約會一樣。

一陣熟悉的菸草焦香味迎面撲鼻而來，「考妳一考！」是方月等了半個晚上的聲音：「別翻目錄，也不准看盤底，」來人把一隻龍泉雙魚小盤放到方月面前：「說一說這隻小盤的年代，出自哪個窰？特徵是什麼？」

姚茫就在她身後，站得那麼近，連呼吸都清晰可聞，方月把玩那隻龍泉小盤，像平時撫弄姚茫那雙肉多、綿綿的男人的手。

「這麼晚——」

「嗯，回去了一趟，薄扶林道塞車，路上就擱了——」

「喲，下了班回去又出來的？難怪——」

「嗯，讓妳久等。」

人多的地方，他們多半不太說話，只用眼睛來交談，特別像晚上這種場合，姚茫熟人很多。

「哎，姚先生，」果真有人上前搭訕：「您好，幾時來的？上回您到我小店裏來，不巧出門了，怠慢得很！」

「不礙事，那天湊巧順路，進去轉了一下，你兩個夥計，看來都很能幹。」

「姚先生過獎、過獎——」

這位一臉和氣的王老闆，據說還讀了兩年上海聖約翰大學，四九年為了逃共產黨，孑然一身跑到香港來，初初潦倒了好幾年，後來不知向誰籌了資本，進了古董這一行，現在海運大廈的「三友齋」是他開的，憑他早年的英語底子，賣的是洋裝貨，主要做遊客生意。

姚茫的律師樓和此間同行的外國人很有來往，幾個外國律師太太，打聽出姚茫是個收藏家，光是他的德化窰一項，就曾被一家很夠水準的藝術雜誌專欄報導。洋太太們紛紛請他當顧問，介紹可靠的店家。姚茫隨口提及這家「三友齋」，洋太太們無不趨之若鶩，幾年下來，王老闆這家店，在上流社會的交際圈裏，居然還出了名。

王老闆希望姚茫照規矩取佣金，他把這提議說了，姚茫咬著菸斗，皺眉灑然一笑，說聲：

「舉手之勞，王老闆何必斤斤計較。」

把個王老闆感激得涕泣淚零，為了表示知恩相報，手上一拿到眞正上品的官窰瓷，王老闆一定驅車過海，親自捧到姚茫摩星嶺道的家，由他第一個過目。

「聽說王老闆大陸去了，怎麼樣？此行大有斬獲吧？」

「姚先生，昨天到家得晚，挪不出空上您那兒，我正想找您跟您說呢——」突然壓低了聲音，左顧右盼了一下，和姚茫神秘的低語了起來。方月識趣地讓開了一點，由他說悄悄話去。

流行在古董圈子裏的傳奇，方月時有所聞，大陸這兩年對外開放，常聽此間做古董生意的人津津樂道，如何以二十元人民幣的代價，在北京天壇的文物商店購得一對無欵的渣斗，結果竟然是康熙的粉彩，或者上海友誼商店如何看走眼，眞正漢代出土的玉鈞，標的竟是光緒仿製品的價錢。這般人諸如此類，大聲渲染他們的奇遇，眩耀難得的機緣，另外好些不合法的勾當，則被他們狡獪地隱去：例如，勾結大陸裏邊識貨的人，施予小惠，派他們到民間鄉下搜購上代遺留的古物，以高於文物商店搜購的價錢購取而來，再買通海關走私到香港來。萬一消息洩露，同行的人由眼紅而中傷，他們索性嚷開來：

「嘿，好東西留在裏頭，還不是被糟蹋了？這兩天我還聽說一件事，有個同行出錢給人到鄉下找東西，這回在安徽歙縣的窮村莊，看見一個老太婆坐在門口剪鞋樣，仔細湊前一看，原來剪的是幅宋朝的絹畫，後來一查，老太婆的祖先做過翰林，家道沒落了，老太婆大字也不識一個，誰曉得多少國寶眞跡被她剪鞋樣剪掉了？」

說話的人說到最後，還挺了挺胸，振振有詞：「我這是替咱中國人搶救文化遺產，你們這些人，少說兩句吧，哼！」

這一來，聽的人面面相覷，無法再置一詞。

姚茫好不容易打發了王老闆。

「看樣子，他此行大有收穫吧？」方月問。

「嗯，說是這趟弄出來一個雪花藍筆洗，底下有宣德欵。杭州附近鄉下找到的，莊稼人拿它來裝穀子餵小雞。」

方月吐吐舌頭，「沒有被打破，實在萬幸！」

姚茫淡淡地：「可不是嗎？」

他低下頭為自己的菸斗點火，方月看不清他的表情。這位明天就過五十歲生日的中年人，有太多的理由使方月對他眷戀不捨。為了今晚的酒會，姚茫特地回去換了一套深色的西裝。平時他總愛穿著瑞士的麻質服飾，顏色淡雅，經常屬於米色、灰藍一類的系統。看似不著意修飾，其實是用心搭配的服飾，穿在他身上，永遠服貼舒適。姚茫傾側著兩鬢微霜的頭，優雅地咬著菸斗，閒閒地把玩手中那隻康熙豇豆紅印泥盒，臉上是一片對生命掙扎過的安適。

比起他來，潘榮生一副撩起袖子，隨時準備戰鬥的樣子，就顯得粗蠢得多了。

和姚茫相識，也快有兩年了吧，方月初到博物館當助理編輯，第一件差事就是協助編「凝趣雅集」的展覽目錄。這個由一小撮眞正雅好陶瓷的收藏家所組成的會，應博物

館的邀請，會員拿出具有代表性的藏品，聯合做了個「歷代陶瓷展覽」。既然參展者均屬有社會地位的雅士，又事關中國藝術史，他們對目錄的編排極盡愼重與講究之能事。收藏之外還做點研究工作的姚茫被推派爲榮譽編輯，幫助博物館澄淸一些編務上的疑問。

幾次公事上的接觸，姚茫對中國文物藝術的豐富知識，頗使方月折服，心性高強的她，爲了不願顯得太過淺薄無知，開始從左派書局抱回來大量的陶瓷、藝術史一類的書籍，還強迫自己去讀「文物」、「考古」這類冷僻專門的期刊。有好長一段時間，潘榮生關在小書房挑燈夜戰，研讀他的股市情報，方月則蜷縮在床上，就著燈光，心無旁騖地惡補她的藝術史，兩人居然相安無事地過了半年。

姚茫覺出方月有心向學，他帶她出入幾位收藏家的家去欣賞博物館級的藝術品，每一個月一次「凝趣雅集」設在福臨門酒樓的魚翅席上，他也偶爾請方月列席。每個星期天的早晨，姚茫習慣去逛逛古董店聚集的荷里活道、摩囉街，方月希望和他一起去。

「不太好吧？星期天應該在家陪陪妳先生。」姚茫永遠如此善解人意。

「如果榮生要我陪，那就好了。」方月幽幽地歎了一口氣。記得潘榮生獲知方月得到博物館的差事，他那副如釋重負，很高興以後妻子不會再騷擾他的樣子，使方月恨得癢癢的。她愈來愈感到丈夫和她，只不過是同住在一間屋子的兩個陌生人。和姚茫頻頻約會見面，除了心靈上的寂寞之外，無疑是對丈夫冷漠的一種報復。

那個星期天，同遊荷里活道的收獲，是一個很識做的古董店老闆，爲了討好姚茫，慨然拿出一隻清初粉彩餵鳥的小水杯，做爲對方月初識的見面禮，方月開心地捧回家去，有好幾天她撫摸著小水杯上精緻的花紋，不忍釋手。

方月在她堆滿文物、瓷器書藉的辦公桌上，覆信給台北一家要爲她的早期短篇小說結集出書的出版社朋友，她如此寫道：

「——大學時代把自己關在租來的小房間，對著稿紙喃喃自語，直至夜深猶不肯罷休的方月，已經是一去不復返了。來了香港這幾年，總算爲自己找到另一種生活方式，我現在開始弄瓷器，很時髦、很貴族的玩意兒，不過其中學問多多。這幾個月來，差點把摩囉街的梯階踩平了。也許有一天，眞的被我從塵封的古物堆中，摸出一隻正德香爐，則我將持寶衣錦還鄉，與老友把杯共賀——」

四

仇炎之的瓷器羣展酒會已近尾聲，朱琴在等電梯時，才看到方月，熱絡地把她拉到一邊，挽著方月的胳膊問長問短。她向方月打聽博物館負責搜購瓷器的是誰，還央求方月把那位同事的名字寫下來，小心地放入她的皮包，之後便把方月擱在一邊，扭著腰，過去拍了拍姚茫的肩膀：

「咳，姚先生，您這位大忙人，總算被我找到了。」一黏膩膩的上海國語，甜死人：「剛才在裏頭，瞧您忙著哩，想找您指教指教，都沒得機會。」

「喔，是譚太，好久不見，譚先生的身體這一向好一點了吧？」

朱琴的丈夫老病之前，原是頗有點名氣的建築商，喜歡收藏慈禧太后宮中的用品，姚茫多少和他有點來往。

「很好，謝謝您。哎，有一個小忙，想麻煩姚先生一下，不知您肯不肯幫？我有幾件德化觀音，想借您這位白釉專家的眼睛，爲我觑觑——」

「譚太說哪兒話？妳太客氣了——」

「喏，這是我的名片，上頭有我寫字樓的地址，上個月才搬進去的，還亂得很，姚先生要是不嫌棄，隨時歡迎上來喝杯茶。」

姚茫從朱琴塗著玫瑰紅寇丹的玉手接過名片，又敷衍了幾句，電梯來了，朱琴趁機會湊上去：

「有個熟朋友，恰巧有一對祖傳的萬曆五彩瓶，託我幫他處理。依我看，論瓶型、釉色，不知比您剛才在裏頭看到的那一對強多少，還畫的是龍鳳，說眞的，姚先生幾時有空——」

「過了這一陣子，一定去拜訪。」

「好吧，電話打到我寫字樓，就在公主大廈的十七樓。」

走出文華酒店，姚茫和方月相視而笑。

「眞的下海做生意了，連寫子樓都租了。」

「也怪可憐的，丈夫年紀大，又病在床上，」姚茫微喟：「年紀輕輕的，唉！」

這一晚，他們驅車過海到麗晶酒店二樓的法國餐廳——La Plume，方月堅持由她爲姚茫暖壽。

這間布置典雅的餐廳，沿著海岸而築，窗外就是維多利亞海港，海的那一邊是香港有名的夜景，兩人選擇了僻靜的角落，正巧面對著一大片海，海面上，一隻升著風帆的漁船，從一角緩緩駛過來，像一幅移動的畫，鑲在大玻璃窗上，船頭一盞燈指引著方向，漁船無聲無息地在水面上划行，頃刻間，消失在黑色的海上。隔了半晌，又有一艘載乘旅客環島夜遊的遊輪，從另一個方向過來，遊輪上開著一排小小的窗口，昏黃的燈火包裹著浪跡的遊客。

方月細細地嚥下了最後一口蒜絨焗田雞腿，啜飲著七三年的波多紅酒，枱桌上的鮮花放出陣陣微香，方月持著酒杯，注視姚茫優雅到無懈可擊的餐桌舉止，聽他熨平人心的溫存細語，還有古董圈子裏說不盡的傳奇，耳邊流瀉的琴音，把方月軟軟地推動著，頂上的水晶吊燈似乎輕輕地搖晃，微醉的朦朧中，方月恍如置身一艘情調優美的遊艇，

任由著音樂輕送朝前駛去。

方月舉了舉酒杯，「Ce la vie!」一飲而盡。

她微醺的眼睛秋波流轉，姚茫爲之神馳，不禁抓住枱桌上的她的手。

「只要你開心就好，方月，眞的，只要你開心——」

方月抬了抬眉毛，又有一艘灰色的大商船擦身而過，桅杆上的萬國旗迎著夜風飄動。甲板上似乎有水手在朝她揮手，隔著玻璃，聽不見水手們的喊叫，方月只知道任憑外邊世界的驚濤裂岸，她在裏頭可是很安全。

「香港眞的很奇妙，小小這麼一點地方，居然有山也有水，」方月的臉上塗滿了遐思：「我的小書房正好對著海，剛搬進去的時候，海面上停泊的那些船隻，令我著迷了好久，尤其是夜晚，黑漆一片，船上的燈火，像童話故事被仙女的魔棒一點，全亮了，一瞬間海面都給照亮了，很不可思議——」

姚茫側著頭傾聽。

「其中一艘塗成銀色的船，好像永遠停在海當中，生了根似的，動也不動，你想想，在海當中——我每天黃昏對著它看，編了好幾個故事——」

「結果呢？」

「當然一個也沒寫成。」酒在腦子裏巡迴，方月卻覺得人像通透一樣的清醒。

「人很奇怪，」她說：「有些東西，有些人，在某一個時期，對你像命一樣的重要，好像一旦失去了，就活不下去似的，可是，過了那個階段，回頭想想，也沒什麼了不起。」

「妳其實應該再回去寫的，」姚茫誠心誠意地：「方月，會創作的人，不寫多可惜。」

「不見得吧？像我現在，不也活得好好的，以前的那個我，自憐、害羞、沒見過世面，自己看看就不喜歡，一天到晚，只會在紙上亂塗，爲賦新詞強說愁一番，糟透了。」

「而今識盡愁滋味，欲說還休，欲說還休，卻道天涼好個秋。」姚茫的聲音又苦又澀：「這下半闋詞的況味，也還不是妳所能體會得了的。」

這天晚上，在姚茫很講究的厚厚床褥上，方月撫愛著他逐漸呈衰老之跡的身體，輕歎一聲：

「不管怎樣，姚茫，來香港認識了你，使我覺得這輩子沒有白活。」

「是嗎？總有一天，妳會厭倦的，妳還年輕，前面還有一長段路要走——」

「不許你胡說哦，我的路到此爲止，永遠停在這兒，多好！」方月緊緊抱住他：「你總不至於趕我走吧？」她哀懇地望著他。「我不走。」

「妳眞傻，我當然捨不得妳走。」

他捧住方月的臉，輕輕地吮吸著，以令人疼心的溫柔。

「要是我年輕幾歲，可又好了——」

姚茫的一雙兒女，和他們的母親住在西雅圖，據他說，兒子今年就要上大學了。

「方月，難為妳了，看上我這半老頭子。」

酸楚地擁住他，方月的心隱隱作痛著。

「好多事，妳、我都決定不了的。」姚茫最後疲倦地說：「這些年來，我學會了對人、對事，都不敢去強求，每天能見見面，看妳開心的笑，我就心滿意足了。」

一次不快樂的婚姻，使得這位優秀的專業律師心灰意冷，他把西雅圖的房產、銀行存摺，甚至一雙兒女全都給了他的妻子，隻身到香港來重起爐灶，同兩個英國人合夥，開了律師樓，閒時寄情於瓷器古玩，打發時日，十多年也就這樣過了。

方月對姚茫有深一層的認識，還是那回「凝趣雅集」的會員獲悉西安臨潼秦始皇的兵馬俑坑對外開放，特地組團前去目睹，也順便安排到景德鎮去探看明、清遺留的古窰址。方月以工作需要為由，向博物館拿了公假，以客人名義參加，十來人的小團體中，兩對外國夫婦，連驅蚊液、浴巾、廁紙、浴缸用的蓮蓬、乳酪、紅酒、德國香腸無所不帶，彷彿所到之處是蠻荒地帶，看得方月啼笑皆非。

一路上，姚茫對她很是照顧，兩人就這樣熱絡起來。有一晚在賓館吃過晚飯，方月隨著姚茫到他房間去看下午文物商店買到的一件青花玉壺春瓶，瓶身的柳蓮水草紋，畫得靈逸生動，可惜瓶口有點殘，否則這種好東西絕不肯外賣。

方月坐在床沿，注視著姚茫一雙肉多而綿綿的手，遊行在玉壺春瓶的肚子一帶，無限情深地來回撫摸看，他的神情使方月爲之動容。這一晚，她沒有回到自己的房間。

五

要不是何寒天突然在香港出現，方月早已打算無盡止地享受姚茫的溫存柔情，由他引領著，繼續過下去方月已經逐漸習慣的生活方式。和姚茫以及他的社會在一起，像是全身浸在溫水裏一樣，給方月一種柔軟的鬆弛，她留戀這種舒服感，希望永遠關在姚茫一屋子古董的家，聞著他菸斗散發出的焦香味，廝守一輩子。

蘇富比拍賣仇炎之藏品的那天下午，方月一早去霸位子，姚茫來遲些，一路和認識的熟人點頭握手，最後被朱琴抓住不放，一定要他坐到旁邊的空位。姚茫朝方月做了個手勢，朱琴狠毒的瞪了她一眼，方月笑在肚子裏，故意大方地點點頭，朱琴把頭一擰，不理她。

姚茫看中第六十七號一件成化鬥彩的小盤，方月記得盤心中央繪著精緻的波濤卷雲紋，姚茫藏品中有類似的一隻，他希望配成一對。拍賣官一出場，全場幾百人肅然無聲，第一號嘉靖款的青花山水人物把壺，拍賣錘一敲下去，是個令人咋舌的數字，接下來，買家競相喊價，看得方月心驚肉跳。姚茫悻悻地嘟囔：

「簡直是瘋狂，這些人，理性全失了，我的那隻小盤早早飛了。」

果眞姚茫不幸言中，六十七號高於市價幾十倍被日本來的大收藏家買去。這次拍賣的焦點，那隻成化鬥彩搴鳥高足盃，最後以四百七十萬港幣成交，全場起了一陣騷動，久久不能平息。

拍賣官適時地在這兒告一段落，把紳士淑女讓到另一個房間去，喝茶嚐點心，二十分鐘之後再繼續。方月趁機到洗手間去，折回大廳時，突然被人從後邊喝住：

「方月——」

被嚇了一大跳的方月回過頭去。

「何寒天，是你——」

把他燒成灰，方月都還會認出是他。

「今年怪事特別多，誰想得到會在這裏見到妳。」

他猿一樣長長的手臂伸過來，一把摟住方月的肩，不由分說，把她帶到二樓的咖啡座。

大三那年，方月選了幾堂輕鬆的課應付，她把全副精力放在創作上，每天晚上，坐在房東那張老式的大書桌，一支筆、一盞燈伴著她煮字療飢，寫累了，推門到外邊小巷散步，何寒天在一個沒有月亮的冬夜發現了她。他以後常說那天晚上方月穿著垂地長袍，

披著直而長的頭髮，在黑黑的小巷裏徘徊的形象，完全是挪威畫家孟克的畫面：夢魘而鬼氣。

兩個人戀愛不像戀愛地一起進出，在文化人愛去的「明星」咖啡座，方月注視何寒天以他的小指頭徐徐推出火柴盒的內層，像個童心未泯的小孩。何寒天嘴上沒濾嘴的菸，一根接一根，似乎從未停過。方月在煙霧之中，似懂非懂地聽他的現代藝術觀，一邊在腦子裏經營下一個短篇中的一個象徵。

有一晚，兩人半夜潛入台大校園，繞著大操場，不知疲倦一圈一圈地走，何寒天對著夜空揮拳，發誓十年內征服世界畫壇，方月則希望以小說揚名。最後實在走不動了，兩個人滾到草地上，何寒天第一次也是最後一次吻她。

使方月無法忘懷的，與其說是她的初戀，倒不如說是因爲何寒天的不告而別。那天晚上之後，他就從她生命中消失了，一個不像終結的終結，使方月的心空懸了好久。以後再聽到何寒天的消息，說是眞的到紐約打天下，已是好幾年以後的事了。

這個人現在就坐在面前，法國Gauloise Bleu牌子沒濾嘴的菸還是一根接著一根，他穿著剪裁粗糙的西裝，方月一眼看出是國外廉價市場的貨色，裏頭格子襯衫，卻繫了條大花的尼龍領帶。記憶中，何寒天從不在白天來找她，他戲稱自己是屬於黑夜的族類。現在回想起來，那是個晦澀的現代詩、做態曲解的前衛藝術在台北的文化圈過度膨脹的

年代。

「後天就到大陸去，早來兩天在這裏換機，順便逛逛這個碼頭。」

「從紐約來的？」

「誰說我在紐約？誰要去住那個沒有文化藝術的垃圾堆？方月，」何寒天氣盛地：「妳居然不知道我在巴黎？今年二月還在Gallerie du Mode開了個展？妳不看台灣的報紙、雜誌？」

方月不得不承認：「很少。除非有朋友還記得我，自動寄來他們新出版的書，發表的文章什麼的，我偶爾看看。怎麼？台灣報上常有你的消息？」

「何止台灣？連廣東出版的《美術》這期都介紹我。」

「孤陋寡聞，抱歉。何寒天，果眞被你言中，成了名人了。」

「當然。這趟回來，還是北京邀請的，要我去談明年開展覽的事。」

「哦？眞的？」何寒天終於如願以償，方月的心被刺痛了一下，分辨不出是嫉妒，抑或羨慕，嘴上依然說：「那太好了，老朋友出了頭，該慶賀一番。」

「喂，妳呢？方月，這些年，妳做了些什麼？」

「以你的標準來說，四個字，一事無成。」

「小說也不寫了吧？」

方月搖搖頭：「寫那些東西，沒什麼道理。」

是眞的嗎？方月有點疑惑，何寒天的出現把她拉回到了過去。從前的方月曾經爲了推敲小說裏的對白，上了床，還把紙筆放在床沿，苦思之餘，一有所得，立即把手伸出蚊帳外，抓起筆飛快記下，生怕把靈感給睡跑了。

想及當年的緊張兮兮，方月搖頭笑了。這種寫作的狂熱一直延續到她來香港之前，偶爾寫出自己認爲得意的作品，寫完最後一個字，把筆一丟，捧著原稿，像捧著剛出爐的饅頭，不管夜深，跑到她信任的朋友那兒叩門，強迫人家當場讀完，自己一雙手絞在裙子裏，神經質的笑著，迫切地等待朋友的意見。寫作的心路歷路崎嶇而往往令人氣餒，然而，完成一篇作品之後的滿足感，又不是世間任何東西可以取代的。

「來香港鬼混這幾年，妳說妳一無所成，我看也差不多——」

出於自衛的心理，方月趕忙轉移話題，提及自己博物館的工作，有意無意賣弄她這幾年來對中國文物的知識，企圖令對方刮目相看，彷彿唯有這樣做，在多年不見的老朋友面前，才對自己有所交代。

「……早就跟你說過，何寒天，你們搞藝術的，佔盡了便宜，一幅畫，任何人只須拿眼睛看它，立刻有反應，可以直接交通，所以你們這一行，容易得到承認。像我們弄文字的，可就難多了，即使透過翻譯，味道盡失，看譯文，好像看別人的文章，不像是

自己寫的——」

何寒天一口口狠狠地吸著聽，他不像在聽，到了一個地步，不耐煩了，猝然打斷方月：

「怎麼妳變了個樣兒？」

方月挺了挺胸：「人總是要變的。」

摸摸自己的下巴，何寒天不無遺憾地說：

「妳和以前很不同，方月，妳變得很俗氣。」

多時以來，這是別人所給予她最漂亮的一擊。

「看妳這一身穿戴，又淺薄又做作，要是妳走在中環人羣當中，我還眞認不出來呢！」

何寒天語氣咄咄逼人：

「方月，以前的方月到哪兒去了？」

被他這麼一質問，方月居然心虛臉紅了起來，她看了看自己身上的服飾，一時答不出話來。

識貨的人一眼就可看出方月今天身上的配件，全是歐洲的名牌，還是最新流行的款式。姚茫「順手」送給她的「小禮物」，方月打開來，往往是一條狄奧的絲巾、古奇的鱷魚皮帶、甚至以鑲工聞名的卡蒂亞眞金耳環。

方月的薪水不必拿回家用，潘榮生要她用來置裝，初初幾個月，方月倒也量入爲出，對精品店的入口服飾，只有看看的份兒。她沒有忘記當年母親如何盤算家用，供她和弟弟上大學。姚茫永遠如此善解人意，他開始不著痕跡地爲她添置新裝，每次總有他的藉口：

「妳的皮膚白，適合穿荳沙綠，」他爲方月捎來一件Celine的絲襯衫。上星期，方月路過置地廣場，眼睛被吸了過去，曾駐足橱窗前，看了又看的這件襯衫，現在捧在她手中，方月記得它的標價相當於她每月薪水的三分之一。

荳沙綠襯衫除非配上同牌子鹹菜綠的裙子，否則不出色，姚茫理由多多，然後滾草綠邊米色皮包，方月戴起來一定很帥氣。

方月也曾多次抗議道：

「看你把我寵壞了。」

每次還是開開心心地收下禮物。

姚茫咬著菸斗，朝她眨眨眼：

「女人生來就是給男人寵的。」

年過半百，依然浪漫唯美的姚茫，他對名家設計的絲巾，有特殊偏好的。兩年下來，方月抽屜內的各式名牌絲巾，加起來足足一打有餘。爲了下午的拍賣，方月從頭到脚精

心修飾，胸前垂了聖羅蘭的長絲巾，走起路來，飄飄欲仙，姚茫說是花蝴蝶的雙翅。

從巴黎來的何寒天，對她這一身法國名牌的打扮不僅不爲所動，還出口批評她俗氣。

「妳從前的神采、靈氣，全不見了，方月，你好像整個人鈍掉了，怎麼會？」

從前何寒天老愛蹲坐牆角，不停地在他膝蓋上的寫生簿上揮動，從每個不同的角度捕捉方月的神采。他現在又以同樣的眼光尋視她。何寒天的身體，從他廉價的成衣跳出來，化爲一個巨靈，以滲透人心的目光瞪視她，方月被他瞪得不能動彈。

「方月，聽老朋友一句話，妳來了香港這幾年，看的也該看夠了，玩的也該玩夠了，見好就收，回去寫小說才是真，妳總不能一輩子把自己放逐在這個碼頭吧？」

何寒天臨離開時，突然拉住方月的手，十分認真地說：

「再過幾年，我打算搬到巴黎鄉下去，自己蓋一間大畫室，屋頂全是玻璃的，到時候，妳來和我一起住。從前我不告而別，負了妳，以後讓我來償還，我畫畫、妳寫小說——」

他帶著萬事已定，後會有期的信心，揮揮手，走了。丟下方月，丟下他對她的指控，以及令方月無從置信的許諾，走了。

方月捧著逐漸脹疼的頭，坐在那裏，也不知過了多久，她覺得應該離開了。一個人走回街上，又是下班最擁擠的時刻，方月隨著人潮，不知何去何從，剛到香港時，那種

人海茫茫無處可依的感覺又回來了。家，她不想回去，除了一屋子的冰冷黑暗，沒有人在等著她，方月暫時不想見姚茫，儘管她明知此時此刻，姚茫一定心焦地找遍了文華酒店。

方月只想一個人，可是，上哪兒去呢？她在人潮中站住，猛然驚覺多時以來，她的活動範圍何其狹窄；每天早晨，從半山的家裏穿戴齊整地出門，就把自己埋在死人堆中，浪費她的才情和歲月，過著日復一日的上班族生涯；傍晚時分，姚茫遣走了他的司機，自己駕著乳白的平治車，停在博物館大樓門口等她下班。方月喜歡「划船酒吧」，她說一下去有如走入船艙腹中的安適感覺，幾杯白酒之後，吉他手的墨西哥民歌，會把方月帶到燥熱的南美叢林。酒吧的「歡樂時光」過後，要是方月懶得動，他們就轉到已經點上蠟燭的餐桌上吃海鮮，姚茫多半嫌阿拉斯加來的冰凍沙文魚不夠新鮮，往往兩人絞盡腦汁，爲決定上哪兒吃晚飯而大傷腦筋。去遍了港、九的中西餐廳之後，方月想念家常小菜，姚茫囑咐他的老女傭燒幾道順德的家鄉菜，方月倒是吃得津津有味。

晚飯後，姚茫把自己陷入柔軟的沙發，品嚐年份很夠的白蘭地，聆聽莫扎特的小提琴協奏曲，方月踢掉她穿了一天的鞋子，慵懶地把頭枕在姚茫的腿上，閉起眼睛，任由姚茫多肉、綿綿的手在她的頸項間遊行。

潘榮生到紐約出差的那一個月，方月索性連家都不回去。

「你愛過人嗎？」剛才她問何寒天：「我是指眞正的愛，愛得要死要活的那種？」

何寒天並不立刻回答。

「昨晚我做了一個夢。」他隔了半晌，才說：「很恐怖的夢，和死亡有關的，我拚了全身的力量，好不容易醒轉過來，睜開眼睛，四周一片黑暗，天地之間，只有我孤零零一個人。除了自己腔子裏的一口氣，什麼都是身外物，連枕邊躺著你最親的人，也分擔不了你的恐懼、孤單——」

如果連這種有感情的牽連還不能使方月覺得生活有意義，那麼，到底她要什麼？在何寒天先知一樣道出方月不是眞正的快樂時，方月曾經這樣問他，也等於在問自己。

「創作。回去寫小說，妳才會覺得眞正的活著。」

猛抬頭，方月發覺自己來到香港會所的舊址，鏟土機早已將昔日的高樓夷爲平地，猶記得今年春天，納爾遜太太在這兒設宴惜別，方月穿者應景的蘋果綠洋裝，而今滿目瘡痍、瓦礫一片。人世間的任何事，都會過去的吧？

六

方月回到家，走入多時沒進去過的小書房，從書架的角落，抽出一疊詩集、小說集，

全是台北的朋友們兩年來的心血，書頁很新，沒被翻閱過。每回方月接到之後，看也不看一眼，就把這些集子插入書架最不顯眼的角落，企圖忘記它們的存在。現在拿在手中，竟然沉甸甸的，很有重量。她把全套精裝的《故宮文物精萃》推到一旁，坐回久違了的書桌，一頁頁仔細地閱讀了起來。至此方月不得不承認，多時以來，她之所以故意忽視朋友們的新作，爲的是不願去面對揉和著嫉妒與羨慕的複雜情緒，今天晚上，她無可逃避地任由這刺心的妒意所噬啃。

把這份刺痛告訴姚茫，他聽了連連拍手，說方月總算有藥可救了！爲了歡迎她這文學上的逃兵重又歸營，姚茫提議到Gaddi's開香檳慶賀。方月穿著正式的黑色洋裝，坐在全香港最豪貴的飯店，在白制服筆挺的侍者環繞中，啜飲著冰鎮適度的Moet香檳。外國人的樂隊奏著懷舊的探戈舞曲，一位帶白手套，襟上插了朵粉紅康乃馨的中國老紳士，引領著黑纍絲旗袍的女士優雅地跳著探戈舞步。女士脚上的黑色舞鞋，足足有四吋高，她毫不費力地隨著拍子翩翩旋轉，看得方月歎服不已。

「今晚的氣氛，很像四十年代後期的上海——」

姚茫以懷舊的口吻追憶起方月完全陌生的舊上海。最近香港的新潮青年，掀起一股懷舊情緒，流行一遍又一遍地看「卡薩布蘭加」一類發黃的舊片子，女孩們戴上祖母留下的老式手飾，身穿敝舊得像叫化子一樣襤褸的纍絲裙子，在五十年代的舊唱片聲中跳

倫巴舞，這種「做」出來的舊懷鄉愁，勉強做作到可笑，方月不屑跟人家流行。

然而，姚茫對舊上海的觀念，卻是眞正的有感而發，他絮絮地說起三十年前這大都會的繁華，南京西路的跑馬廳、被拆除之前的哈同花園、他浪蕩的大哥口中仙樂斯舞廳的風光，姚茫對街道小販賣的吃食，印象尤爲深刻。

沒想到香檳也可以喝醉人的，姚茫的兩頰泛著駝紅，燭光下，細細的皺紋爬滿了他的眼眶一帶，酒酣耳熱使他看起來異常的萎頓。方月注視著突然之間衰老起來的姚茫，感覺到兩人之間的距離從沒有過一刻像現在一樣的遙遠。

她攙扶著姚茫坐上計程車送他回家，在車上，姚茫本來一直掌握駕駛盤、操縱方向的兩隻手，牢牢地抱住方月的腰，好像她是一棵樹。

姚茫住在半山摩星嶺道的盡頭，粗心的駕駛者很容易忽略這條偏僻的小徑。它像袖子一樣，從筆直的薄扶林道斜伸出去，下了一個很陡的斜坡，摩星嶺道彎拐而狹長，兩旁樹叢參天，即使白天也顯得過分幽靜，計程車在延伸無盡的小徑急駛，最後停在盡頭一棟獨立式的兩層古舊磚屋。多年前，姚茫從一對回返英國養老的退休夫婦手中買下，特意保留了殖民式建築的外型，紅磚的台階上去，是個很殖民風的陽台，廊下一盞燈在這深夜兀自照出一片昏黃，幾盆花草被剛下過的雨打得七零八落，陽台遍地水跡，落葉呈現出風雨過後的蕭索，那張老女傭阿鐘愛坐的舊籐椅，花布椅墊被取走了，椅子中央

陡然露出一個大窟窿，被孤零零地棄置在一角。

方月沒想到平日和姚茫喝酒看日落的陽台，風雨過後竟是這般淒涼，她沒叫醒阿鐘，逕自扶著姚茫，讓他在沙發上歪躺著，伸手欲開茶几上的枱燈，姚茫阻止了他，說他想在黑暗裏靜一靜，也就不再言語。方月陪坐一旁，五月雨後的深夜竟然有點涼意，沒有點燈的客廳更顯得幽深，姚茫心愛的白釉瓷在架子上閃著冷冷的光。

方月第一次上這兒來，是在大陸旅行回來之後，她從街邊花市拎來一大束新鮮的蟹黃蘭，心中塞滿了沿路旅館纏綿的夜晚，姚茫咬著菸斗，立在陽台等著她。在香港重又見到了這個朝夕相處了半個月的男人，方月笑得有幾分羞澀，她把懷中的花塞給姚茫，低著頭隨他走入屋子。

眼前的景象立即令她震驚不置，原來姚茫只將這棟舊磚屋留了外邊的空殼，裏面完全改修過，黑白強烈的對比，完全是現代的冷硬線條，特別設計的燈光打在一屋中的瓷器古物，使方月有如置身現代化的小型博物館。爲了節省空間，幾面牆全被挖成空心，鑲入一層層玻璃櫃，由上而下，像神龕一樣供奉著主人的精心藏品，每一件器物全是纖塵不染，看得出屋子的主人是有潔癖的。

「這哪像一個家，根本是博物館嘛！」方月禁不住嘖嘖稱奇。

姚茫從厨房出來，手上依然抱著那束蟹黃蘭，他歉意地說家裏從來不插花，一時找

不到花瓶。

「看你瓶瓶罐罐擺滿了一屋子，竟然找不出一件實用的器物，多滑稽！」

姚茫伸手就要去取西面架子上一隻大口的五彩天馬罐，方月連忙阻止他。

「等下打破了，這個罪過我可擔當不起。」

她取出一隻啤酒杯，把花插了進去，嫩黃的蘭花頃刻間帶來一室的盎然生意，以後方月總記得捎去一把鮮花，姚茫戲說方月爲他帶來了春天。

也實在是眞的，姚茫的家裏就少了一份人氣，他終日與這批冰冷的古物爲伍，閒時對它們喃喃自語。上一回，紐約一家東方博物館舉辦中國古玉展覽，來了公函，希望借出姚茫藏品中的幾件參展。方月去時，姚茫正在爲他的玉器編寫目錄，紫檀木大方桌上，幾十盒福壽字的長方型緞盒攤開來，一件件晶瑩溫潤的玉雕躺在黃綢緞裏，鴛鴦戲水、白馬奔騰、頭尾相交的雙獾、黑翅的夏蟬、雙魚、陰陽貓，各式各樣，憑著匠人一雙巧手，將一塊塊沒有生命的玉石點化成惹人憐愛的小動物。

「哇，又發現你的新天地了，姚茫，原來你擁有這麼一個動物園！」

方月驚叫著。那天姚茫興致很高，他取出一件件玉雕，不厭其煩地教方月鑑定玩賞。拿起一件「馬上封侯」，要方月對著燈光，仔細欣賞猴子生動的雕工。

「妳看，妳看，這小傢伙多頑皮，還向妳眨眼逗鬧哩！」

一件盤著長頸的白鵝玉飾，肥嘟嘟的，姚茫問她像不像惹人疼的胖嬰兒。他對古松樹下引頸而望的駿馬，解釋爲是在找尋走失的主人。

諸如此類，姚茫對他手中的玉雕動物，一件件將之擬人化。平時一個人百無聊賴時，一定常常對著這批沒有生命的動物說話。方月撫摸著姚茫垂垂老去的脖頸。

「多麼寂寞的人，」她歎息了。輕柔地、很母性地把姚茫攬入自己的懷裏，像現在一樣，她以相同的姿態抱擁著醉酒的姚茫。他那雙多肉、綿綿的手此時無力的垂下，方月拿起它們，包在自己的手掌心裏，溫暖的是她自己的手。

夜更深了，架子上的瓷器滲出陣陣寒氣，方月打了一下哆嗦。被姚茫重重壓住的兩腿，漸漸覺得痲木起來，似乎隨時就要失去知覺，再不起來活動，方月懷疑自己這輩子再也無法走路了。她費盡全身的力氣，把姚茫從她腿上移開，找出紙筆，不加思索地寫道：

「姚茫，看來明天仇炎之藏品的拍賣，我不能陪你去了，臨時決定離開香港幾天，也許到南丫島，也許去大嶼山的寺廟，想一個人靜一靜，許多事情需要好好想一想。方月留。」

她從茶几上移過一隻乾隆青花香爐，壓住字條，打電話爲自己叫了一輛計程車。回程時，她聽到樹叢中傳來鐵錘敲在石碑上的清脆敲擊聲，她知道自己經過了那一片墳場，

敲擊聲愈來愈遠，終至聽不見了。計程車爬上摩星嶺道口的斜坡，前面就是寬敞的薄扶林道，方月坐在車裏，筆直地朝前看。

——原載一九八二年《聯合報》，曾獲第八屆聯合報小說推薦獎

票房——香港的故事之三

一

一跨出上海聯誼會的電梯，丁葵芳就聽到鑼鼓齊響聲。從九龍她住的荔枝角，又是坐車，又是坐船的趕了來，還是遲到了。尋著鑼鼓聲，她趕忙朝裏走，立即有個白衫黑褲、頭臉收拾乾淨的寧波女侍迎上來，把丁葵芳帶到走廊盡頭的一扇門前，扭開了門讓她進去。

裏頭是個寬敞的長方型大廳，雖然是上海人聚集的會所，廳內的裝潢還是一本廣東酒樓的俗豔，已經夠低的房頂，滿鋪著宮殿式的拼花圖案，金紅藍綠一片，罩得人透不過氣來，一排五彩繽紛團花的窗簾，緊緊地深垂，擋住窗外初夏的天光，卻有人工燈管，從四處牆角篩下慘白的光，把脚下任人踐踏、倒湯潑水的腥紅地毯，照出點點污糟，十

分難看。

大廳平常擺四、五桌酒席綽綽有餘。「玉笙票房」的票友們，每個星期三下午，固定到這兒來吊嗓子清唱，聯誼會就把前半邊的桌椅撤下，換上一套仿皮的沙發，好使票友們歇坐舒適，當中隔著一扇金漆人物屏風，裏邊還是留了兩桌酒席，票完戲之後，照規矩開席吃飯，幾個內行師傅習慣地坐在枱桌後邊角落圓櫈上侍候鑼鼓。拉胡琴的黃師傅，巴眨著一雙半瞎的青光眼，在屏風後頭，咿咿啞啞地拉著。

丁葵芳進去，一位暗黑西裝的票友，腰彎駝背，臉朝裏，扯著又啞又沙的嗓子，在學麒麟童，把個宋士杰唱得咽啞不能成聲。原以爲來遲了，沙發上才只有三幾個人散坐，有一搭沒一搭地聊著，喝茶說應酬話兒，一見丁葵芳，無不客客氣氣地招呼著。

「哎，丁小姐，剛剛講起儂，」「玉笙票房」的管事李經理迎了上來，「上趟儂唱《生死恨》迭段唱腔，嗓子寬、有膛音、有韻味，交關好。」

「人家丁小姐科班出身，畢竟不同，沒話說。」專愛票紅生戲的王大閎翹起了大拇指。

不久前，此間的票房聯袂在紅寶石酒樓擺了五十桌酒，場面盛大地舉行了梅蘭芳逝世二十週年紀念，成套鑼鼓、笙簫管笛、琴師齊全地票了一個晚上的戲，丁葵芳也被請上去清唱了一段。

「隨口哼兩口，謝謝諸位捧場，不敢當。」丁葵芳一口京片子，大珠小珠落玉盤，清脆悅耳至極，她窄長臉端正秀氣，台上扮相十分俊俏，可惜吃虧在一個矮字，所以在大陸京劇團待了這麼些年，極少有機會挑大樑，直到來了香港，蜀中無大將，這才冒了出來。

「盧太太她們呢？還沒來？」接過李經理爲她倒的茶，丁葵芳問他。李經理兩鬢花白，穿了套米色斜條紋西裝，他臉尖、鼻子尖，兩隻大大的招風耳，一口吳儂軟語，對誰都客客氣氣的，看起來就是個總管事的樣兒。

「伊剛剛打電話來講，先去洗個頭再來，昨日夜裏剛剛到，風塵僕僕的一頭灰。」李經理答道。

丁葵芳心中狐疑：「哦？盧太太出門兒去了，我怎麼沒聽說？」

「去了有大半個月囉——」

「這陣子柳紅勁頭可眞大，三天兩頭北上拜師學藝，倒也眞難得。」紗廠的趙老闆聲如洪鐘，他是個黑臉膛的大漢，冷氣房裏，額頭上直冒細細的汗珠。趙老闆隨著胡琴打拍子，無名指上的藍寶石戒指，一閃一爍的，耀眼得很。

「要上台票戲，沒兩下子，行嗎？」王大閎長眉圓臉，笑嘻嘻的不擺架子，「哪像我，

在台上一味的傻唱、呆做、胡念、亂打。」

說完自己呵呵大笑。他原是出身北京世家，二十歲就加入了上海的「逸社票房」，年前退休，兩袖清風，閒來愛在此間各票房走動，憑他資格老、懂戲多，這般勢利的上海票友，也不得不對他尊敬有加，封了他一個「戲皇」的稱號，他也受之無愧。

丁葵芳覺得蹊蹺，九月戲劇節演戲的事還沒談攏，怎麼盧太太就要上台票戲去了？丁葵芳今天早上還接到陳安妮的電話，說她下班後要去學開車，會來得晚一點，九點鐘之前一定趕到。陳安妮是此間藝術表演機構的節目策畫主任，這趟京戲演出就是屬她直接負責的，今天晚上由她正式出面，約了京戲內行和票友一起開會，商討九月演出的事宜。

李經理一旁察言觀色，似乎瞧出丁葵芳的疑慮，不等她開口，牽了牽丁葵芳的衣袖，把她帶到座中唯一的女客面前。

「喏，同儂介紹介紹，這位是曹夫人，我呢的女梅蘭芳。」

曹夫人一身珠翠，端凝富泰地坐在那兒，她打皺的臉皮上，胭脂口紅眼蓋膏，塗得紅紅藍藍好不熱鬧。

丁葵芳不敢怠慢，恭敬地說聲：

「曹夫人好。」

老太太矜貴的點了下頭，耳垂吊的三寸翡翠墜子晃呀晃地，她從脚到頭毫無顧忌地打量著丁葵芳，嘴裏一聲不吭。

丁葵芳被盯得訕訕地，只好掏出手絹拭汗。一直在一旁鑒貌辨色的潘又安，這時靠了過來。

「師姐，您可來了。喲，瞧您一頭的汗，來，我幫您搧搧。」

潘又安也是一口京片子，他手上象牙骨的扇子嘩一聲打開，姿勢瀟灑優美之極，完全是台上扇子小生亮相。

「可熱著哪！」他嘴裏說著，斯斯文文地搖起扇子。丁葵芳打量他，寶藍細條絲襯衫，配上一條雪白的長褲，脚下是雙白皮鞋，纖塵不染，窄長的臉上，戴著淡褐色墨鏡，瞧他這一身打扮，看不出才從大陸出來不到一年的土樣。從前在北京，她這位師弟平常愛穿得挺括新鮮，文化革命時，「奇裝異服」也成了鬥他的罪狀之一。

「潘先生，你手上這把扇子，可眞是好東西喲。」王大閎發現了扇面上的字畫。

「可不是嗎？」潘又安施施然地摺起扇子，嘩一聲又打開：「這面是通天教主王瑤卿的玳瑁，反過來，梅蘭芳的菊花，扇子骨還是齊白石刻的。」

座中票友個個輪流傳觀，無不說好。

「本來有一大盒好扇子，文革時全給抄了去，也沒發還。」潘又安說：「這一把還

是最近京戲團出來演出，師弟偷偷捎出來送我做紀念的。」

「來，阿拉覷覷！」曹夫人開口，人卻依然端坐在那兒，潘又安趕忙趨前，把扇子放在她手中，指指點點。

「潘先生，」老太太舉起扇子，做態的耍了兩下，「上趟張君秋來，我請伊教了我幾齣戲。我呀，頂喜歡唱悲劇，下趟我要唱齣《孔雀東南飛》，我去蘭芝，儂陪我來唱。」

潘又安望了一眼六十靠邊還這副打扮的老太太，他想到舞台上的賽西施，嘴裏依然連聲說：

「您曹夫人票戲，晚生不陪，這怎麼成？有事兒您儘管吩咐下來，我不敢不遵命。」

衆人也都湊趣：

「曹夫人票戲，我們可又有耳福了。」

「曹夫人的唱腔，得過梅蘭芳親自傳授，這可是無人不知、無人不曉的呀！」

丁葵芳冷眼旁觀，這老太太裝模作樣，處處顯出與衆不同，她喝茶的杯子，是自己捎來的景德鎮山水描花細瓷杯，拿在手上一雙練功鞋，皮底皮面頗有講究。潘又安微偏著頭、弓著背陪她說話的那股殷勤勁兒，丁葵芳看了不禁歎了口氣。

從前在北京戲劇學校這起師兄妹，就屬他最伶俐，同學之間戲台上的便宜，都給他撿盡了。來了香港這半年，憑他長得俊，生就小生的風流模樣，周旋在這起票戲的上海

太太之間，看來比從前更乖覺了，難怪丁葵芳暗地裏同人說，她這師弟眼睛底下有話。上回元朗藝術節邀請大陸出來的京劇演員唱戲，丁葵芳可憐他剛從北京出來，生活無著，爲了照顧這師弟，臨時把口頭約好的角兒換下，由他們師姐弟登台唱《穆柯寨》。結果潘又安的楊宗保，扮相丰神俊朗，「斬子」那一段，一襲月白綉花褶子，瀟灑出塵，活脫潘安再世，也不知迷倒台下多少女人。

第二天，就接到一個紅遍上海灘的過氣女明星的電話，說她有個小么妹想跟他學小生戲，潘又安問她的小么妹學過武功沒，對方答說沒有。電話來時，丁葵芳正巧也在一旁，本以爲潘又安會一口回絕，沒料他對著話筒，說：

「可以從頭來起，慢慢學。」

丁葵芳簡直不敢相信自己的耳朵。潘又安學戲的師傅，是當年紅遍南北第一把文武小生，脚底下沒兩下紮實功夫的，不用想請他絳帳授徒。當南方崑曲大王俞振飛手拿扇子，溫溫文文的唱他的柳夢梅，姜妙香可是全身紮靠，步正翎圓的滿場飛，《羣英會》使他得了「活周瑜」的尊稱。如今物換星移，他的衣缽傳人，到了香港來，竟連沒學過一天功夫的女人，也照收不誤，他老師要是地下有知，眞要頓足捶胸了。

也不能全怪潘又安，丁葵芳她自己呢，比師弟早來了一年多，爲了生存，什麼事沒做過。當初電視台的藝員，爲了拍時下流行的武俠影集，聽說她從北京帶來一套招式漂

亮有譜的太乙神劍，紛紛慕名來學劍。丁葵芳每天起早過海，到維多利亞公園陪這幾個藝員練身，一絲不苟地傳授她祖傳三代的名劍，學費是分文不取。後來看到她的學生在螢光幕上像模像樣的比畫，丁葵芳還以爲自己教導有方，沾沾自喜。乾爹批評她當了廣東人所說的「大老襯」，香港是個唯錢是論的地方，只有她丁葵芳裝清高不談錢。

多住了個把月，丁葵芳體會到了資本社會的現實，以後粵劇大佬倌跟她學功架，每小時要價兩百，還得到她家來學。可是人家本事大，粵劇加了京劇功架，現學現賣，一個晚上演出可收幾萬包銀，丁葵芳徒有眼紅的份兒。

誰叫她會的是廣東人不懂欣賞的京戲？不過，比起文化大革命之後，大陸出來的大把同行，她丁葵芳也算混得差強人意。爲了兩頓飯，她的同學一個個被迫放棄本行，到觀塘、荃灣的工廠賣勞力，最近世道不景氣，廠家訂單銳減，一個月做不到十天零工，個個唉聲歎氣。武生行的，憑兩下功夫，多半到灣仔、尖沙咀的夜總會雜耍墊場，裝瘋賣傻，供人取笑，中間還得經過層層剝削，眞正拿到手上的，寥寥無幾。

昨天丁葵芳還聽說上個月從武漢出來了程硯秋晚期的琴師，七十出頭一大把年紀，拋下畢生琴藝，到油麻地最低級的招待所換床單餬口，某名伶的兒子在灣仔酒樓當跑堂，這種事情同行之間時有傳聞，聽多了，也漸漸痲木了。她丁葵芳自己已經自顧不暇，哪來餘力去照顧別人？

初初來到這個花花世界，走在街上，覺得條條馬路全是北京的王府井、上海的南京路，任何一間小雜貨店堆積的貨品，都充足過大陸的店鋪。然而香港凡事講錢，除了馬路可以任你隨便亂逛，其他要吃要喝，少了鈔票可行不通呀！

「來，來，來！丁小姐，我來同儂介紹，迭位是我們票房的麒派大王，羅先生。」李經理帶過來那位彎腰駝背的老紳士，他的宋士杰大段唱工，不知什麼時候唱完了。

「當年擁麒派的票友，在上海組織大大有名的『麒社』，羅先生是當年中一名大將。丁小姐想知道周信芳芝麻綠豆大掌故，儘管問羅先生，他是有問必答。」王大閎說道。

「羅老伯的麒派沙嗓眞是學到了家。」丁葵芳客氣了兩句，老紳士伸手就要拉她。

「丁小姐來我們票房玩，算是稀客，這下該輪到妳來一段了。」

盧先生朝著剛歇的鑼鼓招了下手，師傅們會意，把鼓打得山響，衆人一致拍手。

「喏，喏，丁小姐，儂到底是名角，還是要千呼萬喚始出來！」曹夫人的話裏浸著酸意。

丁葵芳不好再推讓，正要站起來，她的肩膀被人從後按住，潘又安機靈的朝她使了個眼色，扇子頭對住曹夫人指了指。丁葵芳會意，她趁勢站了起來，過去拉曹夫人的手。

「我墊後，咱們先來聽一段『孔雀東南飛』，正宗梅派唱腔。」

曹夫人讓也不讓，捧著手中的描花瓷杯，搖擺地走到胡琴旁邊，恭候的胡琴師傅早

有準備，儘量把調門壓到最低，還是配合不了曹夫人的瘖啞低音，明明把個劉蘭芝唱得荒腔走板，衆人還是敷衍地叫了兩聲好。然後以紗廠的趙老闆爲首，幾個男人談著今天股票的收勢去了。只有潘又安，跑去坐在前面一張櫈子上，對著曹夫人打拍子捧場，當唯一的忠實聽衆。

二

盧太太也該來了，丁葵芳看了一下腕錶。剛剛王大闊的一句話，聽得她心中起疑。正待跟李經理探探口風，這時門一開，一位玫瑰紅西裝婦人，由身後一羣男女簇擁著，走了進來。她的出現引起了一陣騷動，在場的幾個男人，忙不迭地迎了上去。

「哎哎，柳紅，妳可來了！」

「盧太太，北京學戲，大有斬獲吧？」

婦人似乎很習慣這種場面，只見她儀態萬千地踱了過來，一個個微笑招呼，面面俱到，一看就是經常在交際場合走動的。

「盧太太好。」丁葵芳趕忙站了起來，向她伸出手。婦人隔著咖啡桌，舉起她染紅寇丹的指甲尖，輕輕的觸了一下。

「丁小姐來了，好得很，」她笑出一口假牙似的貝齒，「咱們姊妹倆得好好談談，好

多事兒找妳商量。」

也不等丁葵芳回答，盧太太只管翩翩轉過身去，又和別人說笑去了。她每一仰頭、一側身，似乎都對住鎂光燈擺姿勢，儘管離開娛樂圈十多年了，她出現任何一個場合，依然自覺是衆人矚目的焦點。

聽老香港說，盧太太（當年藝名叫柳紅）十多年前還是個紅遍東南亞的歌星，她的時裝、髮式、一顰一笑，無不成爲歌迷們爭相模仿的偶像，當年她最愛把瀑布似的長髮，全掃到一邊，用碎鑽鑲的月牙鈎別住，在台上冶豔地又唱又跳，這個由她流行起來的半邊俏髮式，據說至今還受舞廳、歡場女子的喜愛。

柳紅在紅得快要發紫時，突然開記者招待會，宣布退出歌壇，成爲轟動一時的新聞。謠傳她告別歌壇之後，委身本港一位寧波籍的船商做外室。重又露面時，已是多年以後的事，已被扶了正，開始以貴婦人的姿態活躍在上流社交圈。

這時，柳紅的興趣突然轉向，迷上了古老的京戲。憑她丈夫的財勢，自己過去又是熠熠生光的明星，幾個最愛稱人斤兩的上海票房，對她可是巴結拉攏有加。柳紅結交「玉笙票房」的太太團，捧名角兒。她們本事通天，利用權勢，通過有關機構，居然把京戲史上派系分明的南北劇團二合爲一，聯袂來香港做了一個月的盛大公演。此一破天荒的創舉，譟反了海內外的京戲界。

慶功宴上，衆人將首功推到柳紅身上，其他太太們心中不平，嘴上又不便說什麼。後來柳紅起鬨，爲梅蘭芳逝世二十週年開紀念大會，由她一手策畫，太太們卻又心甘情願地跑去受她指使。結果那天晚上紅寶石的席上，柳紅對著全香港的票友界，清唱了一段梅派「貴妃醉酒」，台下捧場的掌聲，響了足足五分鐘之久。

「玉笙票房」的男票友們慫恿柳紅粉墨登場票梅派戲，答應在台前台後鼎力支持。李經理和此間負責藝術活動的文化官有幾面之交，由他出面，邀請到福臨門吃鮑翅，席上推薦柳紅在戲劇節上亮相。文化官懼於上海集團的財力，不敢得罪，不過如果撇下丁葵芳這一夥科班出身的內行，在情理上無論如何都說不過去，正在左右爲難。

丁葵芳從陳安妮那兒輾轉獲悉這消息，始終無法相信是眞的。自從京戲盛行以來，票友登台客串過癮，哪一次不是自掏腰包，置戲服、請場面、搭班底，一場戲票下來，無不把銀錢使得罪過花啦的，「玉笙票房」居然忍心剝奪一年一度的兩天檔期，這不等於從內行口中硬生生的把送到口的飯搶過去吃？

下回再來票房玩，丁葵芳儘管對這般想要釜底抽薪的上海佬恨得癢癢的，表面上依然不露聲色，照常敷衍，一口脆生生的京片子，趙大爺、羅叔叔地叫，和太太團們更是親親熱熱地以姐妹相稱呼。

以柳紅爲首策畫的那次南北京劇團來港會演，丁葵芳是北京劇團的二路青衣，平生

第一次離開大陸。十里洋場的香港，看得她眼花撩亂，跟著團體拜見此間的商場名流、同鄉會、上海人組織的各大票房，半個月下來，丁葵芳算是大開了眼界。負責招待他們的太太團，對他們照顧有加，殷勤極了，口口聲聲問團員，需要錄音機、手錶、照相機的，儘管提出來。

文革期間，丁葵芳被下放到河西走廊造磚蓋房子，她糙米雜糧吃多了，又早已放棄練功，結果腰身變得水桶一般粗。柳紅眼睛尖，親自帶她去買連身束褲，結果隔天晚上她全副武裝披甲上陣唱「穆桂英掛帥」，腰間被硬綁綁的束褲擋住，使她下不了腰，急得丁葵芳滿頭大汗。和柳紅說了，兩人笑做一團，把眼淚都笑出來。

就是太太團這股子親熱勁兒，又經來港才認的乾爹慫恿，丁葵芳這才下決心離開待了十幾年的京劇團，拋夫離子，以探親的名義，申請出來，挾著上回訪問演出成功的餘威，重抵香江。

很快地，丁葵芳來打天下的雄心受到了挫折。當初隨團來是客人，捧場的闊佬大有人在，又有整個團體做倚仗，和大陸做生意的老闆，個個都要巴結三分。現在獨自一人單槍匹馬出來闖，人人一聽長住下來，熱情減少了一大半。

初初柳紅盡地主之誼，請丁葵芳到家裏玩了幾回，吃了她家廣東傭人燉的雞鮑翅，以後來往也就稀疏了。剛剛和柳紅打招呼，丁葵芳本想告訴她陳安妮要晚一點才到得了，

從中試探柳紅的反應，然而柳紅竟不給丁葵芳說兩句話的機會，她大剌剌地背過身去，逕自和旁人說笑去了。

丁葵芳歎了口氣，大有今昔之慨。柳紅被包圍在人羣當中，多時不見，人更佻傏俏豔了。瞧她臉上勾畫入時，玫瑰紅的套裝裏，一件荷葉邊的白絲襯衫，花邊緣著脖子而上，頂到下頦，蓋住了整個脖頸，是今年流行的復古款式。丁葵芳忍不住心裏覘敲，荷葉邊下的脖頸，是否已經皺紋遍佈？

陪乾爹和他商場上的朋友吃飯，他們談的無非是女人，認識的不認識的，一個個都要被評頭論足一番。丁葵芳從他們那兒學到，看女人的年紀，要看脖子和一雙手，理由是這兩個部位關節多而骨頭細，皺紋不容易拉平。在大陸上，個個寬肥肥的長褲，不是藏青就是灰黑，男女都難以分辨，乍聞香港女人的駐顏之術，對她有如天方夜譚，著實羨慕了好一陣子。

香港住久了，和這些票友們多了點來往，他們的心思，丁葵芳才逐漸一個個看得透亮。別以爲這般上海男女，比廣東人懂得穿戴，一個個站出來體面氣派得很，男人手上腕上又是鑽戒又是金鍊子，女士太太們恨不得把所有的家當串起來，戴在身上亮相，請起客來，爭著講排場耍濶，其實骨子裏，男男女女個個精打細算，整天算盤圍在脖子上打，生怕吃了虧。

男女票友風風雨雨的曖昧情事，丁葵芳時有耳聞目睹，多半是男人當著衆人，吃女人豆腐、吊膀子，再進一步，他們就步步爲營，生怕被女人坑了。有一晚，丁葵芳來票房玩，出來已是夜深，一位戴了隻勞力士金錶，頭髮梳得烏光水滑的中年男人，爲她招來一輛計程車，紳士派頭十足地先把丁葵芳讓上車，問明她住的地方，一聽要過海不順路，竟然把車門一關，也不管夜多深，任由丁葵芳自生自滅去了。

「唉喲，累壞我了！」柳紅應酬過李經理、趙老闆那一班人，這才往丁葵芳身旁一坐，疊起一雙均勻的腿，精緻得像橱窗模特兒的木腿。

王大閎這時捧過來一杯茶。

「柳紅，喝杯茶，潤潤喉吧，妳拜師學來的新腔，夥兒等著洗耳恭聽哩！」

柳紅謝過，啜了一口茶：

「喲喲，在戲皇前面，我這點小玩意，還敢獻醜？笑死人了！」柳紅推了推旁邊丁葵芳的胳臂：「何況又有丁小姐這正印花旦鎭在這兒，我還開得了口嗎？」

丁葵芳客氣了兩句，柳紅索性把身子往沙發一靠，頭仰著，似是不勝勞累。

「累壞我了，才離開個把月，你們當我去了一年，這個找我說悄悄話，那個抓我去吐苦水，饒是我一耳進一耳出，也有得受的。」

「當然囉，妳是蜜糖，每個人都巴不得沾一點。」王大閎說得大家都笑了。

「是呀，丁小姐妳有所不知，」剛才隨柳紅進來一個胖大的藍袍中年人，姓柯，是她專用的琴師：「盧太太是我們精神領袖，沒人敢不聽她的。」

柳紅且不理他，拿起丁葵芳的一隻手，廝磨著。丁葵芳下放的那幾年，握過鋤頭造過磚的粗指節，碰觸到柳紅柔軟的掌心，她羞慚地試著掙脫，嘴裏卻說道：

「盧太太上了北京，也不先通知一聲，我好吩咐師弟師妹們照應——」

「免了，免了，我這個人呀，生平最不愛麻煩人家——」

「您也太客氣了，上回要不是盧太太鼎力相助，大夥兒還出不了國門呢，更不用說來演戲了——」

「算了吧！大夥兒在北京，苦哈哈的——」一句話說得丁葵芳訕訕的。柳紅坐直身子，正色的說：

「丁小姐今天來了最好，有些事兒，我正找妳談談呢！」

丁葵芳正待接口，鑼鼓絃琴聲這時突然停了下來，曹夫人的「孔雀東南飛」總算唱完了。只見她打開鱷魚皮的皮包，掏出一疊紅紅的鈔票分賞錢，敲鑼打鼓拉胡琴的個個有份。他們跑上前來，對曹夫人哈腰鞠躬，謝了又謝，這才由潘又安侍侯著她走過來。柳紅迎上前去招呼，讚她氣色好、嗓子潤了許多，把個曹夫人左看右看了半天，說她愈發年輕了。

「唉唉，柳紅，阿拉要有儂一半活潑，可就好了喔！」

柳紅摸了摸曹夫人身上的泰國絲旗袍，讚歎手工多細緻，問她出自哪個師傅的手？改天帶她去縫兩件。

「柳紅呀，」劉太太一身素扮，她的太夫去世之前，原來是此間的船業鉅子，「剛才做頭髮時，不是妳說的，這趟去北京，帶回來一箱子棉襖——」

「是呀，我貪它手工好，又便宜，夾的、單的，一口氣縫了一大箱子，回來一數，長的短的加起來一共是一打十二件。」

姓柯的琴師湊趣的大嚷：

「依我看，盧太太別票戲去了，乾脆開個棉襖鋪。喏，找我來當掌櫃的。」

他邊說邊撩起袖子做狀，柳紅笑得前仰後合。王大閎過來拉她上去唱一段，衆人起鬨叫好。柳紅且不推讓，不慌不忙的起身，姓柯的琴師察言觀色，一下摸不透女主人的心思，只有侍立一旁。

只見柳紅笑盈盈地上去，把紗廠趙老闆連拖帶拉到廳中央，自己首先拍起手來。

「來來，我們請裘派名票來一段「二進宮」。」

趙老闆是個黑臉膛的大漢，看來中氣十足，可是故意學裘盛戎的鼻音，聽得人耳朵難過，他在不該換氣時硬換氣，弄成斷斷續續，有如氣喘病發作，只見他搖頭晃腦，得

意得很，自認爲學裘學得地道十足。

京劇票房流行「無淨不學裘」，其實裘盛戎的聲韻腔調別有一番味道，有位劇評家認爲聽裘派唱腔「像滾燙的熨斗，把我們的腦神經熨得舒舒服服的。」

裘腔一到做作的票友口中，卻變得不倫不類，難聽至極。丁葵芳的乾爹蕭有興，也以「裘派名票」自居，上回丁葵芳隨團來港演出，到寧波同鄉會的票房拜會，蕭有興的裘派銅錘花臉，唱得像噎了氣一般，丁葵芳先還以爲他患有嚴重的氣管炎。酒席上，幾杯燙熱的花雕，喝得蕭有興熏然，他斜乜著丁葵芳，說她的臉兒使他憶起從前上海一起票戲的一位梅派女票友，特別是那一口清甜如水的嗓音。後來蕭有興告訴她，認她做乾女兒，就是想聽她的一條好嗓子。

丁葵芳第二次來香港，蕭有興在北京樓設席爲她接風，依照古禮，丁葵芳磕頭拜見乾媽，一個枯乾的老太婆，給她的見面禮是隻黃澄澄的金手鐲，臨出門還塞給丁葵芳一個大紙袋，原來裏面是一大堆以浪費著稱的她的大媳婦穿過不要的衣服。

丁葵芳回家借了針車，改改縫縫，換下她大陸出來的那條灰樸樸的長褲，以後到茶樓喝茶，倒也衣著得體，不太像剛從大陸出來的土包子樣兒。當初從乾媽手中接過這包人家不要的舊衣服，丁葵芳別過頭去，強忍住淚水，委屈得什麼似的。老太婆畢竟多活幾歲，香港的人情世故看得多，今天下午丁葵芳身上這襲義大利碎花洋裝，使她在這起

上海太太面前，並不嫌太過寒傖。她又憑女人細緻的心機，從街邊的攤子買了一對玻璃做的耳環，冒充兩粒鑽石，帶在身上，居然也像眞的似地，閃閃生光。

三

乾爹在中區環球大廈的地產投資公司，佔用了頂樓全層，雇用了無數人手幫他策畫、買賣地皮。蕭有興坐在成套義大利眞皮沙發、鋪著波斯眞絲地毯的漂亮辦公室，喝他的下午茶，面前攤著一張新界的藍圖，他的左右手正在爲他獻計買地，門外要見他的底下人，排成一隊，等著被傳進去回話。

下一天蕭有興扶著司機的手，跨出那輛最新出廠的銀灰色勞斯萊斯，擠身名流巨賈之間，參加政府官地的拍賣會，他的手高舉不放，和其他的地產大王競相喊價，成爲整個拍賣場中人人注目的焦點，地產新貴蕭有興的名聲是打出去了。

這位不久前開過珠寶店的小老闆，躬身聽著逢迎他的人說著巴結的話，雞皮皺的臉更是笑成一團。

「呵呵，運氣來了，潮水似的，任誰擋也擋不去的！」

他答應丁葵芳，羣備拿出一大筆錢，由她去置行頭、請鑼鼓絲絃、搭班底，像模像樣的組織個京戲班，定期包戲院演出，免得外國人到了香港，總以爲俗豔不堪的廣東大

戲就是中國戲劇藝術的精萃。

蕭有興在百忙之中，還雅興十足地爲這未來的京戲班取了個名稱「玉韻京劇班」，把大權整個交給丁葵芳，由她去招兵買馬，樂得丁葵芳心花怒放，直呼乾爹是她的第一號恩人，以爲從此可以在香港施手脚，大展抱負了。她計畫先招一批廣東孩子，從基本功架訓練起，看中蕭有興北角空置的一層樓，打通了，鋪上地毯，可以用來教學生練功學把子，京劇班也有個籌備中心。

乾爹打定主意，不出幾年，丁葵芳在香港京劇界的名氣，肯定比「春秋劇團」的粉菊花還要響十倍。

可惜人算不如天算，突然之間，來了撈什子的一九九七年，乾爹一夜之間，從環球大廈的頂樓摔了下來，香港人個個怕共產黨，驚惶地想往外逃，地價劇跌，蕭有興空樓壓多了，一下周轉不靈，宣告破產。丁葵芳住的那一層八百呎的樓，本來是乾爹送的見面禮，過戶的手續遲遲沒辦好，頃刻之間變成別人的了。

蕭老頭總算還有點人心，他向收樓的新房主要求延期一段時日，等他乾女兒找到了棲身之處，再交出樓來，自己則收拾些日常起居用品，打了個包包，雇了輛計程車，任何人也沒說一聲，直奔石澳別墅躲債去了。

這一切來得太過突然，丁葵芳有如一覺醒來，天地已然變色，乾爹撇下她走了，她

丁葵芳可還得活下去。文革這十年浩劫，她不也活下來了？江青這挨千刀萬刀也不足洩恨的婆娘，專門找京劇圈的藝員作對。丁葵芳有個遠親在香港，就靠這點海外關係，她順理成章被打成裏通外國，潛伏在大陸的特務，所吃的苦頭遠非潘又安那一般師兄弟所能及。無休無止的鬥爭大會上，紅小鬼對她可是拳打腳踢，高喊叫罵丁葵芳是「修正主義的胚，長出來的苗子，必然是壞的。」

可憐丁葵芳爲這個素未謀面的親戚背了黑鍋，下放到河西走廊的荒地去造磚蓋房子，從和土、造磚、挑土、上樑全是一脚踢。白天粗工做多了，河套又是出名的窮地方，武鬥最兇的那幾年，公社兩碗稀得像水的雜糧薄粥餓得她半死不活，夜裏腹中如鳴，輾轉不能入睡。

一個月黑風高的夜晚，朧朦中，有條黑影子推開門閃入，從身影辨出是個瘦高的男子，正要驚叫，來人不由分說，一巴掌堵住了丁葵芳的嘴，另一隻手伸入被窩，去褪她的衣服。經過一天的勞動，加上半餓著肚子，丁葵芳竟然提不出力氣掙扎。

來人趁著黑夜來，趁著黑夜去，從頭到尾一聲不出，臨走留下一個乾硬硬的黑窩窩頭，喬麥做的，她抓起來一口咬下，呑嚥得太急，噎住了，咳出一臉的眼淚。

以後幾乎每天晚上，都有條黑影子閃進來，憑著呼吸氣息丁葵芳可以感覺出晚晚來的是不同的人，相同的是每次都在床畔留下一個硬硬的窩窩頭，上面還保留了曾經被捏

在手中的幾分溼熱，咬下去卻是冷的。

白天在工地上，丁葵芳從溼泥中抬起身，遠遠農場晃動著拿鋤頭勞動的男人，她看他們的眼睛卻是死的。

這種日子都熬過來了，她還怕會活不下去？站在這二十層高、很快就要不屬於她的公寓，窗外櫛比鱗次的高樓，使丁葵芳突然想到北京的胡同。下雨天，踩著一巷子的泥濘，攜著小女兒到公社吃大鍋飯，小女兒天青色的塑膠拖鞋，每跨出一步，印出一個整齊的脚印，樂得她拍手直笑。近來思念女兒的心情比起剛來時淡了許多，丈夫倒沒忘記時時來信催促，提及以探親名義申請出境的法令，很快又要收緊了，如不趁早出來，以後將是愈來愈難。

丈夫每封信上叮囑丁葵芳千萬以大女兒前途爲念，他自己留在裏頭倒無所謂，反正大半輩子不是就這樣過了。丈夫在京劇團搞道具美工，文革這幾年各奔東西，背上黑五類的包袱，他也自顧不暇，哪來餘力照顧妻女？丁葵芳覺得從來就是靠她自己一個人，對這膽小怕事的丈夫一向不存奢望。離開北京那天，一家三口在火車站生離死別，長年憂患的日子，使丁葵芳不敢寄望一家人還有重聚團圓的時日。

乾爹地皮炒得轟轟烈烈的那一陣子，還以爲此後有了倚靠。到頭來，她還是孤零零一個人，往後的日子，如果不肯像她的師兄弟，去尋些低三下四的事餬口，就只有學潘

又安這夥人，在票房裏混口飯吃了。可是，她肯嗎？自己曾經是北京京劇團響叮噹的正工刀馬旦。

輪到潘又安清唱，他雖然身著現代服飾，可是人長得唇紅齒白，捏著扇子往廳中央這麼一站，活像個儒雅風流的小生。他表演了《白門樓》中的一段。這齣以唱工取勝的小生戲，他得自師傅眞傳，確實學到了七、八分。

丁葵芳知道師弟選這段戲，是因爲胡琴容易拉，他也有意在票友們前露一露，拿出眞功夫來壓他們。大段唱工下來，果眞叫好連連，曹夫人瞇凄一雙眼睛，把個潘又安看了又看，彷彿潘又安這個人是她一手做成的，連柳紅也是滛淋淋的一雙眼，捨不得從他身上移開似的。

師弟眞是長眼令箭兒，專挑有錢的太太侍候。丁葵芳懂事的年紀，已經改朝換代，她是劇校第一期的學生，從前南北票房的跋扈叫囂、軍閥時代名伶羣集的堂會場面，只從老師傅口中聽來一些，名票下海的言菊朋、奚嘯伯，還有「武漢梅蘭芳」南鐵生，據說每一位眞才實學沒得話說，待人也謙和有禮，哪像香港這起票友，憑著氣大財粗，個個一臉不可一世的神氣勁兒？

丁葵芳心裏嘀咕著，衆人卻不由分說，把她拉了出來，她立在廳中央，幾十隻眼睛一齊盯住她。丁葵芳甩甩頭，她告訴自己得提足精神，好好來一段，壓壓這段票友們的

氣餒，她不趁機會表現自己，令人刮目相看，更待何時？

主意一打定，她於是跟胡琴黃師傅低聲吩咐：

「『楊門女將』探谷一場，師傅請把調門拉高一點。」

丁葵芳一提眞氣，開頭一句高坡子倒板「風蕭蕭霧漫漫，星光慘淡，人吶喊，胡笳喧！」把個穆桂英身陷險境，激昂悲壯的心情刻畫無遺。唱完，掌聲不絕，王大闊激動地過來拍了拍丁葵芳的肩膀。

「好，太好了，丁小姐果然名不虛傳，運氣行腔，美得交關，太難得了，楊秋玲也唱不過妳！」

丁葵芳微微一笑：「多謝王大爺捧場。」

接過茶，細細地呷了一口。

幾個男人，以紗廠的趙老闆爲首，簇擁著柳紅，「好了，柳紅等了一個晚上，該妳了。剛才丁小姐是壓軸，現在輪到妳來唱大軸！」

姓柯的琴師趕忙就了座，他把胡琴從布袋裏抽出來，腿上墊了一塊青搭布，調弄了一下絃，說聲：

「這可叫做好酒沉甕底。」

柳紅大大方方的站定，學江湖賣藝的人抱拳向衆人作了揖。

「現學現賣，唱得不好，多多包涵！」

然後彎下腰，和她的琴師耳語了一下，姓柯的臉露訝異之色，不過隨即得意的坐正了身子，微微將頭一偏，手一揚，脆亮一聲胡琴。

柳紅手掩著臉，做了一個哭頭：

「喂呀！」接下來一段西皮流水「蘇三離了洪洞縣——」

趙老闆一聲暴喝，「好！」把手拍得山響。柳紅和她的琴師，一個去蘇三，一個拉起丑腔去崇公道，一唱一搭，唱起了「蘇三起解」。

胡琴拉過門時，柳紅有意無意朝丁葵芳飄了個眼風，臉上似笑非笑。潘又安經常在幾個票房走動，聽他說票友們平時表面上和和氣氣，一票起戲來，個個爭相出風頭，恨不得把所有的人壓下去。上回一個唱老生的女票友，在一次餐會上來了一長段「打棍出箱」，她後頭怕不七十有多的男票友，使了狠勁，一口氣唱了全部「搜孤救孤」的程嬰，唱完坐下來直喘氣。

柳紅這時的心裏一定得意，她把丁葵芳比下去了。「起解」唱了足足半個鐘頭。正在此時，門輕輕一開，進來了遲到的陳安妮，她一隻手撫著胸口，微微喘氣，一見全屋子裏的人，專心聆聽柳紅清唱，沒人注意到她的到來，於是自顧自找了角落一張椅子，輕手輕脚地坐下來。丁葵芳一早見了她，本想過來招呼她，只見陳安妮抬出聽音樂會的神

情，正襟危坐，也就不敢冒失了。

陳安妮是個瘦高的女孩，約莫二十七、八歲年紀，窄窄的臉上架了副細銀邊的近視眼鏡，襯出一臉老氣，她穿著紫暗紅的絲襯衫，腰間繫了條縐紗黑裙，絲襯衫最上頭的一顆釦子，緊緊地扣住，兩條細帶子垂了下來，還在脖頸間牢牢地打了個結，她把自己嚴嚴地圍得密實不透，神情間和處處苛刻自己的老處女有幾分相似，卻有雙從鏡片後不時窺伺人家臉色的小眼睛。

陳安妮和寡母住在何文田政府廉租屋的一個房間，因爲父親早逝，她在小小年紀就對自己的將來有了精密的全盤打算，幾年前，拿了清寒學生的獎學金，到英國讀書。她早就看出香港的表演藝術，在現任港督的贊助下，必然大有可爲，陳安妮很識時務地到倫敦市立大學選了幾門藝術行政的課程，羣備回來之後，憑她正式的學歷，有朝一日獨當一面，主掌此間的藝術文化活動，藉此晉身上流社會，攀結權貴。

果眞不負她所望，回港之後，輕易地被安插到政府旗下的藝術機構，擔任了表演節目的策畫主任。由於職務上的關係，她和丁葵芳時有接觸。憑著丁葵芳在北京京劇界的履歷，她被陳安妮這類文化官用來做這殖民地表演藝術活動的點綴，一年幾次重要的藝術節，她被邀請去做公開演講，向只懂粵劇的廣東人介紹京劇的精萃。一有外國來的戲劇學者、藝術從事人員，希望對傳統中國戲劇有點皮毛的認識的，陳安妮一定找丁葵芳

當樣板，在洋人面前示範唱腔、象徵動作等，由陳安妮一旁以英語解說翻譯，充當專家，丁葵芳藉此也可以活動筋骨，每次還有幾百元車馬費好拿。

丁葵芳心知肚明，和陳妮拉好關係，對她日後的京劇演出大有助益，因此每傳必到，兩個女人在各有所求中，相處得十分融洽。陳安妮對丁葵芳心生感激之情，還是去年大除夕，她被此間一個祖先靠走私起家的屈公子，邀請去參加除夕狂歡化裝舞會當他的舞伴，出身寒微的陳安妮，自知如果想擊敗圍繞在屈公子身邊的那一起名媛淑女，唯一的法子是出奇制勝，經過幾個日夜的苦思，突然靈機一動，半夜打電話吵醒丁葵芳。

結果丁葵芳沒讓她失望，第二天黃昏，拎了個化妝箱，跑到劇院後台的化妝室，從咧頭、貼片子、上珠翠、勾臉、畫眉，弄了足足三個鐘頭，把個相貌平平的陳安妮，脫胎換骨似的，變成了個古典美女，當丁葵芳把租來的鳳冠霞帔爲她披上，陳安妮對著鏡子繞來轉去，起初不肯相信那影子就是她，直至相信了，又開始對自己疼惜自憐了起來。屈公子來接她，陳安妮心領神會，先來秋波一轉，向他飛了個眼風，把個屈公子迷得心魂蕩漾，整個晚上眼睛老是離不開她。

丁葵芳勞苦功高，心血一點也沒有白費。屈公子見多了外國名校出身的此間名門淑女，學人家洋妞把腿毛、腋毛剃個精光，穿馬褲長靴披甲上陣，走起路來，跺跺一陣混響，乍見陳安妮彷如京戲裏走出來的人物，忸忸怩怩女人味十足，果眞被迷得昏陶陶的，

此後兩人交往一帆風順，丁葵芳當居首功。為了報答她，這回「玉笙票房」柳紅那一夥人，主動和文化官交涉演出的消息，就是陳安妮走漏給她的，為了這件事，還特地約丁葵芳出來喝茶，商討對策，陳安妮拍拍丁葵芳的手，安慰她，一定全力以赴，為內行科班爭取。

柳紅扯著嗓子使勁地唱著，上海聯誼會端菜的寧波女侍，幾次三番，開門探頭探腦。可不是，九點鐘都過了，厨房連連催著上菜。

蘇三最後一句西皮搖板「遠遠望見太原城，此一去有死無有生。」柳紅連最後一個哭頭都沒漏過，衆人爆山響的掌聲，夾著女侍把碗筷杯盤擲到桌面上的嘩啦聲，混成一團。

四

入席吃飯時，丁葵芳發現打鼓佬原來是王孝，鑼鼓坐在角落盡頭，難怪先前沒注意到他。王孝也是劇校畢業的，工丑生，他演武大郎，脚下矮子功是一絕，「雙下山」的小和尚，一串唸珠耍得滑稽突梯，人人叫好。來了香港，丑生無出路，只好到觀塘成衣廠當包裝工人，零工打得他煩心，可巧王孝的叔父在大陸易手之前，是有名的打鼓佬，當時紮尚小雲的班，王孝從小耳濡目染，鑼鼓點子也記得不少。找到了潘又安，央他帶到

票房來玩了幾次，索性零工辭去不幹，現在專門到票房打鼓，靠老闆太太賞錢過活。

平常私下，王孝像個饒舌的猴兒，和哥兒們拍肩搭背，玩笑無盡，今晚在票戲的老闆面前，他卻像換了一個人似的，只喚了丁葵芳一聲「師姐，您也來玩。」就拘謹地站到一旁，垂手而立。

趙老闆寬衣解帶，王孝眼明手快，搶過去把西裝上衣接過來，恭恭敬敬地掛到衣架上。一直等到所有的人全坐齊了，這才挨著拉胡琴的黃師傅，顚著屁股坐下。老闆太太面前的盤子堆了骨頭，他立即起身倒掉。半頓飯吃下來，只見他忙得團團轉。

丁葵芳看不下去，幾次朝他使了眼色，王孝且不去管她，仍然倒茶、拿菸、遞毛巾，忙著向老爺太太們獻殷勤。

寧波女侍急著收工回家，把菜上得飛快。柳紅舉起酒杯：

「陳小姐，妳遲到了，該不該罰酒？妳說。」

「實在很抱歉，盧太太。教車師傅不讓改時間，來晚了一點，」陳安妮的國語帶著濃濃的廣東腔，她卻自以爲說得字正腔圓：「下次盧太太清唱，我無論如何也要向師傅請假，一早來洗耳恭聽。」

「唉喲喲，你們聽，陳小姐還吃我豆腐哩！來，妳隨意，我乾了。」

說著，一仰頭，半杯威士忌蘇打一口喝盡，陳安妮也抿了抿酒杯。

「輪到我了，陳小姐，我敬您，」丁葵芳隔著桌子，把杯中的可樂舉得高高的。陳安妮一進來，似乎有意無意地避開自已，剛才入席時，本想坐到她旁邊，沒料陳安妮拉住劉太太談學開車，丁葵芳自知插不進去。莫非演戲的事起了變化？看柳紅一副志得意滿的神氣，丁葵芳心中忐忑不安了。她幾次三番，也想從柳紅那兒套套口氣，無奈柳紅只顧和一桌的男票友風言風語，故意不和丁葵芳搭腔。

到頭來人家還是把妳當外人，硬是砸破了頭，還是擠不進去人家的圈子。女侍端上來最後一道西湖醋魚，她不禁想起兩年前隨京劇團來香港演出，此間各票房、同鄉會輪流宴請，主人們認爲大陸難得吃到生猛的海鮮，酒席都開在著名的海鮮酒家，有一回被請到香港仔的珍寶船舫，一尾尾清蒸的老鼠斑、青衣，主人說和金子一樣的名貴，丁葵芳望著滿桌魚蝦偷偷皺眉頭，半餓著肚子回到下榻的旅館，下樓買零食充飢，赫然發現團友們排成一隊等著買麵包，彼此心照不宣地擠擠眼睛，上了樓回到房間，大夥兒笑成一團。文化革命後期，下放的京劇團員大都調回了北京，大家串門子互訴滄桑血淚，關起門來，你一嘴我一舌，大罵江青那可惡的婆娘翻手爲雨、覆手爲雲，罵來消消氣，過過乾癮。丁葵芳卻自動做了逃兵，跑到香港來，最近心頭煩悶，想找個人說句話兒都找不到。

「唱戲玩兒了半天，這下該談正經事了，」柳紅拿了一隻筷子，敲敲碗口：「今晚

來稀客，除了陳小姐，另外兩位就是丁小姐和潘先生，內行外行同桌，熱鬧得很，來，我們一起喝一杯——」

衆人紛紛舉杯敬酒。柳紅揚了揚腕上鑲鑽石的伯爵名錶：

「我看時間也不早了，是不是應該言歸正傳，陳小姐代表主辦單位，來和大家討論九月演戲的事。趁今晚內行、票友全都在場，何不說清楚了，此後也好依照決定行事。」

「大家隨便交換意見，千萬不要拘禮。我要謝謝主人這頓豐盛的晚餐，以後還記得常到票房來玩。剛才盧太太那段《蘇三起解》好聽極了，就不知道盧太太收不收我這個廣東學生？」

柳紅客氣了一陣。陳安妮鏡片後的小眼睛轉了一轉，全桌期待的目光提醒她扮演角色的權威性，於是挺起了腰板，台上演說一般：

「此地基本上是廣東人的所在，還好這幾年，北京、上海的京劇團三番兩次前來演出，觀衆對京戲也就漸漸不那麼感到陌生了，另外還得歸功於最近到香港長住的京劇演員，像在座的丁小姐、先生，還有王先生——」

陳安妮說著，還特地朝王孝微微一笑，使得王孝摸摸頭，受寵若驚地咧開大嘴，一副逗笑的小丑滑稽相。

「對於京戲在本港的普及，科班出身的演員，眞是功不可沒。當然，以上海人爲主

的幾個票房，可以說是幕後英雄，幾十年來，絃歌不輟。今天晚上，內行、票友共聚一室，人才濟濟，依我看，京戲在香港的前途，大有可爲。」

陳安妮善於詞令，個個都被讚到。

「現成放著這麼些人才，如果不好好運用，豈不可惜。我自己極喜好京戲，雖然懂得不多，興趣可大得很。今年年初，我就向委員會提出建議，何不來個戲劇節，內行、票房集合起來，同台演出，讓英國人看看本地的京劇團，也使觀衆耳目一新——」

陳安妮喝了一口茶，繼續說道：

「我的建議書呈上去好幾次，結果挨到上個月，委員會才批下來，原則上準備在九月間舉行。下午我已收工要走，我的頂頭上司突然把我叫了進去，他說這件事決定下來了，我聽了很吃驚，上司是英國人，他居然連戲碼都同我說了。」

王大閎眉會兒一皺：「這批鬼佬，懂得什麼？」

不管怎樣，我現在把他的指示說了，事先說明一聲，我自己也是幾個鐘頭前才知道的，要是得罪任一方面，我只能抱歉。不過，上司批下來的命令，我也無能爲力。」

說著，眼角朝丁葵芳的方向投過來，停留了有一會兒。丁葵芳心頭一跳，直覺地感到兇多吉少。

「戲碼子是『白蛇傳』，兩晚節目一樣——」

全桌的人一陣嘩然。柳紅笑吟吟地坐在那兒。一個久遠的記憶突然兜上來，柳紅不是一直希望票「白蛇傳」，丁葵芳剛剛和她相識，兩人以姐妹相稱，親熱得不得了，有一回，柳紅絮絮說起她的夢想是有朝一日親自登台票這齣戲。

票友票戲，柳紅說得好，只能以唱腔取勝，「白蛇傳」裏那幾段武旦戲「水漫金山」、「盜仙草」，自己沒學過幼工，擔心應付不過來。爲了巴結這位爲人海派，喜歡充場面、講排場的濶太太，丁葵芳自動出口答應，如果柳紅上台票「白蛇傳」，她願意拔刀相助，這兩折的武旦戲由她上場。

丁葵芳武功根底深厚，工架邊式，早是行家有目共睹的。柳紅當時聽了，沉吟了一下，似乎把要講的下半截話縮了回去。

終於柳紅要粉墨登場，償她的宿願了。只是天底下哪有這等巧合的事，陳安妮的上司是英國佬，他對京戲不說是門外漢，也不可能精通到連戲碼都點得出來。這其中一定有鬼，柳紅仗她的權勢，疏通了定決策的上層文化官，連陳安妮都被蒙在鼓裏。

「戲碼定了，接下來，就是角色搭配了，白蛇這一角色的適當人選，應該是——」

姓柯的琴師猛地一聲暴喊：「白蛇非盧太太莫屬，她這趟去北京，就是拜杜近芳爲師，學她的唱腔。」

柳紅惱怒的瞪了他一眼，嚇得姓柯的縮頭不迭。

「柳紅，」趙老闆豎起大拇指：「儂去白素貞，可眞眞一條美麗的白蛇喔！」

「陳小姐千萬別理他們，在座現成放著這許多好角色，哪就輪到我。」

「柳紅，儂不用怕，儘管上台唱，天塌下來，老夫幫儂撐著！」趙老闆胸脯一拍，幾聲吆喝，倒頗有裘盛戎銅錘花臉的架式，他接著搖頭晃腦，唱了起來：

「……有老夫，好一比，大將樊噲，手執銅錘，保駕身旁，料也無妨。」

趙老闆唱得衆人笑岔了氣。

柳紅飾白蛇，陳安妮似乎默認，想是上司已經關照過。

「許仙呢？由誰來唱？」

柳紅一逕避開丁葵芳，她僵著脖子，不去接觸丁葵芳的眼睛。

「阿拉推薦潘先生，」一直不出聲的曹夫人，舉起了手，啞著嗓子說：「伊扮許仙，頂好！」

柳紅把臉一轉，溼淋淋的一雙眼又對住潘又安：

「潘先生可眞眞名師出高徒，最好的小生人才，求都求不到，現放這麼一位才藝雙全的人，不請他來挑大樑，可眞說不過去呀！」

潘又安瀟灑地把手中的扇子嘩一聲打開，連連搧了幾下：

「有機會和諸位合作，求之不得，我心裏頭一直想爲香港的京劇界效點力。有一句

話，我代在座的師姐、師弟說了，排名，我們可不爭，只希望上台演出，沒的把所學的武藝都給荒廢了，師姐，您說是不是？」

王大閎拍腿一叫：「對了，那丁小姐呢？柳紅去白蛇，潘先生去許仙，丁小姐呢？」

整桌人個個面面相覷。

王大閎快人快語：

「柳紅，個把月前，我們為妳餞行，席上不是聽妳說過，兩個晚上一口氣唱下來，怕太累吃不消，妳寧願分一晚給內行去演，『盜仙草』、『水漫金山』兩場開打的，丁小姐願意幫妳的忙——」

陳安妮接口：「是呀，原先安排，內行這一晚，由丁小姐出面全權負責，這正是我的——」

「可不是，原先我們全都是這個主意，」柳紅打斷她，對著丁葵芳，殷殷切切地：「丁小姐，咱們自家姐妹，我是不會虧待妳的，對你們科班出身的角兒，我一直是全力支持的，上回你們團老遠來演戲，我呀——哎，這且不去說它了——」

丁葵芳咬著牙，勉強迸出兩句謝話。

「也是我同票友們建議的，讓一晚給內行，這才算公平，我說。要不然人家要閒話的，香港巴掌大的地方，口舌可多得很，人家巴不得找碴兒笑我們——唉，就說我自己

吧，還不是爲了顧全大局，硬被拖下水，唱白蛇也是萬不得已的呀！」

「既然盧太太爲我們爭取了一晚，」丁葵芳直直看入她的眼睛：「怎麼臨時又變卦了呢？」

柳紅的臉一掛，冷漠地說：「這可不關我的事，妳問陳小姐好了。她剛才不是已經說過，兩晚戲碼子一樣，說是比較統一。」

「丁小姐，」陳安妮微弱地：「妳知道，這可不是我的意思——」望了柳紅一眼，欲言又止，她在心中迅速地盤算了一下，用不著爲了個北京來的可憐演員，得罪了柳紅這一班權大勢大的票友，何況她自覺對丁葵芳已經幫夠了忙。七月的暑期學藝班就要開始，她打算爲丁葵芳多安排兩堂示範表演課程，也就對得起她了。這麼一想，陳安妮抱著手，決定不去攪眼前這淌渾水，丁葵芳求助哀懇的神情，陳安妮一點也不爲所動。

王大闊也腦子轉了幾轉，若有所悟，道聲：

「喲，我明白了。」

他把身子往後一靠，在票房裏打滾了一輩子，票友們這點心思他還有摸不透的？本想袖手旁觀，由柳紅出足風頭去，丁葵芳暗地裏扯著他的衣袖，王大闊自覺不能不管，只好坐直了身子。

「言歸正傳，丁小姐——」

柳紅靈機一動，猝然叫出聲來：

「咳，找到了，在座有一個法海的最佳人選——」

男票友你看我，我看你。王大閎下意識地摸了下自己的光頭：

「對了，王大爺去法海，連頭套都用不著戴，現成的法海——」

王大閎雙手合掌，宣了一聲佛號：

「阿彌陀佛！」

丁葵芳暗叫一聲：「柳紅，妳好高招！」

「小青呢？」曹夫人啞著嗓子問：「我呢少了一條青蛇喲！」

姓柯的琴師縮了一下肩：

「我倒有個提議，可又不敢說。」

全桌人齊齊看住了丁葵芳。

李經理舉起了酒杯：

「丁小姐，阿拉敬儂！」

血液湧上腦門，丁葵芳漲紅了臉，在衆目睽睽之下，她一時拿不定主意。

「師姐，李經理敬妳酒呢！」潘又安在催促她：「您不會喝酒，舉舉杯意思意思。」

丁葵芳知道在這一舉杯之間，她就要陪人家票友唱配角去了，她，北京劇校苦學十

多年，總算熬出了個名堂的正印花旦，居然淪落到陪人家濶太太唱小青？此後她的臉往哪兒擺？一股衝動，丁葵芳抓緊皮包，即刻想奪門而出，柳紅眼尖，飛快離席過來抱住她的肩膀：

「他們鬧著玩兒，別理他們。丁小姐，別著急，咱們姐妹倆還有什麼不好說的，來，慢慢來，好商量！」

丁葵芳用盡全力，拂去肩膀上的手，掙扎著要起身。

「這樣多不好看，丁小姐。」

王大闊把李經理手中的酒杯奪過來，一口乾掉。

「喏喏，我代丁小姐喝，誰不知道我是海量，塡不滿的。」

說完，率先離席，衆人也都跟著起身。等大家走光了，柳紅還是摟住丁葵芳，低聲說著。

「盧太太，很夜了，您請回吧！」潘又安和王孝過來：「我們來勸勸師姐。」

柳紅放開了丁葵芳：

「也好，我把師姐交給你們了，她的脾性，你們比我摸得淸楚，當心點！」

姓柯的琴師抱著胡琴等在門口：

「盧太太，是不是我用傳呼機，喚司機過來？」

柳紅朝他揮了揮手，打發他去了。

一直立在一旁的陳安妮，趁機附在丁葵芳耳邊，說：

「丁小姐，妳先別急，不要氣餒，事情還有挽回的餘地，明天我特地為妳打張Memo，下次的酒會，我寄帖子給妳，把妳介紹給委員會的主席，妳把自己的意見直接告訴他……」

「陳小姐，走吧，我送妳回去。」柳紅喚她：「讓他們師姐弟三人，說兩句體己話兒。潘先生，小王，替我好好侍候，要不，仔細我剝你們的皮。」

溼淋淋的眼睛又朝他們一飄，挽著陳安妮，揚長而去。

——原載一九八三年《聯合報》

一夜遊
——香港的故事之五

一

是颱風妮娜出其不意地襲擊香港之後的第三天，才一入夜，尖沙咀東區的「皇家花園」酒店，早已燈火通明，燈籠形的水晶吊燈，把黑白二色大理石拼鋪的整個大廳，照耀得光可鑑人影。

幾分鐘之前，酒店的瑞士經理，趕鴨子似的把打蠟的工人趕出大廳，一邊又氣急敗壞地命人摘下到處「油漆未乾」的牌子，親自在通往地下貴賓廳的階梯邊，豎起「演藝中心籌款酒會」的英文指示路標。

香港的名流巨賈，從來喜歡搞藝術和商業掛鉤這一套玩意，擁有「皇家花園」一半以上資本的張季常，身居東南亞電影製片業的泰斗，儘管他旗下出品的拳頭枕頭片，只

注重票房掛帥，本是不折不扣的商品，由於勢大財雄，張季常還是此間靠募捐來維持演藝機構所拉攏的對象。

今晚的酒會，張季常以委員會主席的名義，出面為不牟利的演藝中心籌募明年的經費。生意人永遠善於把握時機，趁著香港旅遊旺季到來之前，適時地安排這場酒會，邀請總督暨夫人蒞臨，如此盛會，明天的早報勢必爭相大肆渲染，「皇家花園」的名聲趁此打出去了，所達到的宣傳功效，絕非幾百萬港元的廣告費所能及，何況在名人簿上又可記上一筆，蒙受英女王冊封為爵士勳銜，應該是遲早的事，一舉數得，何樂不為。

難怪張季常躊躇滿志地吩咐下去，酒店務必在八月底之前提前完工，把個營造商趕得雞飛狗跳，為了應付晚上這場酒會，在屋頂加班收拾颱風殘局的工人，拋下手中的破瓦殘磚，一個個被調到大廳待命。

酒會是六時三十分開始，依照慣例，燙金的請帖上註明，總督暨夫人將於七時整蒞臨，由全場賓客恭候大駕。

颱風過後的陣雨，對於乘坐名貴轎車姍姍而來的賓客，顯然毫無影響，他們任由戴著白手套的司機，聽從雨中交通警察的指示，將車子無聲無息地滑入酒店前一片燦然裏。

當第一位長裙及地的仕女，裊裊婷婷地踩入酒店的大廳，中央那座白玉似的大理石噴泉，及時地噴出水來，一旁緊張守候的酒店經理，總算鬆了一口大氣，又急忙衝到樓

下今晚首次啓用的貴賓廳指揮去了。

雷貝嘉過海而來的計程車，尾隨著長龍，緩緩地向「皇家花園」駛近，遠遠地，她立刻爲那衣香鬢影的陣勢所嚇住了。趁著陣雨剛歇，她匆匆付了車資，撩起禮服的裙脚，也不管地面潮溼，毫不痛惜地將今晚首次穿的銀鞋，一脚踩下，像擺脫惡鬼一樣地逃離那輛出租計程車，提著裙裾跑到廊下，恰巧有位身著黑色禮服的外國單身男士，鑽出寶藍色的新型賓士，雷貝嘉趕前兩步，和他並肩步入酒店，對著迎賓的侍者，擠出一絲微笑。

自動門闔上的剎那，雷貝嘉回頭望了一眼，那輛載她來的計程車，剛巧呼嘯而過，後邊跟上一輛金色的勞斯萊斯緩緩地停了下來。

雷貝嘉這種自慚形穢的心理，隨著她款款步下通往貴賓廳的台階，一級級地消失了。這家酒店的布置，一本殖民地東、西拼雜荒誕的特殊品味，基本色調採取今年流行歐洲的梨子紅，爲了不使遠道來看中國的觀光客空手而回，特地從大陸運來了朱紅雕漆圓柱、琉璃瓦的窗櫺、人多高的五彩花鳥仿古大花瓶，全被有礙觀瞻地擺在最顯眼的角落。

當雷貝嘉輕旋她的裙襬，踏完最後一個梯級，迎面一座景泰藍大方尊，沖天擎起一叢五顏六色的鮮花，在宮燈式水晶燈籠罩下，燦爛得令人無法正視。方尊四角，各有一個留長鬢的金人振臂托扶，想是得自希臘神話的靈感。

無暇顧及金人的出處，雷貝嘉的視線立即爲門口一個笑得渾身亂顫的身影吸了過去。只見她一身越南女人的裝束，秋香色浮暗花軟綢的旗袍下，露出一大截胭脂紅滾邊的長褲，痲花髻的頭髮當中，卻有一綹染成海藻的顏色，綠幽幽的垂下來。這女人必以爲光憑她的綠頭髮還不夠惹人注目，只見她俏生生地霸佔酒會的入口處，使進出的賓客，對她無法來個視而不見。

原來是顧影香，瞧她這身架勢，果然不同凡響，只差嘴裏銜上個菸嘴。關於這女人的歷史，雷貝嘉早有耳聞，三十年前曾經是藝華影業公司旗下的明星，偏巧時運不濟，正要走紅的當兒，上海一夜之間變色，隻身逃到香港之後，爲了活命，什麼事沒做過。年前電影圈湧起一股懷舊熱，她才像出土文物一樣，重新被推捧出來。復出之後，拍了幾部上海灘的歌女片，銀幕上，她披著紫紅電光綢歌衫，懶洋洋的那股浪蕩勁兒，天平早已開了頂的老上海個個一口咬定，當年的白光也不過如此。

顧影香的本事很大，搖身一變，最近又以女製片家的身分出現，成爲娛樂版記者爭逐採訪的對象。在香港前途黯淡、港元暴跌的今天，她旗下「當代獨立影業公司」第一部出品的「魚蛋妹」，趕上了暑期的檔期，票房一路遙遙領先，同業者只有對她刮目相看。

近一、兩個月來，雷貝嘉對她在國際電影節的公關助理職位，頗有意態闌珊之感，極有趁機蠢蠢欲動之勢。晚上到場的賓客，肯定是人才濟濟，全是一時之選，像這位炙

手可熱的顧影香，圈內人傳出她有意招攬新血的消息，憑著自己在一些電影試片、首映典禮和她有數面之緣，本想上前與她攀交情，無奈畢竟有點氣怯。和她匆匆擦身而過時，雷貝嘉不禁拿眼角多掃了她幾眼，心裏暗吃一驚，這個專門製造新聞、謠言滿天飛的顧影香，在總督到場的酒會裏，居然如此脫略，一隻寬邊的太陽眼鏡，遮住了大半個臉，只見她下頦微仰，搭著眼皮，悠然地和圍在身邊的幾個男客談笑風生，完全是一副大風裏來大浪裏去的自在閒適派頭。

雷貝嘉從川流不息的侍者銀盤接過一杯冒泡的香檳，有點心虛的朝著逐漸多起來的人羣中擠去。為了應付晚上的場面，她可眞是不惜工本，跑遍了港、九的精品店，千挑萬選才看中迪奧這套鏤金線的敞胸縲絲晚禮服，要不是那位女售貨員再三慫恿，保證一定是全香港絕無僅有的一套，雷貝嘉才一咬牙，忍痛買了下來，下午還告了半天假，專程到澳洲人開的髮型屋，梳了這個所費不貲的別致髮型。顧影香憑什麼故做瀟灑、如此脫略。

雷貝嘉正嘀咕著，迎面搖擺走過來一位上了年紀的貴婦，朱紅雲紗垂地長旗袍，胸前是一串雙圈滾圓的南海珍珠，垂到肚臍一帶，耳際吊著翡翠耳環，足足有三寸來長，婦人主動上來搭訕，用的是英語，她對雷貝嘉的晚禮服讚不絕口。雷貝嘉有點受寵若驚，故做矜持地迴轉身，發現自己的側影正巧鑲嵌在牆上那幅光閃閃的長鏡裏，她生就瘦長

扁平的身材，正是時下流行的體型，白瓷一樣透明的頸項，光裸裸的，一無飾物，出門時，雷貝嘉臨時改變主意，取下脖子上從不離身的金項鍊，她擔心細細一條鍊子徒然暴露她的寒傖而已，索性連那枚不起眼的銀戒指也一起褪下，心想在這爭奇鬥豔、金銀堆砌的場合，她只能以簡單大方取勝。果眞相形之下，旁邊珠寶全身披掛的老婦人，顯得比她粗俗了許多。雷貝嘉得意地搖晃了一下裙襬，在鏡子裏一下找到了自信。她舉起香檳，在杯觥交錯中，熱熱切切地和那素昧平生的婦人攀談起來。

總算心機沒有白費，這才是她等待已久的場面。紳士淑女細細地啜著香檳，低低地交談，偶爾從人堆中暴出愉悅的笑聲。淺灰藍高雅的地毯上，左右分設兩排長桌，鋪上喜氣的紅餐布，桌上此起彼落的鮮花叢中，擺滿了厨師們幾天來的精心傑作，一路延伸下去，直到貴賓廳的另一個盡頭，突起一座汗涔涔的冰山，一尾冰雕的鯨魚，凌空而起，和對面用奶油砌成飄飄欲仙的古典美女遙遙相對。

門口起了一陣騷動，總督暨夫人姍姍來遲，賓客們恭敬地分立兩旁迎接，不知哪兒竄出一個打扮得像小公主似的小女孩，捧著一束紫紅洋蘭，獻給總督夫人，還中規中矩地行了個晉見的屈膝禮。兩位貴賓被簇擁了進去，酒會正式開始了，侍者們各就各位，侍候各式點心。雷貝嘉把頭昂得高高的，像閱兵似的對著各式各樣的餐點一路看下去，幾個外國人圍住澳洲鮮蠔，正在大快朵頤。殼中滾圓圓的蠔肚，看得人口裏生津，正待

動手去取，雷貝嘉的肩膀被人從後邊重重一拍。

「唉，別讓蠔腥沾了妳漂亮的衣服，走，帶妳去嚐魚子醬，正宗的伊朗貨。」

「孟妮卡，妳躲哪兒去？害我好找。」

「找我？不見得吧！老遠的看妳滿場子飛，好不開心。」孟妮卡用銀匙挖了一小匙魚子醬，鋪到圓型的小片土司上，遞給她：

「喏，試試看，雷貝嘉，剛下飛機的，保證新鮮。」

看不慣孟妮卡擺出女主人的神氣：

「不是說俄國的魚子醬才算上品。」她故意說。

孟妮卡更是不甘示弱：

「小姐，別埋怨了，有這個吃就算好的了，一盎司魚子醬值多少錢，說出來，妳連舌頭都要吞下去呢！」

她意猶未盡，又釘上一句：「怎麼樣？沒事吧？安安全全混進來，沒有人要看妳的請帖？」

灰白的養珠一樣的魚子醬，一咬碎，流出一股腥氣，雷貝嘉趕忙嚥下，裝出品嚐的神情，轉過頭去左顧右盼不理孟妮卡，心中暗恨一聲，由妳這肥婆神氣去吧！也就只有這麼這次。

二

今晚籌款酒會的請帖，早在三星期前就寄出去。雷貝嘉的英國男友伊恩·湯森，任職文化部門，負責國際電影節的總策畫。身為資深的文化官，伊恩常是不可避免地出現在此間藝術表演活動的場合，舉凡畫展的羣展酒會、音樂舞蹈的首演、大型藝術節的開幕典禮，他都得露面。伊恩從來都是單身赴會，不止一次，雷貝嘉倚在床沿，注視著他穿戴整齊，準備出門，她運用女性佻巧的心機，婉轉地透露出希望一起出去見見世面的想望。

每當這個時候，伊恩總是熱切地執著她的手，誠懇至極地說：

「小姐，我去和人家握手微笑，是不得已的，幹嘛要妳也陪著去受罪。」

嘴裏這樣說，心中卻記起他至今仍在倫敦的妻子，兩人雖然算是合法分居，畢竟還沒正式離婚，殖民地的交際圈子本來就太小，犯不著讓人閒話。

這些被伊恩視為無聊透頂的應酬，隔天報上的文化版，以顯著的篇幅刊登，雷貝嘉看了，心中另有打算。一遇到機會，雷貝嘉緊抓住不放，使出渾身解數與人攀交情，伊恩看在眼裏，他伸伸舌頭，半玩笑半認眞地說：

「雷貝嘉，瞧妳這般雄心壯志，幸虧我不常旅行，要不然，只要我一出門，回來保

證發現妳坐在我的位子上。」

雷貝嘉故意一陣駭笑，肩胛聳得老高，她人生得並不瘦，卻是骨架奇突，顴骨抹上兩片銀紅色的胭脂，斜斜描入鬢角，她瞇聚單眼皮的細長眼睛，嘴一撇，反唇相譏道：「喲，聽你這樣說，不知道的人，還以為我拿你多少好處呢？其實呀！任何事，還不都是憑我自己的本事掙來的，你少刻薄吧！」

伊恩把他雙眼皮很深的藍眼睛眨了又眨，扮了個鬼臉，不再與她爭辯。

雷貝嘉心知肚明，如果不是伊恩慨然相助，她是無論如何也擺脫不了灣仔那間廣告公司的，說不定到今天還是為蘋果橘子汁的宣傳詞句而絞盡腦汁。當初雷貝嘉處心積慮，連連向伊恩發動的一套攻勢，居然使得這位深沉的殖民地文化官難以招架，幾度枕邊細語之後，伊恩勉為其難，把她安排到電影節的公關部門，充當宣傳助理。

雷貝嘉當然不以此為滿足。

最近一個多月以來，伊恩似乎有意躲著她，下班後把自己關在巴丙頓道舊樓的公寓，對她來個閉門不見。雷貝嘉一個個電話打去，他任由鈴聲一聲緊似一聲，一直響下去，就是不肯聽，直到雷貝嘉把話筒拿到手瘦，放棄為止。為了打探伊恩的行蹤，雷貝嘉用盡心機，逼不得已只好利用中午休息時間，趁伊恩的女秘書外出吃飯的空檔，翻閱他夾在日程表上的請帖。晚上的籌款酒會，照例只邀請伊恩一人，請帖上還註明總督暨夫人

將出席，一看出帖子的主人是張季常，雷貝嘉靈機一動，回到自己寫字樓，撥了個電話給張季常的機要秘書孟妮卡。對方猜了半天，還是記不起在哪裏見過雷貝嘉，兩個女人卻也在電話中聊個沒完。雷貝嘉先發制人，指控孟妮卡貴人多忘事，再不找時間敍舊，當眞把她給忘了。惹得孟妮卡滿心歉疚，答應了雷貝嘉的邀約。

兩個女人在置地廣場的London Pride午餐，這是家英國風的酒吧，孟妮卡產後始終沒恢復的身軀，擠在狹窄的座位上，看起來像一座山，雷貝嘉對之視若無睹，極力推薦這一家做的腰子派，還要了兩杯「皇朝」白酒，儼然是常客的口吻，其實，她的中飯經常是買「美心速食店」的飯盒來打發的。

雷貝嘉顯然有備而來，她故意把話題圍繞在張季常身上，聽任孟妮卡用盡刻薄話，把自己的頂頭上司損了個夠，然後才不著痕跡地提醒她下月初的籌款酒會。

「是呀，Black tie only，大熱天，折騰人，我們打工的，到時還得全身披掛，去侍候人家貴賓當招待，妳說陰不陰功？」

「聽妳抱怨的，孟妮卡，有人想去，還去不成呢！」

孟妮卡把嘴一撇：

「那個人是不知死活，一套禮服買下來，閒閒半個月人工沒了。」

突然想起什麼似的，雷貝嘉大嚷：

「對了，孟妮卡，頂樓『韻芝』模特兒身上穿了件沒領沒袖的黑衫裙，今年流行的直腰身，保證妳穿了合適，我陪妳去看。」

孟妮卡抓緊皮包，先是抗拒著，一聽是大減價，把皮包往肩膀一甩，興沖沖地跟著雷貝嘉上了頂樓。雷貝嘉暗自慶幸，那襲小丑一樣難看的禮服果然還在。兩人擠在同一間試裝室，親熱得像姐妹。

雷貝嘉爲自己換上荷葉翻領的白緞長裙，正在顧影自憐，孟妮卡和她的拉鍊奮鬥了一半，索性放棄，眼睜睜地盯著雷貝嘉的細腰身，恨不得把它移到自己身上來，嘴裏還是讚了幾句。

「唉，被妳一讚，更不是滋味，」對著鏡子，雷貝嘉悽悽涼涼地數說：「人家正式的宴會，永遠輪不到我，這算哪門子的？只會躲在試穿間裏，偷穿禮服乾過癮，從來找不到機會出去亮相，哪有妳孟妮卡的命，什麼世面沒見識過……」

說到後來，還幽幽地歎了一口長氣。

「怎麼樣，給妳一個亮相的機會，」孟妮卡心一軟，脫口而出，一時收不住嘴：「下個月初的籌款酒會，到時妳來好了，反正派出三百多張帖子，多一個人進來，神不知鬼不覺。」

話已出口，來不及收回去，孟妮卡後悔的同時，猜中了雷貝嘉的心思，原來中了她

的計。

「哎呀，那我該怎麼謝妳？」雷貝嘉省躍地抱住她的肥肩，使勁搖著：「這下可好了，孟妮卡妳爲我出了口淨氣，伊恩這死鬼佬，看他還神氣，到時我非好好捉弄他一番不可，妳等著看好了。」

此後雷貝嘉幾乎每天打電話過海找孟妮卡，自告奮勇，充當她的服裝顧問，在精品店一有發現，趕緊向孟妮卡報告。雷貝嘉百般奉承，不過是爲了提醒對方不可食言，她甚至幾次暗示，希望孟妮卡補寄張請帖具名給她，好令她在伊恩面前揚威。

「到時妳來就得了，」孟妮卡冷冷地：「我是看在妳的情面，假公濟私，雷貝嘉，妳總不希望我被老闆炒魷魚吧？我還得吃飯哩，小姐。」

一句話，把雷貝嘉頂得兩頰脹紅，握住話筒，喉頭噎住了，出不得聲。

酒會熱溶溶地進行著，氣氛更熱烈了，孟妮卡又遞上來一片魚子醬。

「喏，這就是妳要看的世界，雷貝嘉，盡情享受吧！」

雷貝嘉在接受與拒絕之間鬥爭了一秒鐘，還是把那塊魚子醬含在嘴裏，強忍住不回嘴，任由孟妮卡這婆娘逞口舌之快。一邊東顧西盼，在人羣中找她熟悉的面孔。

果眞伊恩站在那一尾冰雕的鯨魚之前，他正和一位紅頭髮的洋女人興高采烈地談著，似乎極爲熱絡。

「孟妮卡，不敢霸佔妳說個不停，好好招待妳的客人去吧！別忘了妳今晚的職務！」

翩然一轉身，頭仰得高高的，丟下孟妮卡，走了。

「雷貝嘉，回頭別忘了謝我，」孟妮卡朝她身後揚聲恨恨道：「我等著，哼。」

雷貝嘉頭也不回，舉著香檳酒杯，潑潑灑灑地晃過來，點了一下伊恩黑禮服的肩膀，也不理會是否打斷他和紅髮女人的談話。

「湯森先生，請容許我自我介紹，」她裝模作樣地伸出一隻素手，唇角咧了咧，眼睛全無笑意。

「我是雷貝嘉・吳，幸會。」

「是妳！」

伊恩出其不意，著實吃了一驚。

「怎麼？就只有你能來？」雷貝嘉經過美容師修飾過的眉毛一揚，挑釁地，高顴骨格外突出。

「我的天，香港的女人可眞能幹！」

「不是警告過你嗎，我的腿很長，哪兒都追得到你的，偏偏你總不聽。」

伊恩嘿嘿乾笑兩聲，像普通朋友一樣地把雷貝嘉介紹給那紅頭髮的女人，似乎又覺得太過生疏，索性在雷貝嘉臉色沉下來之前，一把摟過她的腰，過分親暱地緊了緊。

「幸會，雷貝嘉・吳。」他戲謔地睞睞眼。

紅頭髮的女人識趣地走開，雷貝嘉立刻從伊恩懷中站直。

「頑皮的女孩！」

「伊恩，要見你一面，可眞不容易呀！」

雷貝嘉微喟著。

伊恩搖晃著酒杯中的冰塊，發出一陣細細的碎裂聲，並不作聲。雷貝嘉急了，她不覺欺近一步：

「爲什麼？伊恩，爲什麼？」

被質問的人本能地後退，雷貝嘉仍不放鬆。

「你躲著我，故意閉門不見，到底爲了什麼？你說，伊恩。」

伊恩的背幾乎要抵住牆角了。

「看，妳快把我逼得無路可退了。」

雷貝嘉的眼圈不爭氣的紅了。

「伊恩——」

「找個時間，我們談談。」

一仰頭，伊恩把半杯威士忌一飲而盡，向剛巧過來的侍者招了招手，趁機脫身。

雷貝嘉徒勞地目送著伊恩的背影，第一次見到他，是在灣仔的Front Page，此間英文報的記者、電視台報新聞的外國人愛去的酒吧。那個時候，立志當旅遊作家，文章偶爾出現《南華早報》的威爾斯青年菲立普，白天在沙田郊外騎馬，天黑了，脫下一雙沾著馬糞的長靴，綁在他的Honda 1500cc後座，飛駛入城把雷貝嘉載到Front Page，兩人幾杯白酒，消磨一個晚上。

聽完「瘋狂的勞倫斯」的一手好鋼琴，回到家已是凌晨兩點鐘，第二天早晨塗了口紅去上班，雷貝嘉照樣容光煥發。

伊恩．湯森也是這家酒吧的常客，去熟了，彼此點頭微笑，雷貝嘉先是被他那一頭麻花的頭髮所吸引，直到打聽出他來香港之前，還在倫敦一家雜誌寫過影評，幾個著名的英國前衛導演全是他的朋友，雷貝嘉丟下菲立普，跑過去伊恩的枱子，和幾個本地的電影發燒友圍坐一起，傾聽伊恩口中的東尼．李察遜拍攝「憤怒青年」的過程，據他說，他曾經參予這部影響了英國現代電影史的巨片的攝製工作。

「當然，我自己也曾經是憤怒青年，不過，那是好久以前的事了。」

伊恩悵悵地咧咧嘴，擠出一臉因酗酒過度而鬆垮的皺紋。

雷貝嘉沒有忘記她在浸會讀傳播系時，選修了兩堂電影史，教授是羅馬學電影理論的，他在課堂上大聲疾呼「電影是二十世紀的藝術」時激動的神情。這天晚上，雷貝嘉

更深切地感到把大好光陰用來擬廣告宣傳詞，對她來說，是一種生命的浪費，菲立普答應幫她英文，春天就說過要把她介紹給《南華早報》的編輯，至今仍遲遲未有行動。後來聽說伊恩在「火鳥映室」極爲活躍，雷貝嘉毫不猶豫地加入當會員，很快成爲藝術電影愛好者之一，夾在那些穿深色條紋西裝，拎著公事包，下班後直接從寫字樓過來，坐在小小的放映室，一本正經地欣賞電影藝術的人當中，菲立普的影子遠微了。尤其是看兩場出來，爬上那一陣子流行在外國圈子裏的吉普車，由伊恩送她回去，一路上聽他不厭其煩地解說片子裏的鏡頭運用、導演手法，使雷貝嘉認爲這比坐在菲立普的Honda 1500cc後座吹風要有意義多了。

羣備獻身給他的那個晚上，兩人在文華酒店的閣仔咖啡廳見面，雷貝嘉穿了一件黑絲襯衫，伊恩在猜測絲衣下邊有沒有戴上胸罩，她腰間繫了一條石榴紅的裙子，一頭濃密的黑髮，映得她白瓷一樣的臉頸有幾分年輕的淒豔。洋琴鬼站在醜怪的丘比特雕像前，一支波卡舞曲被他拉得支離破碎。

雷貝嘉把第三杯白酒一仰而盡，微醉地呢喃她昨晚獨自一人去看「火鳥映室」的「娥德烈」，法國文豪雨果的女兒，生前瘋狂地愛上一個不愛她的軍官，被玩弄之後，軍隊拔營，不知去向，娥德烈待在租來的小房間，從早到晚不停的寫情書——一大綑一大綑無從投遞的情書。

後來終於打聽出情人的蹤跡，娥德烈不顧一切渡海而去，她一襲玫瑰紅的衣裳，拖著一顆被熾烈的情愛灼燒得發燙、作疼的心，不知疲倦，卻一臉憔悴地在異國沙塵滾滾的街道上走著……

娥德烈的激情感染了他們，兩人眉眼間的接觸，使他們幾乎同時放下手中的酒杯，直奔伊恩的公寓。

在搖晃的吉普車上，伊恩一聲不響認真開車。他住在巴丙頓道一棟舊樓的頂層，沒有電梯，雷貝嘉躲在伊恩腋下，尖聲笑著，有點歇斯底里。兩人相依偎地上樓，他們沒有在客廳裏逗留。雷貝嘉第一次走進這男人的臥室，和衣躺在緊挨著窗的床。外邊很高的夜空，闃暗中有幾點星星，彷彿躺在天幕底下，等著姦污的盛妝女屍，雷貝嘉覺得一無遮擋。

三

一口字正腔圓的英語，軟軟地拂送過來，總督夫人不知什麼時候來到她的身後，雷貝嘉忙不迭地轉過來，有點無措地愣在那兒。總督夫人被幾位妝扮得體入時的中外仕女圍住，她穿了一襲淺綠的蝴蝶薄紗裝，小小的黑絲皮包掛在臂彎裏，淺棕色的頭髮，梳成英國保守女士的樣式，兩邊各夾了一支黑髮夾，她正對著羅承運夫人，船大王的女兒，

也是影藝中心的榮譽主席，吹氣如蘭地談及颱風妮娜驚魂。

「……飛機在孟買停了三個多小時，我正好利用這個時間，把書本放下，閉上眼睡了一會……」

颱風改變了飛行時間，原本極平常的事，還是引來一陣驚歎。總督一家人度假返港，在孟買遇風滯留的消息，曾出現在三天前的晚間新聞，當時雷貝嘉就覺得奇怪，何以總督不搭乘私人專用的坐機。

仕女們的談話於是圍繞著颱風。

「風力最強的那個晚上……」一位黃皮膚的貴婦撫著胸，依然驚魂未定似地：

「……半夜被風吵醒了，孩子們抱著毯子，從這個房間，搬到另一個房間，樓上跑到樓下，最後才決定睡在走廊，起碼，兩邊有牆圍著，安全一些……」

「喲，可憐的孩子們……」

仕女們異口同聲，歎息著，細細地呡著香檳。雷貝嘉不懂，一次小小的颱風，何至於把她們嚇成這副形狀，她自己費了好大力氣進得酒會，就是來聽仕女們話家常，這似乎與她的想像有段距離，雷貝嘉手持酒杯，茫然地跟著微笑。

這個被伊恩形容爲「停留在維多利亞時代」的階層，在殖民地山頂的紅磚巨宅中宴客，女主人穿著綴滿花邊、密不透風的禮服，歡迎到來的客人，雖是初見，也還是吻了

客人的左頰，又吻右頰，要是主人決定附庸風雅一番，這種時候多半發生在一年一度的藝術節前後，從英國應邀來表演的室內樂團，被應召到垂著厚厚絲絨窗簾的大廳，點上壁爐正襟危坐地欣賞家庭式室內樂演奏，奏的多半是海頓的曲子。

來自利物浦的伊恩，遇到這種場合，總是搶先佔了角落的位子，往往不等終曲，以抽菸爲藉口，從近處邊門溜到花園裏去透氣。

伊恩對古典樂的憎惡，從來不加掩飾，雷貝嘉知道，他寧願把時間消磨在外國記者俱樂部，一手威士忌，一手香菸，傾聽爵士樂歌手喬治·梅利嘲弄世情人生。雷貝嘉陪著他擠在菸霧騰騰的酒吧，注視這位當年馳騁英倫，紅極一時的爵士歌王，至今淪落到帶著七零八落的樂隊，來到香港跑碼頭，扯著又啞又沙的嗓子，在這異地重複他三十年前走紅的曲子，贏得稀稀落落的掌聲。

雷貝嘉禁不住揣測，他捍了一根綠色羽毛的帽子底下的頭髮，早該雪白一片了吧。這位過氣的老歌手，拚盡全力，揪心揪肺地唱完一曲美國南方黑人的幽怨，就疲倦不支地頹坐在一角特地爲他設的椅子上喘氣，樂隊繼續有氣無力地拉著、彈著，陡然之間空了起來的舞台，令雷貝嘉感到異樣的寂寞、凄清，又輪到喬治·梅利上場把下半曲歌唱完，他重又回到燈光之下，臉上的皺紋似乎又多了幾條，聲音又瘖啞了一些。

聽完爵士樂散場出來，已過午夜，伊恩在回家的路上分外地沉默，蓬蓬的山風在沒

有門窗的吉普車裏鑽進鑽出，掀起伊恩花白的髮根，在闐暗中，使雷貝嘉爲之一悚。從沒有一刻，伊恩看起來像現在這樣疲倦蒼老。

躺在他從舊家具店搬來的紫檀鴉片菸床上，伊恩開始不怎麼熱烈地愛撫著雷貝嘉赤裸的肩，他緊閉著眼，心思極爲遙遠。雷貝嘉突然主動地躍起上半身，攫獲住他的嘴唇，伊恩頹然趴伏到女人的肉體上，尋找他去熟的地方，拚命向她擠進去、擠進去，彷彿唯有如此，才能證明自己的存在。兩個身體無聲地糾纏在一起，伊恩很快地像隻受傷的野獸，在她上面呻吟起來。

這一晚，伊恩鬆鬆地摟住身旁的女人，訴說起他的過去，那一段浸在酒精裏的澀苦至極的日子。爲了逃離，他來到了香港，借此擺脫糾纏不休的妻子，卻擺脫不了他所厭棄的自己。

雷貝嘉把激情過後，伊恩鬆弛而寂寥的臉擁在胸前，心中決定晚上留下來陪伴他。

「妳不會懂的，妳還太年輕，像爬山一樣，才爬到山腰，我呢？已經過了山頭，走下坡了。」

雷貝嘉無由的失望起來。夜更深了，伊恩從她的胸懷坐起，下床在唱片堆裏翻尋。他的唱片幾乎清一色是銅管樂，他常是一個人，坐在黑暗裏，聽著金屬管吹出來的空冷拔尖的聲音，一聽就是一個晚上。

伊恩又斜躺在臥室裏唯一的一把籐椅裏，緊閉著眼，沉浸在強尼・荷濟士的薩克斯風，讓黑人獨有的哀怨無奈層層包裹著他，動也不動。

雷貝嘉這才發現他不知從什麼時候起睡著了，褪色的睡衣露出灰白的一叢胸毛，隨著呼吸，一起一伏。雷貝嘉拉過毯子，覆蓋到伊恩身上，回到床上躺下時，一個疑問盤旋在她心中，發源於美國南方的黑人爵士樂，何以會如此深深地令伊恩著迷沉醉，明天一定要問問他。

四

雷貝嘉在賓客中找尋不知去向的伊恩，貴賓廳出口的角落，一位身著白色麻布西裝的年輕男士，手持菸捲，雙手抱在胸前，盤腿倚牆而立，深茶色的眼鏡，瞪視著熙攘談笑的賓客，一臉冷漠。那人一頭粗硬不馴的亂髮，以及他兩腿交纏的立姿，使雷貝嘉有似曾相識之感。

呵，原來是新近崛起的新浪潮導演梁辛，一部「魚蛋妹」終於使他熬出了頭，一下成爲電影圈炙手可熱的人物。他也是「火鳥映室」的常客，特別是像「的士司機」一類誇張大都市暴力的紐約派電影，經常可以發現梁辛的蹤跡。雷貝嘉無法不注意到他時興新潮的打扮。一般人看不慣他那一身剪裁特異的服飾，毫不猶豫地把他歸入奇裝異服的

「油脂仔」的行列裏，識貨的人卻一眼就看出梁辛從頭到脚全是歐洲尖端設計師剛剛出品的最新時裝，Green and Found 一類走在香港潮流之先的精品店，或許還可以看到。

不久前，梁辛接受此間一家專愛宣傳名人精緻生活的雜誌訪問，他照片上的服飾，就是今年春天流行的石磨藍。封面特寫上，他也是兩條瘦腿交纏立著，雙手抱胸，嘴上叼著香菸，面無表情，乍看之下，以爲是Hanai服裝公司的男模特兒。訪問的記者坐在他大白天也窗簾深垂的客廳，試著挖掘他注重穿戴的心理動機。

「我認識好些貧苦出身的打仔明星，發跡以後，戴了一身的金器招搖，說是有實在感，稍微有品味的，上下名牌披掛，還故意露出商標，唯恐人家不識貨……」

「不同，你和這班人不同，」訪問記載斬釘截鐵地：「梁辛先生，你的品味太高段了，遠遠走在香港時裝之前，少說起碼有三、五年——」

這位在室內也戴著墨黑眼鏡的導演，咧咧嘴，坦然承認：

「很簡單，還不是爲了引起注意，讓人家對我另眼相待。」

接著，他喁喁地訴說起童年一段闃暗的記憶：從懂事開始，父親就不知所終，孤兒寡婦只好被獨身的姨母收容，住在北角一棟半倒的老屋，那一段白天晚上都得躡著手脚走來走去的日子，至今想來心還爲之悸痛。有天晚上，才上小學一年級的他，不知何故觸犯了姨母，這位脾氣古怪的老處女發了狠，不由分說，捲起母子倆的行李，塞回被收

容時帶來的兩隻箱子，丟入狂風暴雨的黑夜，任由他們母子自生自滅……是那一個晚上，梁辛過早地認識到，在這狂風暴雨的世界上，能靠的就只有靠他自己。直到他進入電視圈，才把母親從深水涉不足兩百呎的政府廉租屋搬出去。

梁辛初執導演筒的「魚蛋妹」，正式在聯映港片的院線推出之前，顧影香以製片人的名義，把電視、電影界、娛樂版記者，一個不漏地請去看試片，雷貝嘉捏著寄給伊恩那份精緻一如殖民地仕女邀飲下午茶的請帖，拉著對本港製作的影片一向帶著很深成見的伊恩，好不容易在尖沙咀的後巷找到了試片的地點。

擠在狹窄的、散發著倉庫氣味的試片間，賣菜妹阿秀在銀幕上晃來轉去的模樣，總使雷貝嘉覺得她熟口熟面，頗有相識之感。隨著劇情的發展，這個沒有選擇地被生到下層社會的女孩，爲了擺脫她的出身，不惜粉身碎骨，一股勁地往上爬，雷貝嘉著實爲了她揑一把冷汗，在冷氣機的轟響下，顫生生地打了個哆嗦。

黑暗中，伊恩似乎感覺到她的異樣，伸過手來善意地覆在雷貝嘉的膝上，不知哪來的一股怒氣，雷貝嘉毫不留情地把那隻汗毛叢叢的手掌，一把從她膝上拂落。

電影結束時，賣菜妹阿秀付出了毀滅性的代價，淪爲賣身的魚蛋妹的悲慘下場，像阿秀這一類的女人，往上爬的唯一途徑，註定是要依附著男人的身上攀緣上去，她無可避免地被出賣了——

從試片間走回泥濘的後巷，大牌檔的夜市正賣得熱騰，穿著稀皺條睡衣的男人，大剌剌的坐在街口，埋頭把一碗粥喝得索索響，一對瘦小、看似兄妹的小孩，蹲在地上洗碗，鉛桶內渾濁的半桶污水，使人想到餵豬的餿水，食客們卻對之視若無睹，盤踞著油膩的小桌，大口吞嚥著食物，吐了一地的骨頭。

爲了怕沾髒她腳下的新鞋，雷貝嘉只好任由伊恩纔扶著，挑選乾淨的地上小心地踩了過去。雷貝嘉也有一個十分不堪的童年，母親一口氣生了五個女兒，小時候，爲了不願穿姐姐的舊衣裳，她不知哭鬧過多少回。她上小學那年，爲了等母親把四姐太大的內褲改小給她穿，雷貝嘉在牆角蹲了一個下午。這種羞恥的記憶，使她在十二歲的年紀，過繼給二叔做女兒時，一滴眼淚也沒流過，反而是高高興興地離開自己的家……

梁辛掏出一隻壓得皺扁扁的駱駝牌香菸，銜在嘴上，正待點火，雷貝嘉款款地向他走近，伸出一隻素手。

「很辣的，妳不怕？」

雷貝嘉擺出老菸槍的姿態，取過菸捲深深吸了一口。

「我從中學，就開始躲在廁所偷抽菸，每次到巷口小店家買香菸，裝出『我爸爸叫我來買的』，一副純潔無罪的樣子——」

這句話果然奏效，梁辛藏在深茶色鏡片後的眼睛，興味地打量著她。雷貝嘉適時從

小皮包取出擺了一個晚上的名片，對方接過，隨便看了一眼，往褲袋一塞。

「梁先生，你的「魚蛋妹」人人叫好，阿秀那一類女人的心態，被你活生生的解剖出來，看得我心驚肉跳的。」雷貝嘉蹙蹙眉，微喟著：「只是，她的下場太悲慘了。」

梁辛聳了聳肩，不贊同也不否認。

「外頭影評家都說，這是一部精采的社會寫實片，你以一部片子推出一個新浪潮，眞夠威，那批電影科班出身的導演，一個個叫你給比下去了——」

雷貝嘉嘴裏說著，心中不無遺憾。今晚的場合，沒有娛樂版記者的蹤影，否則拍張她和梁辛的合影，可以使她拿到寫字樓向同事炫耀半天。

「梁先生的新片，應該是月底殺青吧？」

「哦？妳聽誰說的？」

「咳，梁大導演的一舉一動，還怕沒有人注意？照你這速度，不出兩年，就可以搞個『梁辛電影展』哩！」

聽她的口氣，儼然是電影節的總策畫。和雷貝嘉共事的同事，對她的作風，背後無不大搖其頭，負責策畫亞洲電影的伊芳，美國南加大的電影碩士，響叮噹的科班出身，本來和公關部門河水不犯井水，雷貝嘉卻視伊芳爲競爭對象，與之明爭暗鬥。任是伊芳生性平和，不具野心，誠爲香港專業女性少有的異類，雷貝嘉對之仍視爲眼中釘，千方

百計企圖攆走她，明眼的人猜中她是覬覦伊芳的位置，心中莫不暗笑雷貝嘉自不量力。

去年第一屆國際電影節，雷貝嘉的公關助理剛接不久，便被指派去接待亞洲請來的導演。幾個國家代表的名單，她只聽過印度導演薩耶哲・雷的盛名，不久前，專映西洋名片的「火鳥映室」，破例拿出薩耶哲・雷的舊片，做了個回顧特輯，伊恩口中對這位印度導演更是崇拜有加。

雷貝嘉知道這位大導演的到來，勢必引起新聞界的注目，剛巧公關主任告病假，雷貝嘉認爲有機可乘，事先安排了和她相識的文化記者到機場接機。一等這位黝黑高大的導演步下飛機，雷貝嘉一個快步，搶在伊芳之先，上前握手迎迓。第二天報上出現的畫是雷貝嘉的微笑，亞洲電影的策畫伊芳，卻連影子也找不到。

駐港的印度總領事，在他壽臣山道的官邸開酒會，向這位替印度人在國際影壇上揚眉吐氣的大導演表示致敬，本來不夠資格受到邀請的雷貝嘉，出乎意料之外地出現在官邸的草坪酒會，忙著向此間的幾個印度富商遞名片。總領事出身英國牛津大學，他十分得體地面謝雷貝嘉早起接機的辛勞，雷貝嘉笑吟吟的，再三說是應分的。她和像座黑塔一樣高的薩耶哲・雷一回生二回熟，這位印度導演老遠向她伸出黑黝黝的大手，這等熟稔的表現，使在場的中外賓客側目，無不對她另眼相看。

這天下午，雷貝嘉載譽而歸，途中不停地向伊恩吹噓自己的神通。

梁辛摸出最後一根扁皺的駱駝牌香菸，這回雷貝嘉搖搖手，沒敢去接。

「我說過，很辣的。」

一看雷貝嘉仍然站住不走，梁辛敷衍了一句，自顧自抽起菸來，一邊舉目四處張望，顯然在找人。雷貝嘉自覺沒趣，正待走開，梁辛的目光突然定住了。雷貝嘉隨著視線轉身看去，一眼瞥見伊恩對著汗涔涔的冰雕鯨魚，挖起一隻澳洲鮮蠔正往嘴裏送，旁邊立著笑得渾身亂顫的顧影香。

梁辛像被刺痛似的，原本靠著牆交纏在一起的兩條腿倏地站直了。拋下一句：「對不起。」逕自向顧影香走去，雷貝嘉不自禁地夾脚跟上來。

顧影香扶著嘴裏鑲銀圈的象牙色菸嘴，另隻手揷著腰，搭拉眼皮，掃了雷貝嘉一眼，伸出手，掠掠掉到額頭上那綹海藻色的頭髮。

「怎麼，阿辛，這麼漂亮的小姐，還不快介紹我認識——」

一口軟軟的上海廣東話，唯其咬音不準，更有一番韻味。

雷貝嘉搶上前去：

「顧小姐，幸會，我是你的影迷。」趕忙把名片遞上去，顧影香看也不看，就塞到她手腕上掛著的銀色小皮包，輕觸了一下雷貝嘉伸過來的手指尖，算是握手。

「眞巧，顧小姐，妳相信不？我前天還看到妳哩——我是說在銀幕上——」

「妳是今晚第十個跟我說同樣話的人。」

雷貝嘉把頭搖得浪鼓似的：

「不，不，不是妳最近的『上海灘』秋是妳從前拍的老片，『人鬼戀』，記得嗎？」

顧影香把菸從口中拔出，眉頭一皺，又是惱又是笑的。

「今天吹的什麼風喲，怎麼晚上盡碰到這班好管閒事之徒——」說著，舉起菸嘴，朝著正在與一隻澳洲鮮蠔搏鬥的伊恩飛過去一個眼風。

「喏喏，這個番鬼佬，三番兩次遊說我上台現身說法，說什麼電影節要搞個舊片回顧展，抓我去演講什麼的——」

「是呀，昨天還看的試片。」雷貝嘉迫不及待地討好著：「這回我們幾個同事看個仔細，顧小姐，對妳的演技，個個佩服得五體投地，直說妳連眉毛都有戲，太難得了。」

「妳來得正好，雷貝嘉。」伊恩顛著脚步過來，一隻手搭在顧影香的肩上，梁辛的臉色一下變了。

「雷貝嘉，幫我勸勸影香，任憑我說破了嘴，她就是不肯答應——」

梁辛戒備地：「她不肯答應什麼呀？湯森先生？」

「喲，你居然還不知道！」伊恩詫異極了：「這是電影界的一件大事呢，我們計畫和中共合作，搞個大型的中國電影回顧展，從現存最早的默片，一直放映到四九年爲止，

研討會的部分，希望影香也露面，談談當年的電影製作背景、演技什麼的——」

「倒不失為一個好主意，」梁辛尖酸地：「好像聽說過，湯森先生對中國電影的興趣，就是停留在四九年以前的——」

伊恩豎起手指，警告地：

「年輕人，小心你的舌頭。」

顧影香扯了一下梁辛，低聲叱道：「阿辛，不得無禮，別給自己闖禍，得罪了人家，我可顧不了你。」

梁辛正待反唇相譏，雷貝嘉不明就裏，猶是興致勃勃地：

「梁先生，哪天你得空，應當來看看，這批舊片子，經過重新拷貝，現在畫面全像新的黑白片一樣，不比以前，從頭到尾都像在下雨，迷濛一片。」

「不是說，文革的時候，堆放這些易燃影片的倉庫，被紅衛兵一把火，老早燒個精光——」

「哦？居然有這種事？」雷貝嘉睨了梁辛一眼，誇張地拍拍胸口：「總算萬幸，顧小姐所主演的電影，死裏逃生，全給留下來了。」

雷貝嘉意猶未盡，繼續又賣弄地：

「顧小姐有幾個鏡頭，妳穿了四〇年代的時裝，翻領的大衣，肩膀墊得老高，現在

這種大衣又流行回來了。不過，我還是喜歡妳穿旗袍，滾邊長過腳踝的，走起路來，露出一大截綉花的襯裙，有味道極了——」

「這位小姐，也眞難爲妳，」顧影香言不由衷地：「哪來這份閒情，挖出那批老古董，還捧出來當寶貝！」

一言提醒了雷貝嘉，這位傳奇的女人，大熱天，把自己包圍得如此密不透風，連大半個臉龐也隱藏在茶末綠的太陽眼鏡之後。一雙似睡非睡的眼睛，只有靠那一潭沉沉灰綠多少遮掩她自知難以示人的眞面目。

多巧妙的障眼法！雷貝嘉歎服了。禁不住多看了她兩眼，發現鏡框的顏色，正好和她一身秋香色瀟灑風流的越南式旗袍相輝映。在家中，顧影香一定貯備了數十對色調、款式不同的太陽眼鏡，用來搭配她各式各樣的服飾。

馬路上街道書報攤有份小市民搶購的消遣週刊，專門以揭發影劇圈男女私生活點滴爲號召，最近這一期的封面是顧影香，裏邊以觸目的頭條大爆顧影香的駐顏之術。據說她採取最新發明的一種皮膚保養妙方，一星期兩次，從最深的海底撈起沉澱千年的爛泥敷面，據聞味道腥臭不堪，卻甚有奇效。

「不容易喔，顧小姐，妳的『人鬼戀』，距離現在，怕不有……」

顧影香硬生生把話截斷：

「我拍『人鬼戀』的時候，妳小姐還未出世，這下可滿意了吧？」

雷貝嘉一楞，說不出話來。

「香姐，走了吧，」梁辛一旁催促：「再不去，等等又遲到了。」

顧影香手往腰一插，脖子一僵：

「阿辛，我們不是約好七點半鐘，準時到就得了，沒有理由提早去等他的。」

「可是，人家古曼先生老遠從德國跑來——」

「是呀，古曼先生特地來看『魚蛋妹』，憑的是誰的面子？難道還是你梁大導演的？」

「梁先生眞了不起，」雷貝嘉肅然起敬：「眼看就要進軍國際影壇了。」

顧影香牙一咬，悻悻地：「哼，梁大導演當然了不起。」

「影香，一月的那場演講，妳答應了吧？要不然，我可不放妳走。」伊恩扳住顧影香的肩，涎著臉湊上去，顧影香也不閃躲，倒是雷貝嘉看了心裏不是滋味。

「影香，我來給妳出個現成的題目，妳來說說四〇年代的女人，怎麼穿著打扮，這總可以了吧？」

「唉喲，伊恩，瞧你還眞傻，」顧影香輕佻地打了他一下：「要是晚上我答應下來了，以後你不是找不到藉口邀我喝下午茶？」

兩人一味打情罵俏，梁辛看不下去了，他脹紅著臉，近乎哀求地：

「香姐，妳少說兩句吧！我先走一步。」

隨即拔腿掉頭而去。

「梁導演，幾時請你來看試片，」雷貝嘉朝他身後喊：「顧小姐從前的丰采和演技，你可以慢慢欣賞個仔細！」

口裏說著，還故意朝顧影香舉了杯，報復她剛才出口傷人。趁她發作之前，雷貝嘉返身就走，臨行附到伊恩耳旁，咬了句：

「你少藉酒發瘋，人家都在看你們呢！待會兒一起過海，你一定得等我。」

伊恩不置可否，卻惡戲地推了推顧影香：

「妳把妳的小情人氣走了，還不快去追！」

「伊恩，免了吧！少替古人擔憂，」對梁辛憤然而去的背影，顧影香瞧也不瞧一眼，徐徐地噴出一口煙：「由他去，跑不遠的，他還等著我引見古曼先生哩！」

五

孟妮卡陰魂不散，重又出現了，她一把拉過雷貝嘉。

「咦，梁辛呢？妳不是和他已打得火熱，怎麼一晃眼又不見了？」

「被顧影香氣走了，」雷貝嘉悻悻地：「有這種女人，太張牙舞爪了！」

「哈！妳可領教過了！」孟妮卡幸災樂禍：「一定是看出妳對梁辛的企圖，怕妳拐走他！」

雷貝嘉嘴一撇，顴骨格外突起：

「哼！誰希罕他！」

「妳不希罕，自有大把人希罕哩！顧影香投了大把心血、金錢調理他，好不容易這下捧出了名，她當然不肯放過。只是現在包圍梁辛的女孩，一個個年紀輕得可以做她的女兒，依我看，顧影香連覺都睡不安穩呢！」

「那，梁辛，他當初怎麼會肯？」

「唉喲，雷貝嘉，求求妳，別跟我來這一套了。咦，妳的伊恩呢？」

他和顧影香不知什麼時候離開了。孟妮卡不懷好意地：

「依我看，他也被顧影香拐走了哩！」

孟妮卡的笑痕加深：「雷貝嘉還不快去，找那萬人迷要人去！」

雷貝嘉在賓客已經稀疏了許多的人羣中搜尋。酒會已近尾聲，托著銀盤的侍者，在空曠了許多的會場無精打彩地打轉，紅餐布上的點心，原本刻意拼排的圖案支離破碎地躺了一桌，奶油雕成的古典美女，彎彎的眉眼早已笑糊成一片，連脚下淺灰藍的嶄新地毯，被踩了一個晚上，到此已是奄奄一息。

總督暨夫人早已離去，雷貝嘉在剩下的賓客中，遍尋不獲伊恩的蹤跡。居然連說一聲都沒有，就這樣不告而別了，雷貝嘉牽牽嘴角，飲盡了杯中殘存的、已經不冒泡的香檳。伊恩一定又回到巴丙頓道的家，把自己關在房裏，斜躺在從舊家具店買回來的那張鴉片菸床上喝酒，任由路易·阿姆斯壯如泣如訴的爵士小喇叭淹沒他，整個人泡浸在酒精裏，一路往下沉，直到毫無知覺爲止。

最後一次和伊恩在一起，是在看完義大利新銳導演貝托魯奇的早期作品：「一九〇〇年」，三個小時的長片，對法西斯暴行的揭露，壓得人透不過氣來。那天晚上，伊恩一反常態，過分熱烈地試著要她，任憑雷貝嘉怎樣愛撫，都沒有成功，弄得伊恩最後不得不灰心地放開她。

雷貝嘉要求留下來陪他，伊恩卻無論如何也不肯，說自己想靜一靜，也不管夜多深，近乎強迫地把雷貝嘉推到門外去……

自此，伊恩把她擋在門外。

雷貝嘉走出貴賓廳，緣著梯階，一步步蹭上去，站了兩個多鐘頭的腿，畢竟是疲乏了。酒店的大廳杳然無人，乳白色大理石噴泉，兀自靜靜地噴著水。

大門外廊下，幾個外國男女立著等車，雷貝嘉一眼認出伊恩的背影，不顧一切跑了上去。

「伊恩，等等我……」

一輛銀灰色的卡特力克正好駛了過來，為首一個女人先鑽入車內，從裏頭伸出手來把伊恩拉了進去。

車門「砰」一聲關上，雷貝嘉的心差點被震碎了。車子裏那一頭火紅的頭髮，頃刻間消失在廊下一片粲然裏。

過海的計程車排了長龍等著接客，雷貝嘉猶豫了一下，拎著裙襬，越過那一排車隊，轉角就是香格里拉酒店，她寧願到那邊截計程車過海。

颱風剛過後的驟雨，不留情地向她狂掃過來，打溼了脚下的銀鞋，雷貝嘉並不覺得疼惜，頂著雨半跑了過去。

——原載一九八四年一月《聯合文學》創刊號

論施叔青早期小說的禁錮與顛覆意識

施　淑

在反父權的寫作策略下，女性作品中的瘋女人經常是作者的另一個自我，是她焦慮憤怒形象的投影，因此瘋女人的出現，是對男性沙文主義一種老謀深算的顛覆。而施叔青早期小說中瘋女人的形象，及與之相對的不堪入目的男性角色，或正是對中原傳統父權文化漂亮的一擊。

一

自從白先勇爲施叔青的第一個小說集《約伯的末裔》所寫的序裏，指出她的小說世界是「夢魘似患了分裂症的世界，像一些超現實主義的畫家（如達利（Dali））的畫一般，有一種奇異、瘋狂、醜怪的美」，她的小說人物「都是完全孤絕的畸人，他們不可能與任

何人溝通，他們只有一個一個的立在黑暗的荒原上，對著死神，喃喃自語」。「死亡、性和瘋癲」是她小說中「循環不息的主題」，「光天化日之下社會中的人倫、道德、理性，在她的世界中是不存在的」〔註一〕。這個觀點，幾乎成了有關施叔青早期小說的風格和主題的定論〔註二〕。關於這個小說世界的發生和形成，白先勇認爲作者的故鄉，台灣西海岸的小鎮鹿港，起著決定性的作用，因爲它構成了她的經驗世界，「這個世界由幾種因素組成：死亡、性、瘋癲，及一種神秘的超自然的力量。這個世界是一個已經腐蝕的像夢魘的世界，其中的人物都是肉體上、心靈上，或精神上受過斲傷的畸人。」這看法，基本上也被評論者認可，只不過加上白先勇觀念中的荒原之外的文化形態和社會歷史因素的修正，如李子雲指出六〇年代台灣社會的變化與動盪的問題〔註三〕，劉登翰則認爲鹿港自宋元〔！〕以來就是台灣和大陸對渡的著名港口，使作者從小便受到這個「保存著濃郁中原文化傳統的古城」的民風藝術的薰陶，而後，在她開始嘗試創作時，正趕上台灣現代主義盛極一時，前者提供她鄉土的經驗世界，後者形成了她的觀念世界。在這情形下，她最初的作品是：

以自己經驗世界中的鄉土世俗生活，做爲創作的素材，卻又以後來觀念世界中來自西方的現代眼光，予以審視和表達。這樣，她所給予讀者的，既不是純粹的鄉土作品，也不

是典型的現代主義小說，而是一個滲透著現代病態感的傳統鄉俗世界，是代表著兩種文化形態的現實和觀念衝撞與交融的產物（註四）。

上述論斷，除了所謂濃郁的中原文化傳統，藝術表現上的純粹與典型等問題，可能存有爭議，大致說來，與施叔青的作品的表現，以及她對自己的創作活動的零碎敍述，是符合的。如在〈那些不毛的日子〉裏，作者記述她的童年世界，那是在多數台灣早期市鎮可以看到的，一個以寺廟中心，以廟前的廣場爲活動空間的小市民生活天地。根據小說的敍述，它的內容，除了尋常人家，比較突出的是有高大門牆的破落戶，賣野藥、信耶穌的一家人，還有隱密角落裏的土娼寮。在這個聖俗不分，異教相安，虔信與褻瀆並存，甚至於情慾公然向誡律挑戰的小市民世界裏，如果說它有什麼特殊，不外是因爲它屬於比較古老的小鎮，加上二次大戰結束時的動亂餘波及物質匱乏所形成的生活變化的緩滯，使它停留在一個追述往昔有限的繁華時光的處境。因而在這個閉鎖的，由迷宮似的鬼氣陰森的街巷聯結起來的天地中，首先，鬼故事、禁忌和傳統成了認識上和文化歸屬上的基本思想材料，由戰爭併發出來和加速惡化的貧困、殘疾、瘋狂和死亡，成了生活中的主要事件。在這中間，以禁地的意義存在著的土娼寮，深鎖破落戶門牆裏的中國大陸來的煙花女子，連同中元普渡時四鄉湧來的彈三絃的乞丐，就成了擾動那被作者

形容爲「不毛的」小市民生活及其想像的、唯一外來的、因而是浪漫的力量了〔註五〕。

面對這樣一個世界，根據〈拾掇那些日子〉的敍述，自覺「不快樂」的施叔青，在六〇年代中期，她高中畢業的時候，於是「選擇了寫小說來打發該被打發的日子」，她的創作情形是：

> 像孩子堆積木似的，我把短短的情節聚了又拆，拆了又聚，一直等到最後積起來的比眞的建築更富於夢及驚詫的色彩爲止。

在這個階段裏，被她自覺地運用著的藝術方法是象徵，她說：「我試著用象徵，那段時間，我眞熱中於運用這一種文學上的寶物。」對此，她曾以〈倒放的天梯〉爲例子，指出這篇小說是以「以一座橋搭建的過程，來象徵希望的建立」〔註六〕。這些話加上前述的童年經驗，成了解讀施叔青早期小說的直接依據。在六〇年代中期，《現代文學》和《文學季刊》分別鼓吹現代主義和現實主義文學的情況下，有這樣的創作傾向的觀念，是很自然的一件事，值得探討的倒是她所謂的象徵手法，以及要求比現實「更富於夢及驚詫的色彩」等問題，所顯現出來的女性寫作策略的心理的、社會的意義。

二

根據女性主義的文學理論，施叔青最早的兩個集子，《約伯的末裔》和《拾掇那些日子》裏的十四篇作品，無疑會被畫入沒有自己的文學史的女性文學的第一個發展階段，也就是修沃特（Elaine Showalter）所說的模仿男性／主流文學，把主流文學的藝術標準及其社會作用賦予主觀特質的「女性的（Feminine）」文學（註七）。首先，從內容和主題上來看，除了最早的〈壁虎〉、〈凌遲的抑束〉、〈瓷觀音〉、〈泥像們的祭典〉等四篇，表現個人的夢魇或心理風暴，其他的大都集中在小市民的成長歷史和現實處境，如〈約伯的末裔〉、〈池魚〉、〈倒放的天梯〉，或文化認同和鄉土歸屬，如〈擺盪的人〉、〈安崎坑〉，另有探討盲人心理及其社會問題的〈曲線之內〉，就是帶著童年往事性質的〈那些不毛的日子〉，記述的依舊是人生百態和社會現實。其次，由小說的主要人物來看，除了自敍性的〈那些不毛的日子〉和〈拾掇那些日子〉，男性和女性角色，更是平分秋色，看不出特別的關注對象。但是在這問題和人物的設計上，與一般小說成規相似的作品中，一個引人注意的現象是敍事方式的變化。在最早的四篇表現個人夢魇的作品裏，整個小說都以第一人稱的內心獨白方式進行，其中只有〈凌遲的抑束〉採取男性第一人稱的敍述。可是越到後來，隨著小說對社會問題的涉入，男性敍述的比例越來越加重，特別是

當作者有意運用她所謂的象徵方法，把小說設計成表達某個觀念或傳遞某種訊息的時候，男性第三人稱的敍事觀點更是佔了支配性的地位，前面提到的有關人的現實處境、文化或鄉土認同等問題的作品，都屬此類，其中只有〈安崎坑〉和〈曲線之內〉用的是女性第三人稱的敍述。

除了上述因處理問題的不同而發生的敍述上的性別及人稱的變化，在小說的對話方面，同樣可以看出，凡屬上述探討社會問題的作品，對話的比例也隨著增加。這些現象，一方面顯然是因小說內容本身的要求而存在，另一方面則意味著施叔青自覺或不自覺地援用一般的小說創作成規，企圖透過敍事觀點和對話的運用，來增強作品的客觀性和眞實性，也就是說在敍事上企圖擺脫第一人稱敍述的主觀色彩，以及作者與小說人物同一的尷尬情況，同時藉著對話的加入來擴展小說的活動幅度及發展方向，從而使作品達到一般要求中的說服力。但她的這些嘗試顯然是落空的。因爲在她所謂的象徵方法下，小說人物事實上成了觀念的傀儡，或事件的負載體，而小說的對話，它的作用，如不是用來交代情節，就是做爲預設的觀念的傳聲筒，有時甚至成了驚歎號似的，帶著情緒玩味性質的重疊句，一如樂曲中的重唱（refrain）部分一樣。在這情況下，敍事人稱和性別的改變，似乎改變不了她的小說在根本上的獨白性質，它除了提供一些類型化的、具有簡單的對立意義的人物，來分擔不同的象徵作用，對於小說的結構和發展，似乎不發生

主動的、建設性的力量。甚至於到最後，當小說完成時，本來用以填充人物的性格和思想的材料或細節，反而喧賓奪主，成爲獨立於人物的有自己的生命的東西，割據和佔領了她的小說世界的各個角落。

上述情形普遍存在於她稍後寫出來的幾篇小說裏，如同樣處理文化和鄉土認同的〈安崎坑〉及〈擺盪的人〉，分別由女性和男性第三人稱敍述出現，在人物安排上，〈安崎坑〉的李元琴代表由都市到鄉村，逐漸與鄉土認同的人，她的認同媒介是土生土長的產婆愛姐和礦工王漢龍。在〈擺盪的人〉中，由美國回來的文化邊際人R，企圖由編導電影來建立自己的文化歸屬，在這過程中，幫助他回歸的是女孩安蘊，一個來自台灣中西部鄉下，擁有布袋戲人偶、祖母的眠床、田野記憶等等傳統文化的人。另外，如〈約伯的末裔〉，這篇探討小市民成長歷程的作品，主角江榮的歷史，全在與青年油漆匠的對談裏給獨白了出來。在〈紀念碑〉中，鎮公所職員柯慶茂，他想設計一個鎮長紀念碑來實現自己多年的理想抱負和最終的挫折，幾乎全由他與妻子、女兒、情婦的對話裏，生硬地表達出來。在施叔青所有的早期作品中，人物和對話比較得到表現上的自由的，可能是寫退伍老兵王琨被少年阿蒙騙去娶老婆的錢的〈池魚〉，這一篇從標題到內容，都可約略感覺出作者對人間紛爭的幸災樂禍，在處理上也比較看不出什麼抽象觀念在指使的鬧劇似的作品。

以上有關小說表現方法上的問題，顯示了施叔青在駕馭一般的，或男性中心的文學成規上的困難，這固然是來自她的能力上的局限，但這局限似乎正反映了女性文學的特質。根據女性主義的理論，在父權的、男性中心的社會中，處於從屬地位的女性，在意識上普遍呈現著克利斯特娃（Julia Kristeva）所說的邊際、顚覆、離心（marginality, subversion, dissidence）的性質，在這意識狀態下，她們發展出一套特殊的「女性言談（le parler femme）」，根據提出這看法的伊希加雷（Luce Irigaray）的解釋，女性言談的特徵在於流動性和感觸性，它抗拒並破壞一切固定的形式、形體、印象和概念，它總是點到爲止（touch upon），不斷地從頭再來。在文字表達方面，根據西祝（Hèlène Cixous）的看法，文字書寫中存在著一種「女性書寫（ècriture eminine）」，它是包容的、開放的，它不一定由性別來決定，但在女性作家的作品裏較顯著，它的特徵是力求變異，目的在於破壞男性中心的邏輯思考及其二元對立的封閉性〔註八〕。這些說法，都著重在女性言談和文字表現的不安定的性質，與這有關，女性的想像力也被認爲因爲她們孤立的社會地位，及由之而來的恐懼，而傾向於意識上的混亂、模糊，結構上的不確定和破碎，如伊希加雷就以神秘性的想像和恍惚忘形（ecstasy）來形容女性思維的特質，她認爲這是因爲她們在現實上找不到立足點，一如ecstasy這字的希臘文原意：無處可歸（ex, "outside", hisèmi, "place"）〔註九〕。

這些說法，或許有助於了解施叔青早期小說的形式和文字風格的問題，特別是那些社會意識較濃厚的小說中，所暴露出來的敍事結構和肌理上的不平衡現象。如果說，她在問題的處理上，執意以對立性的象徵表現擺盪現實邊際的畸零人物，正象徵著她自己被禁錮在男性中心的權威秩序下的離心的、無處可歸的窘境；那麼，她的另一企圖，也就是前面提到的把現實表現得更富於夢及驚詫的色彩，反映的或許正是以變異來顚覆、瓦解象徵父權的理性思維的女作家的看家本領了。

三

從女性的經驗和視野出發，施叔青的早期小說很「自然」地走上奇幻文學（Fantasy）和女性怪誕文體（Female Gothic），這些被解釋爲本質上在攻擊父權的——現代文化的符號秩序的寫作策略。在這情況下，被豔稱爲保存著濃郁中原文化的鹿港斜陽，無疑提供給她豐富的寫作資料，因爲就像一切沒落的沙文主義一樣，它的早已式微的、徒具形式的傳統，反而更加虛張聲勢，恐怖駭人，因此像〈泥像們的祭典〉、〈凌遲的抑束〉等作品所呈現的介乎陰陽的世界，就不是單單能靠想像產生出來的。此外，六〇年代中期的台灣現代主義風潮，同樣給她創作上的助力，因爲在她的小說世界中，分明可以看到存在主義和心理分析的符碼，如〈倒放的天梯〉中虛懸於社會關係之上的荒謬英雄潘

地霖；〈約伯的末裔〉中，被佛洛依德——容格式的恐怖之母宰制、侵蝕掉生命的小男人江榮和老吉；〈擺盪的人〉和〈安崎坑〉中，失落、孤獨的現代人R和李元琴。不過正如前面討論過的，施叔青的這類小說在敍事結構和肌理間的衝突，以及她的小說世界的細節、情境之喧賓奪主，因此在解讀時，似乎不能由這些大名詞——也即前引劉登翰所說的現代病態感的觀念——入手，而應該由那最早時用以構成她的獨白世界，稍後則以內在文本（inner text）的性質介入小說之中的幻想、夢魘進行分析。

做爲幻想文學，施叔青的早期小說確是不缺乏她要的夢及驚詫色彩，無怪乎王德威由男性批評的角度，會認爲那是把活生生的生命寫「死」的女作家的「鬼話」（註一〇）。就說現實世界及人吧，浮現在她小說中的情形是：

似乎極近似哈代某些小說裏的人物：翻過荒涼的紅色草原後，僻遠的村野裏所住的那些畸零人。安靜的時候——多半的時候他們很安靜——是一張張前傾的，狩候著什麼的臉。（〈那些不毛的日子〉）

他們的行業是巫婆、童乩、神龕雕刻師、棺材鋪、冰冷的瓷器店、有著像墳穴似火坑的小鐵鋪。在多數時候，這些畸零人在形體上以兎唇、癡肥、多趾、膿瘡、脫皮症，在精

神上則以白癡、瘋狂、自殺、羊癲瘋、性倒錯、亂倫的慾望出現在她的小說世界。種類繁多的昆蟲動物，在她小說中出沒的偏偏是壁虎、蜘蛛、蜈蚣、蝙蝠、蛇，以至於鬼氣的紅蜻蜓等等五毒橫行的狀況。就是尋常的石榴、扶桑、楊桃，在她筆下開出來的竟然是帶著妖異的深紅色的花朵，而老榕樹的攀結根籐，會變成鱆魚一般的食人樹。

這些以夢魘性質出現的人物和情境，它們的存在，自有現實上的依據，如記敘童年經驗的〈那些不毛的日子〉，描寫「吐血似的吐出一口口檳榔汁」的土娼寮老鴇，她的多趾症的、先天性白癡的女兒，「整個樣子像是個未成形的嬰孩屍」，還有表演吞劍來推銷草藥的基督徒，迎著陽光，一層層撕掉自己身上皮膚的鄰居女孩，等等。但有的時候是來自作者的敏感或神經質，如同一篇裏，她記敍讀了〈磨蕎麥的老妖婆〉，這把人變成驢子的故事，使她「第一次感到由文學產生的恐怖力量」，而在「看到異像的恐怖」之餘：

好長的一段時間，我特別愛照鏡子。上床以前，必須先在鏡子中把自己的眼睛、鼻子確認一番，才能安心睡覺。然而燈一熄，黑暗湧來，全身的皮膚仍不由得要感到一陣縮緊，彷彿面臨蛻變的前兆。……。

由人變的那羣小驢子，常常浮現在我眼前：千百萬個亂竄的小小驢頭，由於推擠而引起的喧嘩……由這我聯想到另一個景象——我自己編的——一堆血肉模糊的嬰兒的頭，

掙扎著探出圓圓的血池，他們渴望被生。

相似的現實與幻想的結合，還出現在同篇的幾段描寫，如到鬧鬼的同學家「探險」的過程，參加死去的同學的葬禮後，夢到「背著自己的墓碑在荒山中找埋葬自己的地方」，以及篇末由現實的園子到想像中的「失樂園」的描寫。

這類被施叔青自己承認的現實經驗的加工及想像上的編造，使她那「堆積木似的」早期小說充滿變形的、夢魘的底調，它首先以瘋狂和異象的形式存在於較早的幾篇作品裏。如〈壁虎〉中，因肺癆輟學在家的敍述者，「夜夜夢著塗擦顏色，油亮亮的僵化面具」，圍著石桌跳舞，後來當她不意闖入被情慾敗壞的兄嫂臥房時，竟然看到「兩隻懷孕的蜘蛛穿行於女人垂散床沿的髮茨」。〈瓷觀音〉中，曾經「憂鬱地瘋了起來」的李潔，她的白癡弟弟「永遠躲在門後，把彎曲的肢體摺疊在一起」，構成她的世界的是母親的「經年詛咒」和絕情毒打，被機器軋斷一隻手的「多毛如猩猩，肥壯如獸」的未婚夫，還有她家瓷器店中，「一尊尊閃射出陰冰冰的白光，且漠然著臉容的觀音瓷像」。〈凌遲的抑束〉裏，敍述者的母親瘋了之後，整天細心地縫做小布人，並給布人的臉「用黑墨畫上一隻大蝙蝠」，這形象後來疊合於外祖母「極端肥白圓大的」。而後，當敍述者看到「正對著斑漬累累且破裂多處的圓鏡擦洗著」的外祖母時，在昏熱中感覺到的是一頭「壯威得有

若慾性很強的男人的雄貓，懶懶地蹲伏在矮櫈，一對淡綠的眼珠緊凝著伊反映於鏡中赤著的上體」。

上述這些異樣的、違反常識的景象，在〈泥像們的祭典〉裏，有更森人的、更恣意的表現，這篇徘徊於陰陽之間的作品，從內容到表現方式，都可做爲施叔青早期小說的想像世界的寫照。這個任憑她呼風喚雨、五鬼搬運的恐怖世界，可以說是現實的鹿港斜陽折射出的心靈上的地誌（topography），是它所代表的傳統和價值觀念的變形，因爲按幻想文學的社會意義層面而言，作品中所表現的物體的、肢體的殘缺相當於理性的破裂；人物性格的解體，暗示的是對於社會結構和文化秩序的強烈排斥（註一一），而這應該是男性中心的社會裏，被撕扯於自己究竟是什麼／應該是什麼之間的女性特有的破裂感的不合法的合情出路。在女性文學中，如英國的夏綠蒂·伯朗特（Charlote Brontè）、瑪麗·雪萊（Mary Shelley）、伊麗莎·加斯克爾（Elizabeth Gaskell）等的幻想文學作品，就都曾以哥德式的迫害和魅影重重的地理環境，來表示與父權社會所代表的理性和邏輯思考的離異、斷絕的願望（註一二）。

伴隨著上述的狂想世界，施叔青早期小說中的人物和情節，自不可能具有一般意義的「正常」，它們普遍都以夸誕的線條和詭異激情的面目出現。在人物方面，可以明顯看出兩性力量的懸殊，而在那數量衆多，威勢懾人的女性角色中，除了像天使一樣的舞蹈

老師吉米（〈那些不毛的日子〉），以及帶有一般的「正面」意義的少數幾個角色，如地母型的產婆愛姐（〈安崎坑〉）、情婦麗花（〈紀念碑〉），還有與知識文化有關的侯瑾（〈曲線之內〉）、俊珠（〈紀念碑〉），其他都是被情慾、瘋狂、白癡、疾病、詭異和不安控制了的女性。比較起來，施叔青小說中的男性角色是更不堪入目的，除了〈壁虎〉中的神學院學生的么哥，〈倒放的天梯〉中的無關緊要的精神科醫生，具有人性的光彩，其他一概被截然地畫入動物似的，以及怯懦早衰的兩個範疇。相應於這「不正常」的人物造形，在情節方面，除了帶有記事性質的〈那些不毛的日子〉和〈拾掇那些日子〉，探討社會及文學歸屬問題的〈曲線之內〉、〈擺盪的人〉，其他的作品，幾乎沒有例外地架在一個緊張的，甚至於是仇恨的家庭關係之上，而且經常是以不可解決的兩性衝突，或出沒於人物記憶中的有關情慾的不潔感覺和經驗，引發出以瘋狂或自毀爲終結的生活戲劇。上述的一切，集中表現在〈約伯的末裔〉這篇小說裏。

〈約伯的末裔〉的篇題雖然來自《聖經》的人名，但從小說的表現上看，它事實上只套用了人在塵世遭受患難試煉的表面意義，而且災難的根源，並非神的絕對意志，而是來自法力無邊的謎樣的女人。這篇小說從設計到文學表現，幾乎包羅了施叔青早期創作的一切奇幻的、怪誕的質素。首先，除了刻意營造的詭異意象，做爲它的象徵中心的，陪伴整個故事的發生和發展的，是一座被蛀蟲從內部蛀了的粉屑飄飛的酒廠工寮，以及

一個曾被想像爲包含無限秘密，而事實上不過雜草叢生的廢園。人物方面，在男性的一邊，主角之一的老吉，他的行業是掘墓人，敍述者江榮則是個只有躲在木桶裏才覺得安全的木匠。女性方面，除了老吉那個有遺傳性瘋狂傾向的，額頭上爬者蜈蚣疤痕的妻子，另外就是活躍在江榮四周的一羣血色鮮麗的，然而惡戲的女人。這篇瀰漫著女性旺盛的生命力和精神威脅的小說，從施叔青的象徵企圖來看，雖然表現了在女性面前，男主角從母親開始就遭遇到的一連串不幸的、鎩羽的經驗，但是從做爲女性敍述特徵之一的「口是心非（duplicitous）」來看，這個表層意義無寧是整個被顛覆了的。因爲根據珊德拉・吉伯特和蘇珊・古柏（Sandra Gilbert & Susan Gubar）合著的《閣樓裏的瘋女人（*The Madwoman in the Attic*）》的分析，女性作品中反覆出現的幽禁／逃逸，病弱／健全，破碎／完整的描寫，是一種反男性——父權的寫作策略，而小說中的瘋女人經常是作者的另一個自我，是她的焦慮的、憤怒的形象的投影，因此瘋女人的出現是對男性沙文主義的一種老謀深算的顛覆（註一二）。如果這樣的理論，不致陷於其他女性批評家詬病的作者——人物同一謬論，那麼存在於施叔青早期小說中的激情的、瘋狂的女性羣像，及與之相對的萎縮的、影子似的男性角色，或許是對日薄西山的中原傳統父權文化的深沉的、漂亮的一擊。

同樣可能的是，根據女性文學的「表裏不一（palimpsestic）」的寫作策略，呈現在

施叔青幻象重重的小說世界中的異常情境，它的解決不了的衝突，它的總是戛然而止的、無政府主義式的終局，除了是經常被女性主義批評奉爲圭臬的：「以歪斜的方式說出全部眞理（Tell all the Truth but tell it slant）」，或許只是對於已經沒有生命的布爾喬亞社會的形式上的顚倒，而顚之倒之之餘，它的實際意義也不過是對她感覺中的「不毛的」布爾喬亞人文主義及其生活的妥協與順服罷！

——「當代中國文學：一九四九以後」學術研討會發表論文

註釋

註一：白先勇：《約伯的末裔・序》，仙人掌出版社，台北，一九六九。頁一～八。以下凡引用此文，不另加註。

註二：如王德威：〈「女」作家的現代「鬼」話〉，論施叔青部分，見《衆聲喧嘩》，遠流出版公司，台北，一九八八。頁二二九～二三一。李子雲：〈施叔青與張愛玲〉，收於施叔青小說集《顚倒的世界》，中國文聯出版公司，北京，一九八六。劉登翰：〈在兩種文化的衝撞之中〉，收於施叔青小說集《台灣玉》，海峽文藝出版社，福州，一九八七。

註三：李子雲文，同註二，頁二，四。

註四：劉登翰，同註二，頁三五三，三五六。

註五：以上引述見〈那些不毛的日子〉，「宮口——小社會」一節，原收於《拾掇那些日子》，志文出版社，台北，一九七〇。現收於《那些不毛的日子》，洪範書店，台北，一九八八。頁一七四～一八七。

註六：以上引文見〈拾掇那些日子〉，同上註，洪範版，頁三一，四四。

註七：Toril Moi: 〃Sexual Textual Politics: Feminist Literary Theory〃, Methuen, London, 1986, pp. 55～56。

註八：Ibid., pp. 144～146, 108～109。

註九：Ibid., pp. 136～137。

註十：同註二，王德威文。

註十一：Rosemary Jackson, 〃Fantasy: The Literature of Subversion〃, Methuen, London, 1981, pp. 86～7。

註十二：Ibid., pp. 127。

註十三：Ibid., Moi, pp. 60～1。

從傳奇到志怪

——評施叔青的《韭菜命的人》

王德威

施叔青的新作《韭菜命的人》共收小說七篇。以題材言，〈晚晴〉、〈最好她是尊觀音〉、〈相見〉、〈黃昏星〉四篇大抵因襲前此「香港人的故事」中（〈情探〉、〈愫細怨〉），施對市井風情的好奇、對繽紛物欲的耽溺；頹靡幽麗，早成一格。另三篇〈都是旗袍惹的禍〉、〈韭菜命的人〉，及〈妖精傳奇〉則另屬「香港新移民系列」。何謂「新移民」？投奔東方花都的大陸同胞也。他們的顚仆命運、蹇促生涯，自是香港生活的又一景觀。這七篇作品未必代表施創作的最佳表現，但既分屬兩個主題系列，而又同現一書，其間所生的對照齟齬，倒頗可一觀。

白先勇稱「香港人的故事」爲一系列「傳奇」（見〈序〉）。的確，施叔青筆下的香江男女，個個浮沉於情欲金錢的輪迴間。上焉者遊戲徵逐，「嘆世界」嘆到百無聊賴，下焉者尋尋覓覓，無從輾轉，每每成爲冤孽的犧牲。施的香港絢麗多彩，但轉眼之間，卻變

作陣陣鬼火燐光，繁華卻也淒清。施所構築的視景，充斥世紀末式的機巧、頹廢，與肉慾衝動。可取的是，在墮落沉溺的深處，她常能藉自嘲（或嘲人）而召喚一道德角度的自省。雖非意在批判，卻能成就悲憫戒懼的感嘆。

《韭》書中的四篇香港人的故事，只有〈最好她是尊觀音〉仍維持了施一貫的格調。寫露水姻緣的狂亂，寫物欲縱橫的風險，下筆毫不留情。施拿手的男女吸血鬼式人物，虐人兼且自虐，遊走瘋狂的邊緣，的確令人悚然。這樣的故事施固優以為之，但一再寫來，難免有舊調重彈之虞。另一方面，〈晚晴〉、〈相見〉兩作，雖看出施另闢蹊徑的努力，成績卻僅屬平平。〈晚晴〉寫中年港婦返鄉，重續早年鴛夢的浪漫欲望，〈相見〉寫老同學重逢後鈎心鬥角的把戲，小處皆不失分寸。但施的問題是，與「鬼」的交道打多了，她突然想作菩薩了。〈晚晴〉與〈相見〉的尾聲，都顯出施急於「渡」人的設計。可惜香港世界的癡嗔怨妒何其忒深，她筆下的救贖未免來得過於輕巧。至於〈黃昏星〉一文，寫「香港」與「大陸」之戀，延伸問題較多，稍後再論。

《韭》書中三篇「香港新移民系列」作品，也許只是施新寫作計畫的開端。在敘述方式上，這三篇作品一反以往施無所不在的眼界與聲音，代之以偽報告文學式的採訪筆觸。這一素樸的敘事姿態，其實難掩採訪與被採訪者內裡的騷動與相互衝撞，也因此使故事更加可觀。如果說「香港人的故事」在聳慄之餘，仍不乏浪漫傳奇的色彩，「新移民」

的血淚史則以「怪」(grotesque)取勝，成爲現代版的志怪奇談。施叔青毋寧是抱著蒐羅小玩意的業餘消閑式心情，來從事她的採訪。這一姿態誠屬輕浮，卻很反諷的成了她的特色。與多數「異鄉人」的公式作品相較，施對她的新移民們少有同情或義憤；她的自矜與「消費」意識或正是「港」味兒不自覺的流露？

於是，「爲了恐懼再耽溺下去，眞會與行屍無異的生活方式，年初我從半山走了下來，給自己一個找訪大陸新移民的題目，穿街走巷，回到人群當中。」(〈都是旗袍惹的禍〉)。「下山」的動機爲的是解悶。施對採訪對象的身世背景僅抱著應酬式的熱忱；她有興趣的不是這批人過往的苦難，而是當下展露在他們身上特有的人世風情。〈都是旗袍惹的禍〉中那位年逾耳順、孑然一身的老太太，可眞與她八十歲的「氣功師傅」有些曖昧？這樣挑逗性的疑問遠遠要蓋過施描寫老太太坎坷身世的初衷。〈韭菜命的人〉裡那位一再遭受命運撥弄的工人，表面像是個八〇年代的駱駝祥子，但對施而言，他的不幸與無能幾乎透露著宿命的「奇觀」氣息。最明白的例子當然是〈妖精傳奇〉。施純以閒嗑牙的、輕薄好事的興奮語調，來鋪陳這個聽來的女老千的故事，其喜劇效果，頗爲難得。女老千長袖而不善舞，貌似威風八面，手腕卻決不玲瓏。她是白先勇旗下尹雪豔的遠親，但少了當年十里洋場的歷練，要在香港這個陷人坑立下字號，談何容易！與「香港人的故事」中那些豔鬼相比，北邊兒來的撈女，充其量只是些橫衝直撞的妖精。施的世故自矜

施叔青小說評論引得

許素蘭 編
施叔青 增訂

說明：

1. 本引得，依發表或出版日期之先後順序排列，以一九九一年十二月卅一日以前國內發表者爲限；海外出版者，列爲附錄。
2. 若有遺漏或舛誤，容後補正。
3. 本引得承蒙中央圖書館張錦郎先生提供資料，謹此致謝。

篇名	作者	刊(書)名	卷期(出版者)	出版日期
1. 論《約伯的末裔》	白先勇	仙人掌		一九六九年七月
2. 揭開象徵的面具——施叔青的《安崎坑》評介序曲	孫　遲	幼獅文藝	三二・一二	一九七〇年十二月
3. 評介施叔青《約伯的末裔》	林柏燕	幼獅文藝	三三・一	一九七一年一月

4.夢魘與象徵的世界——讀施叔青的小說	沈　陽	新潮（台大中文系系刊）	二八	一九七四年六月
5.我讀施叔青《拾掇那些日子》	聿　戈	書評書目	一九	一九七四年十一月
6.從經濟成長看施叔青的《琉璃瓦》	孫　震	聯合報		一九七六年五月十八日
7.歷史的楓城‧大家的楓城——評施叔青《琉璃瓦》	林　邊	書評書目	四二	一九七六年十月
8.歎世界——《愫細怨》代序	施　淑	愫細怨	洪範	一九八四年一月
9.施叔青的〈倒放的天梯〉——現代人的孤絕感與恐懼心	張素貞	大華晚報		一九八四年十月十五日
10.繭裏的女人——評施叔青《愫細怨》	龍應台	中央日報		一九八四年十二月六日
11.試論施叔青「香港的故事」系列	許南村	自立晚報		一九八五年二月十三～十四日
12.繭裏的女人——評施叔青《愫細怨》	龍應台	龍應台評小說	爾雅	一九八五年六月
13.施叔青的〈池魚〉——諧謔的人生小諷刺	張素貞	大華晚報		一九八五年七月一日

篇名	作者	刊(書)名	卷期	出版日期
14.「騷動不安」的新產物——評施叔青「香港的故事」	梅子	情探	洪範	一九八六年二月
15.施叔青的〈倒放的天梯〉——現代人的孤絕感與恐懼感	張素貞	細讀現代小說	東大	一九八六年十月
16.施叔青的〈池魚〉——諧謔的人生小諷刺	張素貞	細讀現代小說	東大	一九八六年十月
17.在兩種文化的衝撞之中——論施叔青早期的小說	劉登瀚	那些不毛的日子	洪範	一九八八年十月
18.論施叔青早期小說的禁錮與顛覆意識	施淑	七十七年文學批評選	爾雅	一九八九年三月
19.論「香港的故事」	白先勇	博益雜誌		一九八八年
20.從傳奇到志怪——評施叔青的《韭菜命的人》	王德威	聯合文學	五四	一九八九年四月

附錄

方美芬 編

篇名	作者	刊(書)名	卷期	出版日期

1.在兩種文化的沖撞之中——論施叔青的小說	劉登翰	台灣研究集刊	一九八六：一	一九八六年二月
2.施叔青的《窰變》和《票房》	鄧友梅	文藝報	二	一九八七年二月十四日
3.施叔青的「中國味」	查震宇	文學報	四	一九八七年四月二日
4.被扭曲的女性心態：施叔青的小說世界	施國英	文學報	三	一九八七年四月九日
5.「我是來尋求對話的」：訪台灣女作家施叔青	姚伯良	文學報	二	一九八七年十月一日
6.我看施叔青	鄧友梅	華人世界	一九八七：二	一九八七年
7.歷史轉型期的心靈投影	李子雲	台港文學選刊	一九八七：二	一九八七年
8.施叔青近期小說介紹	王晉民	小說評論	一九八七：四	一九八七年
9.外來客眼中的香港人：評施叔青的九篇香港的故事	明　月	廈門文學	一九八七：四	一九八七年
10.施的艱忍的女性——讀施叔青小說集《顛倒的世界》	趙　玫	文學自由談	一九八九：一	一九八九年

施叔青生平寫作年表

方美芬 編
施叔青 增訂

一九四五年　1歲　出生。台灣彰化鹿港人。與施淑、李昂是同胞三姊妹。

一九六一年　17歲　淡江大學法文系畢業，紐約市立大學戲劇碩士。高中時代即開始寫作。完成小說〈壁虎〉，後發表於《現代文學》二十三期。

一九六五年　21歲　小說〈瓷觀音〉發表於《現代文學》二十五期。

一九六六年　22歲　小說〈痊癒〉發表於《文學季刊》一期。

一九六七年　23歲　小說〈石烟城〉、〈紀念碑〉、〈池魚〉發表於《文學季刊》二、三、五期。小說〈約伯的末裔〉發表於《草原》雜誌創刊號。

一九六八年　24歲　小說〈安崎坑〉、〈泥像們的祭典〉發表於《文學季刊》六、七、八期。改寫《杜立德醫生》兒童讀物由王子出版社出版。

一九六九年　25歲　小說〈火雞的故事〉、〈倒放的天梯〉分別發表於《文學季刊》九期、《現代文學》三十九期。小說集《約伯的末裔》由仙人掌出版社出版。散文〈拾掇那些日子〉發表於《中國時報》，小說〈曲線之內〉發表於《中國時報》。

一九七〇年　26歲　小說〈擺盪的人〉、〈那些不毛的日子〉發表於《現代文學》四十、四十二期。

一九七一年　27歲　散文〈導演紀事〉發表於九月二十六日《聯合報》。

一九七二年　28歲　三月，小說集《拾掇那些日子》由志文出版社出版。
劇本〈另外一個人〉發表於《現代文學》四十八期。

一九七四年　30歲　小說〈回首・驀然〉連載於四月九日至十二日《聯合報》。
〈俞大綱教授談平劇〉發表於《書評書目》。

一九七五年　31歲　中篇小說《牛鈴聲響》連載於一月八日至四月二十七日《聯合報》。
十月，中篇小說《牛鈴聲響》由皇冠出版社出版。
主編論評集《由女人到人》由拓荒者出版公司出版。

一九七六年　32歲　小說〈常滿姨的一日〉（四月二十四至二十六日）、〈後街〉（六月二十二至二十七日）以及散文〈也算自白〉（十月十二日）發表於《聯合報》。
四月，戲劇論評集《西方人看中國戲劇》由聯經出版社出版。
小說集《常滿姨的一日》由景象出版社出版。長篇小說《琉璃瓦》由時報文化出版公司出版。

一九七七年　33歲　紀念文〈哭俞老師〉發表於《現代文學》復刊號一期。

一九七九年　35歲　小說〈李梅〉後改名〈台灣玉〉發表於香港《八方》雜誌。

一九八一年　37歲　小說〈愫細怨—香港的故事之一〉發表於《聯合報》。

一九八二年　38歲　小說〈窰變—香港的故事之二〉發表於《聯合報》。
〈評台灣的報紙副刊〉發表於《書評書目》。

一九八三年　39歲　小說〈窰變〉獲聯合報小說推薦獎，〈票房—香港的故事之三〉發表於《聯合報》，
〈寃—香港的故事之四〉發表於《聯合報》。

一九八四年 40歲 小說〈一夜遊—香港的故事之五〉發表於《聯合文學》創刊號。
小說〈情探—香港的故事之六〉發表於《中國時報》。
一月，小說集《愫細怨》由洪範書店出版。

一九八五年 41歲 小說〈夾縫之間—香港的故事之七〉發表於三月二至五日《中國時報》。
一月，小說集《完美的丈夫》由洪範書店出版。
劇評集《臺上臺下》由時報文化出版公司出版。

一九八六年 42歲 小說〈尋——香港的故事之八〉發表於《聯合報》。
小說〈驅魔—香港的故事之九〉（一月十九、二十日），〈晚晴〉（七月二十四至二十六日）發表於《中國時報》。
二月，小說集《情探》由洪範書店出版。

一九八七年 43歲 散文〈火洲行〉（五月二十七日）以及大陸作家訪談錄〈上帝是唯一的聲音——天津作家馮驥才談寫作與作品〉（四月二十三、四日），〈與阿城談禪論藝〉（七月十九至二十一日），〈散文化小說是抒情詩——與大陸作家汪曾棋對談〉（十一月二十四、五日），〈以筆爲劍，爲民請命——與大陸作家劉賓雁對談〉（十二月二十一至二十三日）發表於《中國時報》。

一九八八年 44歲 小說〈黃昏星〉發表於四月十六、七日《中國時報》；大陸作家訪談錄〈走出大山，擁抱生活——與大陸作家古華對談〉（四月二十三、四日），〈鳥的傳人——與湖南作家韓少功對談〉（五月二十七至二十九日），〈爲了「報仇」寫小說——與大陸作家殘雪對談〉（六月九、十日），〈「造園家」與「美食家」——與大陸作家陸文夫對談〉

〈六月二十二至二十五日〉，〈知識分子三部曲——與大陸作家戴厚英對談〉（九月八至十一日）發表於《中時晚報》。

一九八九年　45歲　十月，小說集《韭菜命的人》和《那些不毛的日子》由洪範書店出版。
大陸作家對談錄〈走出絕望——與大陸作家史鐵生對談〉（二月二十二、三日）和論評〈找回玄想絢麗的巫楚文化——文革以後的湖南文化〉（十月二十四日）發表於《中時晚報》。散文〈未曾逝去〉刊登於五月一日《中國時報》。
五月，《對談錄——面對當代大陸文學心靈》由時報文化出版公司出版。
六月，遊記《指點天涯》由聯經出版公司出版。
遊記〈哈爾濱看冰燈〉獲上海文滙報獎。

一九九〇年　46歲　藝術評論於此年起於《聯合報》繽紛版「古物鈎沉」及「收藏雅集」專欄每月登載。
論評〈胡風沉冤〉發表於六月十日《中時晚報》。
遊記〈湘西行〉發表於《中時晚報》。
完成長篇小說《維多利亞會所》將於《聯合文學》連載，並出單行本。

一九九一年　47歲　三月，小說〈香港序曲〉發表於《聯合報》。
〈她名叫蝴蝶〉發表於《聯合報》十二月十四至十八日。

註：小說、戲劇、藝術評論、與大陸作家對談等書多處在大陸、香港出版。

國家圖書館出版品預行編目資料

施叔青集／施叔青作；陳萬益編.
--初版.--台北市：前衛，1993［民82］
328面；15×21公分.--（台灣作家全集，短篇小說卷，
戰後第二代：15）

ISBN 957-8994-47-8（精裝）

857.63　　82009283

施叔青集

台灣作家全集・短篇小說卷／戰後第二代 ⑮

作　者／施叔青
編　者／陳萬益
出版者
前衛出版社
總本舖／11261台北市關渡立功街79巷9號1樓
電話／02-28978119　傳眞／02-28930462
郵撥／05625551　前衛出版社
e-mail:a4791@ms15.hinet.net
http://www.avanguard.com.tw
出版總監／林文欽
法律顧問／南國春秋法律事務所・林峰正律師
出版日期／1993年12月初版第一刷
2006年5月初版第五刷

ISBN 957-8994-47-8

定價／280元

3 名家的導讀

首冊有總召集人鍾肇政撰述總序，精扼鈎畫出台灣新文學發展的歷程、脈絡與精神；各集由編選人寫序導讀，簡要介紹作家生平及作品特色，提供讀者一把與作家心靈對話的鑰匙。

4 深度的賞析

每集正文之後，附有研析性質的作家論或作品論，及作家生平、寫作年表、評論引得，能提供詳細的參考。

5 精美的裝幀

全套50鉅冊，25開精裝加封套及書盒護框，美觀典雅。

U0084857